Jan 20

BESTSELLER

Mary Higgins Clark nació en Nueva York y cursó estudios en la Universidad de Fordham. Está considerada una de las más destacadas autoras del género de intriga, y sus obras alcanzan invariablemente los primeros puestos en las listas de best sellers internacionales. Los últimos libros publicados en castellano son *Mentiras de sangre*, *Sé que volverás*, *Los años perdidos*, *Temor a la verdad*, *Asesinato en directo*, *El asesinato de Cenicienta*, *Fraude al descubierto*, *Legado mortal*, *Negro como el mar*, *Vestida de blanco*, *Cuando despiertes*, *El último baile* y *La reina del baile*.

Para más información, visita la página web de la autora: www.maryhigginsclark.com

Alafair Burke nació en Florida en 1969. Después de graduarse con honores en la Stanford Law School de California, trabajó en la fiscalía del estado en Oregón. Actualmente, vive en Nueva York y combina su actividad como catedrática de derecho en la Universidad Hofstra con la de escritora de novelas policíacas. Junto a Mary Higgins Clark ha escrito *El asesinato de Cenicienta*, *Vestida de blanco*, *Cuando despiertes* y *La reina del baile*.

Para más información, visita la página web de la autora: www.alafairburke.com

Biblioteca

MARY HIGGINS CLARK
y ALAFAIR BURKE

La reina del baile

Traducción de
Neus Nueno

DEBOLSILLO

Papel certificado por el Forest Stewardship Council®

FSC
www.fsc.org

MIXTO
Papel procedente de
fuentes responsables
FSC® C117695

Título original: *Every Breath You Take*

Primera edición: mayo de 2019

© 2017, Nora Durkin Entreprises, Inc.
Todos los derechos reservados.
Publicado mediante acuerdo con el editor original, Simon & Schuster, Inc.
© 2019, Penguin Random House Grupo Editorial, S. A. U.
Travessera de Gràcia, 47-49. 08021 Barcelona
© 2019, Neus Nueno, por la traducción

Printed in Spain – Impreso en España

ISBN: 978-84-663-4734-1 (vol. 184/51)
Depósito legal: B-7.634-2019

Impreso en Novoprint
Sant Andreu de la Barca
(Barcelona)

P 347341

Penguin
Random House
Grupo Editorial

Para Lee y Philip Reap,
con amor,
Mary

Para Danielle Holley-Walker,
con agradecimiento y admiración,
Alafair

AGRADECIMIENTOS

Una vez más he tenido el placer de escribir en colaboración con mi colega, la novelista Alafair Burke. Dos mentes con un solo crimen por resolver.

Marysue Rucci, directora de redacción de Simon & Schuster, vuelve a ser nuestra mentora en este viaje. Mil gracias por tu aliento y tus sabios consejos.

Mi equipo local sigue ocupando sus posiciones. Lo componen mi extraordinario esposo, John Conheeney, mis hijos y mi asistente y mano derecha, Nadine Petry. Ellos iluminan la actividad de llevar la pluma al papel.

Y vosotros, mis queridos lectores. Volvéis a estar en mis pensamientos mientras escribo. Cuando decidáis leer este libro, quiero que tengáis la sensación de haber invertido bien vuestro tiempo.

Un saludo muy cordial,

MARY

PRÓLOGO

Tres años atrás

Una noche de lunes insólitamente fría e invernal, Virginia Wakeling, de sesenta y ocho años, recorría despacio la galería del vestido del Museo Metropolitano de Arte. Mientras deambulaba por las exposiciones, ninguna premonición le advirtió de que la glamurosa velada acabaría en tragedia.

Ni de que solo le quedaban cuatro horas de vida.

El museo se encontraba cerrado al público porque estaba a punto de comenzar el acto benéfico más lucrativo del año, pero durante la hora previa a la inauguración los administradores habían sido invitados a contemplar en privado los trajes que habían llevado varias primeras damas en el baile inaugural.

El traje de Virginia era una copia del que Barbara Bush había lucido en 1989. La creación de Óscar de la Renta tenía cuerpo en terciopelo negro y falda larga de satén azul eléctrico. Virginia era consciente de proyectar una imagen digna y espléndida, justo la impresión que pretendía causar.

Sin embargo, el maquillaje que le había aplicado Dina seguía sin convencerla del todo; temía que fuese demasiado llamativo. La estilista había insistido diciendo:

—Señora Wakeling, confíe en mí. Estos tonos quedarán perfectos con su pelo oscuro y esa piel tan bonita que tiene.

La mejor opción en este caso es un lápiz de labios rojo intenso.

«Tal vez sí —pensó Virginia—, y tal vez no.» Lo que sabía con certeza era que aquel maquillaje tan bien aplicado le quitaba diez años de encima. Fue pasando de un traje al siguiente, fascinada por las diferencias existentes entre ellos: el vestido tubo de un solo hombro de Nancy Reagan; el de Mamie Eisenhower, con dos mil cristales de *strass* sobre seda rosa; el traje amarillo maíz con ribetes de piel de Lady Bird Johnson; el de Laura Bush, en plata y manga larga; el de Michelle Obama, rojo rubí. Todas aquellas mujeres eran muy distintas entre sí, pero cada una de ellas estaba decidida a proyectar la mejor imagen posible junto a su marido, el presidente del país.

Los años habían transcurrido muy deprisa, pensó Virginia. Bob y ella habían iniciado su convivencia en una casita pareada de tres habitaciones del Lower East Side de Manhattan, un barrio que en aquella época no estaba de moda, pero su vida había empezado a cambiar enseguida. Bob había nacido con un don para el negocio inmobiliario y, al final de su primer año de casados, había pedido un préstamo para adelantar parte de la hipoteca de la casa en que vivían. Esa fue la primera de muchas decisiones brillantes que tomaría en el sector. Ahora, cuarenta y cinco años después, poseían una mansión en Greenwich, Connecticut, un dúplex en Park Avenue, un precioso apartamento frente al mar en Palm Beach y un piso en Aspen, donde pasaban sus vacaciones de esquí.

Un infarto repentino se había llevado a Bob hacía cinco años. Virginia sabía cuánto le habría complacido ver lo bien que llevaba Anna el negocio que él había construido para la familia.

«Cuánto le quise —pensó con nostalgia—, aunque tenía mal genio y era muy dominante. Eso nunca me importó demasiado.»

Luego, dos años atrás, Ivan había llegado a su vida. Tenía veinte años menos que ella y la había abordado durante un cóctel celebrado en una exposición de arte, en un pequeño estudio del Village. Un artículo acerca del artista había llamado la atención de Virginia, que había decidido acudir al evento. Servían vino barato. Ella estaba bebiendo de un vaso de plástico y contemplando a la gente de todo tipo que ocupaba la sala. Fue entonces cuando se le acercó Ivan.

—¿Qué opina de ellos? —preguntó él con voz serena y agradable.

—¿La gente o los cuadros? —respondió ella, y ambos se echaron a reír.

La exposición terminó a las siete. Ivan había sugerido que, si no estaba ocupada, tal vez quisiera acompañarle a un pequeño restaurante italiano de las proximidades cuya comida era deliciosa. Ese fue el comienzo de lo que se había convertido en una constante en su vida.

Por supuesto, resultó inevitable que al cabo de un mes su familia quisiera saber adónde y con quién iba. Como era de esperar, su reacción al oír sus respuestas había sido de horror. Tras graduarse en la universidad, Ivan había seguido su pasión en el ámbito de la salud y el deporte. Por el momento era entrenador personal, pero poseía un talento natural, grandes sueños y una fuerte ética del trabajo, tal vez los únicos rasgos de carácter que compartía con Bob.

—Mamá, búscate a un viudo de tu edad —le había espetado Anna.

—No pretendo casarme con nadie —les dijo ella—, pero, desde luego, me gusta pasar una tarde divertida e interesante.

Ahora, con un vistazo a su reloj de pulsera, se dio cuenta de que llevaba varios minutos inmóvil, y sabía por qué. ¿Era porque, a pesar de la diferencia de edad, estaba planteándose seriamente la posibilidad de casarse con Ivan? La respuesta era «sí».

Tras descartar el pensamiento con un movimiento de cabeza, reanudó su contemplación de los vestidos de las antiguas primeras damas. «Me pregunto si alguna de ellas comprendería o sospecharía siquiera que llegaría a vivir un día como este —pensó—. Desde luego, nunca soñé hasta qué punto cambiaría mi vida. Si Bob hubiese vivido más tiempo y se hubiese metido en política, quizá habría llegado a alcalde o senador, o incluso a presidente. Pero creó una empresa, un barrio y una forma de permitirme apoyar las causas que me importan, como el museo.»

La gala atraía a celebridades de primera categoría y a los donantes más generosos de la ciudad. Como miembro de la junta de administradores, Virginia centraría todas las miradas esa noche, un honor que debía al dinero de Bob.

Oyó unos pasos a su espalda. Era su hija Anna, de treinta y seis años, cuyo vestido era tan hermoso como el que Virginia había encargado para sí misma. Anna había buscado por todo internet un traje similar al de encaje dorado que Oscar de la Renta había diseñado para Hillary Clinton en la inauguración de 1997.

—Mamá, ya llegan los periodistas a la alfombra roja. Ivan te estaba buscando. Creo que se figura que te gustaría estar allí.

Virginia intentó no leer entre líneas. La frase «creo que se figura que te gustaría estar allí» era pasiva-agresiva, como si Anna conociese mejor las preferencias de su madre. La buena noticia era que, al parecer, Anna había mantenido una conversación cordial con Ivan y había venido a buscarla a petición suya.

«Cómo me gustaría que mi familia aceptara la decisión que acabe tomando, sea cual sea —pensó un tanto molesta—. Ellos tienen su propia vida y todo lo que puedan necesitar. Dejadme en paz y permitid que viva mi vida como yo quiera.»

Trató de deshacerse del pensamiento mientras decía:

—Anna, estás preciosa. ¡Qué orgullosa estoy de ti!

Salieron juntas de la galería. El tafetán azul de Virginia crujía junto al encaje dorado de Anna.

Más tarde, esa misma noche, un hombre que había salido a correr por Central Park distinguió entre la nieve el cabello negro y el vestido de Virginia. Se aproximó y tropezó con algo. Instantes después, el hombre descubría conmocionado el cadáver de una mujer cuyos ojos aterrados seguían abiertos.

Virginia Wakeling se había caído, o había sido arrojada, desde la azotea del museo.

1

Laurie Moran no pudo dejar de ver la expresión satisfecha que adoptó su hijo de nueve años al ver cómo le servía el desayuno el camarero.

—¿Cuál es el secreto? —preguntó ella con una sonrisa.

—No hay secreto —respondió Timmy—. Solo estaba pensando cómo mola el traje que llevas.

—Pues muchas gracias —dijo Laurie, complacida, pensando que el uso por parte de Timmy del verbo «molar» era una señal más de que se estaba haciendo mayor.

El colegio permanecía cerrado porque los maestros estaban participando en una convención sobre educación. Por ese motivo, Laurie había decidido entrar a trabajar tarde e invitar a Timmy y al abuelo a desayunar. El niño había desayunado por lo menos veinte veces en el restaurante de Sarabeth, pero nunca aprobaba que Laurie pidiera huevos escalfados con salsa holandesa y salmón.

—Nadie debería tomar pescado para desayunar —declaró Timmy, seguro de sí mismo—. ¿Verdad, abuelo?

Si Laurie tuviera que escoger a alguien con quien disputarse el cariño de su hijo, no habría podido elegir mejor ejemplo que su propio padre, Leo Farley. Cuando otros críos de la edad de Timmy empezaban a admirar a deportistas, actores y músicos, Timmy continuaba mirando a su abuelo, que había sido hasta su jubilación primer comisario adjunto de la policía de Nueva York, como si fuese Superman.

—No me gusta nada tener que decirte esto, chaval —respondió Leo en tono tajante—, pero no podrás seguir comiendo tortitas con chocolate y azúcar glas durante el resto de tu vida. Dentro de treinta años, entenderás por qué tu madre come pescado y yo finjo disfrutar de este beicon de pavo que sabe a papel.

—Bueno, ¿y qué tenéis pensado hacer el resto del día? —preguntó Laurie sonriendo.

—Vamos a ver el partido entre los Knicks y los Pacers —dijo Timmy—. Lo grabamos anoche. Buscaré a Alex en sus asientos a pie de pista.

Laurie dejó el tenedor sobre el plato. Habían transcurrido dos meses desde la última vez que Alex Buckley y ella hablaron, y dos meses antes de eso Alex había dejado de presentar la serie televisiva de ella para centrarse en su trabajo como abogado. Antes de que Laurie se diera cuenta siquiera de lo importante que era Alex en su vida cotidiana, se había ido.

Había un motivo por el que Laurie solía decir en broma que necesitaba un clon. Siempre estaba ocupada, en el trabajo y como madre, pero ahora que Alex se había ido había un vacío inconfundible en su vida. Seguía sin parar, día a día, centrada en su casa y en su trabajo, pero no le servía de nada.

Como Timmy había mencionado a Alex, esperaba que su padre interviniese y preguntara: «Por cierto, cómo está?». O: «¿Querrá cenar Alex con nosotros algún día de esta semana?». Sin embargo, Leo se metió en la boca otro trozo de seco beicon de pavo. Laurie sospechó que a Timmy también le extrañaba que no hubiesen visto más a Alex recientemente e intuyó que imitaba a su abuelo en lo de no hacer preguntas directas. Así que, en cambio, había hablado de los asientos que Alex tenía a pie de pista.

Laurie trató de hablar en tono distendido:

—Ya sabes que Alex acostumbra cederlos a entidades benéficas. Sus asientos estarán allí, pero puede que haya otras personas en ellos.

El rostro de su hijo expresó desánimo. Timmy había logrado sobrevivir a la terrible experiencia de presenciar el asesinato de su padre. Laurie comprendió desconsolada que intentaba sustituirle por Alex.

Dio un último sorbo de café.

—Vale, ya es hora de que vaya a ganarme el sueldo.

Laurie era la productora de *Bajo sospecha*, una serie televisiva cuyos episodios se centraban en crímenes reales sin resolver. El título del programa reflejaba su formato, que consistía en trabajar con sospechosos no oficiales de las investigaciones. Esas personas nunca habían sido acusadas formalmente, pero aun así vivían bajo una sombra constante de sospecha. A Laurie siempre le resultaba difícil elegir un solo caso para cada episodio, pero para el que iban a grabar ahora había logrado reducir las posibilidades a dos.

Estampó un beso en la cabeza de Timmy.

—Llegaré a casa a tiempo para cenar —prometió—. ¿Cenaremos pollo asado?

Se sentía constantemente culpable por no preparar comidas más saludables para su hijo.

—No te preocupes, mamá —dijo Timmy—. Si llegas tarde, podemos cenar pizza.

Leo echó su silla hacia atrás.

—A última hora de la tarde tengo que acercarme al cuartel general de las fuerzas especiales. Iré cuando llegues a casa y volveré antes de las ocho para cenar.

Unos meses atrás, su padre había regresado al mantenimiento de la ley y el orden incorporándose al grupo antiterrorista de la policía de Nueva York.

—Me parece perfecto —dijo Laurie.

Le costaba creer lo afortunada que era al tener a esos dos caballeros, su padre de sesenta y cinco años y su hijo de nueve, que siempre trataban de hacerle la vida más fácil.

Un cuarto de hora después llegaba al trabajo, donde otro de los hombres de su vida le provocó un dolor de cabeza instantáneo.

—¡Empezaba a preguntarme si vendrías!

Era Ryan Nichols, hablándole a gritos desde su despacho al verla pasar. Le habían contratado como presentador del programa solo tres meses antes, y Laurie seguía sin tener la menor idea de lo que hacía en el estudio todo el tiempo.

—¡Tengo el caso perfecto para nosotros! —exclamó.

Laurie fingió no oírle.

2

Laurie hizo caso omiso de la llamada de Ryan y entró en su propio despacho. Su secretaria, Grace Garcia, intuyó al instante que no estaba precisamente contenta.

—¿Qué pasa? Creí que ibas a llevar a tu guapísimo hijo a desayunar fuera.

Algunas veces, parecía que Grace valorase más que Laurie se tomara un merecido descanso que disfrutar de su propio tiempo libre.

—¿Cómo sabes que pasa algo? —preguntó Laurie.

Grace la miró como diciendo: «¿En serio me lo preguntas?». La conocía muy bien.

Laurie dejó su bolso sobre su mesa. Al cabo de un minuto, Grace entró en su despacho con una taza de té caliente entre las manos. La secretaria llevaba una blusa de color amarillo vivo, una falda lápiz increíblemente estrecha y unos zapatos negros de salón con un tacón de doce centímetros. Para Laurie, era todo un misterio que lograse transportar nada sin volcarlo.

—Ryan me ha visto salir del ascensor y me ha comentado en broma que llegaba tarde —dijo, escupiendo las palabras.

—¡Mira quién fue a hablar! —exclamó Grace—. ¿Te has dado cuenta de que no viene por la mañana si la víspera ha asistido a alguno de esos eventos de la alta sociedad que salen en las revistas del corazón?

Lo cierto era que Laurie nunca se percataba de la ausencia de Ryan. En su opinión, no hacía ninguna falta que estuviera allí hasta que llegase el momento de conectar las cámaras.

—¿Estáis hablando del doble rasero de Ryan en cuanto al horario laboral?

La voz pertenecía al ayudante de producción de Laurie, Jerry Klein, que había salido del despacho contiguo para quedarse cerca de la puerta. Aunque Laurie fingía desaprobar el constante flujo de chismes entre Jerry y Grace, la verdad era que los dos le proporcionaban algunos de sus mejores momentos en el trabajo.

—¿Te ha contado Grace que no ha parado de venir a buscarte? —preguntó Jerry.

Grace negó con la cabeza.

—Intentaba no amargarle la mañana —aclaró—. De todos modos, no tardará en enterarse. Dime, Laurie, ¿alguien le ha informado de que la jefa eres tú? Es como un clon de Brett corriendo de un lado a otro de la oficina.

Desde el punto de vista técnico, Grace tenía toda la razón. Brett Young era el director de Fisher Blake Studios y tenía a sus espaldas una dilatada y exitosa carrera en televisión. Aunque era un jefe muy exigente, se había ganado el derecho a llevar con mano firme el timón de su propia nave.

Lo de Ryan Nichols era completamente distinto. Antes de empezar a trabajar en Fisher Blake hacía menos de cuatro meses, era una joven promesa del mundo legal. Se había graduado en la facultad de derecho de Harvard con las máximas calificaciones y a continuación había ocupado un puesto de secretario en el Tribunal Supremo. En unos pocos años como fiscal federal, había ganado casos de los que salen en el *New York Times* y el *Wall Street Journal*. Sin embargo, en lugar de continuar desarrollando sus aptitudes de abogado en activo, dejó la Fiscalía de Estados Unidos para poder hablar en cadenas de noticias de televisión por cable, donde ofrecía análisis instantáneos de cuestiones legales y cobertura informativa de juicios. «Últimamente todo el mundo quiere ser famoso», pensaba Laurie.

Y de repente, Brett Young había contratado a Ryan como nuevo presentador de la serie sin consultarla. Para Laurie, Alex era el presentador perfecto, y trabajar con él había sido todo un placer. Se trataba de un brillante abogado, pero reconocía que el instinto de Laurie para la programación era la clave del éxito del programa. Alex era un hábil interrogador, lo que le convertía en la persona ideal para enfrentarse a los participantes que esperaban salir adelante repitiendo las mismas mentiras que habían contado durante la investigación original.

Hasta el momento, Ryan solo había aparecido en un programa especial. No poseía la experiencia ni el talento natural de Alex, pero su incorporación no había sido tan desastrosa como Laurie esperaba. Lo que más le molestaba de Ryan era la visión que tenía de sus propias funciones, diametralmente opuesta a la de Alex. Ryan siempre intentaba desvirtuar las ideas de Laurie. También trabajaba como asesor legal para otros programas producidos por los estudios. Incluso se decía que tenía un futuro brillante en la empresa. Y, desde luego, no era ninguna coincidencia que el tío de Ryan fuese uno de los mejores amigos de Brett.

Así, para volver a la pregunta retórica de Grace sobre si Ryan sabía que Laurie era su jefa, esta empezaba a ponerlo en duda.

Se tomó su tiempo para instalarse a su mesa y luego le pidió a Grace que llamara a Ryan y le hiciera saber que estaba lista para recibirle.

Quizá fuese un pensamiento mezquino, pero, si de verdad quería verla, bien podía ser él quien recorriera el pasillo.

3

Ryan estaba de pie en el despacho de Laurie, con las manos en las caderas. Si lo miraba con objetividad, ella entendía que uno de los debates más animados entre las seguidoras del programa fuese: «¿Quién es más guapo, Alex o Ryan?». Aunque Laurie tenía una preferencia evidente por uno de ellos, debía reconocer que Ryan, con su pelo rubio, sus grandes ojos verdes y su sonrisa perfecta, resultaba indudablemente atractivo.

—Tienes unas vistas increíbles, Laurie. Y tu gusto para el mobiliario es impecable.

El despacho de Laurie estaba en la planta dieciséis, y sus ventanas daban a la pista de patinaje sobre hielo del Rockefeller Center. Ella misma lo había decorado con muebles modernos pero acogedores.

—Si este fuese mi despacho —añadió Ryan—, quizá no me iría nunca a casa.

Laurie sintió un leve placer al detectar una pizca de envidia en su voz. Sin embargo, toda aquella charla intrascendente le sobraba.

—¿Qué ocurre?

—Me parece que Brett está deseando empezar con el próximo programa especial.

—Si por él fuese, emitiríamos dos episodios por semana

mientras aguantaran los índices de audiencia. No tiene en cuenta lo mucho que cuesta, partiendo de cero, volver a investigar un caso sin resolver —contestó ella.

—Entiendo. De todos modos, tengo el caso perfecto para nuestro próximo episodio.

Laurie no pudo dejar de oír la palabra «nuestro». Se había pasado años desarrollando la idea de ese programa.

Por muchos crímenes sin resolver que hubiera en ese país, solo unos pocos cumplían los criterios no escritos para los casos explorados por *Bajo sospecha*. Algunos eran demasiado complicados: no había sospechosos y todo eran palos de ciego. Otros estaban prácticamente resueltos, y la policía solo estaba esperando a que encajaran todas las piezas del rompecabezas.

La especialidad de Laurie era una categoría intermedia muy reducida: un misterio sin resolver pero con un grupo identificable de posibles sospechosos. Se pasaba casi todo el tiempo buscando información en sitios web sobre crímenes reales, leyendo noticias locales de todo el país y examinando a fondo las pistas que aparecían en internet. Siempre surgía ese instinto intangible que la avisaba del caso concreto que debía desarrollar. Y ahora aquí estaba Ryan, seguro de tener una idea original en la que los dos pudieran trabajar.

Segura de estar ya al corriente de cualquier caso que Ryan pudiera mencionar, se esforzó por aparentar que apreciaba su sugerencia.

—¿De qué se trata? —dijo.

—Virginia Wakeling.

Laurie reconoció el nombre al instante. Aquel homicidio no se había producido en la otra punta del país, sino a poco más de tres kilómetros de allí, en el Museo Metropolitano de Arte de Nueva York. Y el caso no estaba exactamente archivado. Virginia Wakeling era miembro de la junta de administradores del museo y una de sus contribuyentes más generosas. La habían encontrado en la nieve, detrás del museo, la noche del acto benéfico más famoso de la institución. La Gala del Met era uno de los eventos más estelares y exclusivos de todo Manhattan. La mujer había muerto tras una caída causada por un salto o un empujón desde la azotea del edificio.

Wakeling era una figura tan importante en el mundo del arte que corrieron rumores de que el museo podía llegar a suspender la gala anual al año siguiente, cuando seguía sin haber explicación alguna para su muerte. Sin embargo, la fiesta acabó celebrándose pese a la ausencia de una solución al persistente misterio.

Laurie recordaba los hechos lo suficiente para dar una opinión inicial:

—Parece ser que la mató el novio.

—Estaba «*bajo sospecha*» —dijo Ryan, entrecomillando sus palabras con los dedos.

—A mí me parece un caso cerrado. Él era considerablemente más joven que la señora Wakeling. Parece que la policía está segura de que fue el asesino, aunque no puede demostrarlo. ¿No era modelo o algo así?

—No —dijo Ryan—. Es entrenador personal. Se llama Ivan Gray y es inocente.

El nudo que Laurie tenía en el estómago se hizo más apretado. Por fuertes que fueran sus intuiciones acerca de algunos de sus casos, nunca había estado segura de la culpabilidad o inocencia de nadie, y menos desde el principio. El objetivo del programa era explorar un caso no resuelto con una mentalidad abierta.

Estaba casi segura de que Ryan no se había tropezado con ese caso por accidente.

—¿Acaso conoces al señor Gray? —preguntó.

—Es mi entrenador.

«Por supuesto», pensó. Tenía mucha lógica. Cuando Grace y Jerry hablaban de los horarios peculiares de Ryan, podrían haber analizado también sus diversas aficiones relacionadas con el ejercicio físico: golpear pelotas de golf en el campo de entrenamiento de Chelsea Pier, clases de *spinning* en SoulCycle, trabajo en circuito en el gimnasio de la esquina y, adivinó Laurie, algún ejercicio de rabiosa actualidad con su nuevo colega, Ivan Gray.

—¿Yoga? —aventuró.

La expresión de Ryan dejó muy claras sus opiniones sobre el yoga.

—Boxeo —dijo—. Es el propietario de Punch.

Laurie no era exactamente una aficionada a los gimnasios, pero hasta ella había oído hablar de aquel establecimiento de moda dedicado al boxeo. Sus llamativos anuncios aparecían estampados con grandes letras en el metro y en los laterales de los autobuses, mostrando a neoyorquinos impecables con moderna ropa de ejercicio y guantes de boxeo. En realidad, la idea de darle un puñetazo a un objeto llamado Ryan Nichols le sonaba muy bien a Laurie.

—Agradezco mucho la sugerencia —dijo con calma—, pero no creo que ese caso sea adecuado para el programa. Solo han pasado tres años. Estoy segura de que la policía sigue investigando.

—A Ivan prácticamente le han arruinado la vida. Podríamos ayudarle.

—Si es el propietario de Punch, no parece que se la hayan arruinado del todo. Además, si mató a esa mujer, no me interesa ayudarle. Podría utilizarnos para tratar de conseguir publicidad gratuita para su gimnasio.

Laurie no podía dejar de recordar la pena que le había causado Ryan hacía solo unos meses. Ni siquiera estaba oficialmente contratado todavía, pero se había empeñado en decirle que el caso de una mujer ya condenada por matar a su prometido no era adecuado para su propio programa porque estaba seguro de que ella era culpable.

Ryan miraba la pantalla de su iPhone. Si hubiera sido Timmy, Laurie le habría dicho que se lo guardara.

—Perdona, Ryan, pero el caso ni siquiera está archivado todavía —dijo con desdén. El asesinato de su propio marido llevaba cinco años sin resolver. Aunque no había sospechosos, la policía de Nueva York seguía asegurándole que estaban «trabajando intensamente» en la investigación—. No quiero por nada del mundo perjudicar nuestra relación con las fuerzas policiales interfiriendo.

Ryan tocaba la pantalla de su móvil. Cuando acabó, se lo metió en el bolsillo y la miró.

—Bueno, pues a ver qué nos cuenta. Ivan está abajo y subirá ahora mismo.

4

Cuando Laurie vio entrar en su despacho a Ivan Gray, una sola palabra acudió a su mente: descomunal. Aquel hombre era enorme. Medía al menos metro noventa, pero su estatura no era lo más destacado de su apariencia. No había ni un gramo de grasa en su cuerpo fuerte y elegante, llevaba el pelo corto y teñido de castaño, y tenía los ojos verdes.

Casi tuvo miedo de saludarle, esperando que le aplastara los dedos. Por eso, se sorprendió cuando él le estrechó la mano con una firmeza normal y humana y no con un doloroso apretón.

—Muchas gracias por invitarme, Laurie.

En realidad, ella no le había invitado, y tampoco le había pedido que la llamara por su nombre de pila.

—Bueno, Ryan habla muy bien de ti —respondió Laurie en tono inexpresivo.

—El sentimiento es mutuo —dijo Ivan, dándole a Ryan un puñetazo amistoso en el brazo—. La primera vez que vino a hacer una sesión, pensé: «Este tío se irá con el rabo entre las piernas dentro de veinte minutos». Pero lo cierto es que entrena duro. Si sigue así, hasta podrá defenderse de uno de mis mejores boxeadores. O, mejor dicho, de una de mis mejores boxeadoras.

Era el tipo de broma privada que le recordaba inmediatamente al intruso, en este caso, Laurie, que no formaba parte de la pandilla. A Laurie le habría gustado que Ryan mostrara la misma dedicación para aprender las normas básicas del periodismo. De todos modos, logró esbozar una sonrisa.

En circunstancias normales, Laurie estudiaba los casos durante horas antes de entrevistar al sospechoso principal. Ahora no sabía cómo pasar de las bromas sobre la última obsesión de Ryan a abordar el asesinato de una mujer. Después de indicarle a Ivan con un gesto que se sentara en el sofá, decidió ir al grano:

—Ryan me ha dicho que estás interesado en que volvamos a investigar la muerte de Virginia Wakeling.

—Si quieres, puedes llamarlo «volver a investigar», aunque, en mi opinión, la policía no la ha investigado ni siquiera por primera vez. Lo único que necesitaban saber era que una mujer de sesenta y ocho años salía con un hombre de cuarenta y siete, y con eso tuvieron bastante para llegar a una conclusión. No pareció que les importase la absoluta falta de pruebas contra mí.

Laurie hizo unos sencillos cálculos mentales. Virginia había muerto tres años antes, así que Ivan debía de tener cincuenta años ahora. Aparentaba más bien cuarenta, pero sospechó que quizá hubiera contado con alguna ayudilla extra para lograrlo. Tenía la piel bronceada, aunque estaban en enero, y ese pelo corto podía ocultar un principio de calvicie.

Hacía tan poco tiempo que el caso había salido en las noticias que Laurie recordaba la mayoría de los detalles. Al parecer, el dinero de la víctima centraba las investigaciones originales de la policía. Su marido había sido un genio del sector inmobiliario, y su éxito había hecho de Virginia una viuda sumamente rica. A Laurie no le costaba demasiado imaginarse lo que sus familiares y amigos debieron de pensar al enterarse de que salía con un entrenador personal a quien sacaba más de veinte años.

Sin embargo, a pesar de lo que decía Ivan, su edad y profesión no fueron los únicos motivos por los que se convirtió en el principal sospechoso.

—Con todo el respeto, creo que hablar de una absoluta falta de pruebas no es del todo exacto. Después de todo, el móvil es un tipo de evidencia. Que yo recuerde, hubo cuestiones económicas.

Después de la muerte de Virginia, la policía descubrió que cientos de miles de dólares de su dinero habían servido para cubrir diversos gastos de Ivan. Los hijos insistieron en que ella no había autorizado esos gastos. Especularon con la posibilidad de que su madre hubiera descubierto que Ivan le estaba robando y tuviera previsto denunciarle. Eso le daría un poderoso motivo para silenciarla.

—Nada irregular —contestó él—. Es cierto que me ayudó a pagar algunas facturas. El Porsche fue un regalo de cumpleaños. Intenté no aceptarlo porque me pareció excesivo, pero ella insistió, diciendo que tenía muchas ganas de disfrutarlo en verano con la capota bajada. Dijo que era más un regalo para sí misma que para mí.

Laurie no recordaba el detalle del coche deportivo de alta gama, pero ni siquiera un Porsche justificaba los gastos en cuestión.

—Me parece recordar que fue algo más que un coche. Faltaba mucho dinero.

—No es verdad.

Ivan se golpeó la palma izquierda con el puño derecho para subrayar sus palabras. Laurie dio un respingo. No era la primera vez que se recordaba a sí misma que tal vez estuviera hablando con un asesino. Era la naturaleza de su trabajo. Tuvo una imagen repentina y espeluznante de él cogiendo en brazos a Virginia Wakeling y arrojándola desde la azotea del museo. La persona que la mató tenía que ser fuerte, y estaba claro que el hombre que tenía delante encajaba con el perfil.

La voz de Ivan sonó serena cuando continuó con su explicación:

—No faltaba dinero. Como he dicho, cubrió varias facturas pequeñas mías, más el coche. El resto del dinero fue una inversión en Punch. Es mi gimnasio.

Laurie asintió con la cabeza. Estaba al corriente de la existencia de su negocio.

—Ese era mi sueño, y Virginia lo sabía. Era clienta mía. Le había enseñado a hacer algunos ejercicios de boxeo; nada fuerte, sobre todo saltar a la cuerda y *shadow boxing*: un entrenamiento fantástico, muy distinto de todo lo demás, que a la gente le encanta. Fue una idea genial. Pero no le pedí que me ayudara. Cuando me dijo que me daría el capital inicial, me quedé conmocionado. Encontré un gimnasio de boxeo de la vieja escuela y convencí al propietario de que me lo vendiera para poder transformarlo en un establecimiento de moda. Técnicamente es mi socio, pero el negocio es solo mío. Virginia creyó en mí. Sabía que tendría éxito, y así fue.

Laurie vio que estaba orgulloso de sus logros. ¿Los había conseguido gracias al asesinato de una mujer inocente?

—¿Cuánto dinero te adelantó?

—Quinientos mil dólares.

Laurie abrió unos ojos como platos. Había asesinos que mataban por mucho menos.

—No lo entiendo, Ivan. Si estaba invirtiendo en tu negocio, ¿por qué no establecisteis un acuerdo por escrito o alguna otra prueba de sus intenciones? Por las noticias de la época, tengo entendido que los hijos insistieron en que su madre nunca habría accedido a darte tanto dinero.

—Porque eso es lo que Virginia les dijo. Sus hijos son codiciosos. Han tenido todo lo que han querido, y nunca es suficiente. Me echaron una ojeada y dieron por sentado que era un cazafortunas. Para quitárselos de encima, Virginia les aseguró que no me daba nada. Ni siquiera me permitió decirles que había pagado el Porsche. Debían de sospechar que ella se lo estaba ocultando. Aunque me ganaba bien la vida como entrenador, nunca me habría gastado tanto dinero en un coche. Pero luego, cuando mataron a Virginia, me presentaron ante la policía como si fuera una especie de ladrón.

—Gastar dinero en artículos de lujo como coches deportivos es una cosa, pero ¿no crees que una madre les diría a sus hijos que iba a invertir una suma de dinero considerable en un negocio?

Él negó con la cabeza.

—Sé que no se lo dijo. No me malinterpretes: Virginia quería a sus hijos y se sentía muy unida a ellos, pero en realidad no la conocían mucho. Cuando la mataron, Virginia estaba experimentando un cambio tremendo. Bob, su marido, había muerto cinco años antes. Por fin vivía como una mujer al margen de su papel de esposa y madre. Era totalmente independiente, y sus actividades filantrópicas le daban muchas alegrías. Había dejado algunas causas que eran importantes para Bob para elegir las suyas propias, como el puesto en la junta del Museo Metropolitano.

Laurie percibió la ternura que había en la voz de ese hombretón cuando hablaba de Virginia.

—¿Y cómo encajaba tu gimnasio en todo eso?

—Lo que quiero decir es que era feliz, feliz de verdad, forjando su propia identidad. Sin embargo, sus hijos lo criticaban todo. Querían encerrarla en una cápsula del tiempo. No les gustaba la idea de que cambiara, y yo formaba parte de ese cambio. Estábamos muy decididos a casarnos. Ya le había comprado un anillo, pero Virginia no estaba preparada para decírselo a la familia. Ella creía que, una vez que despegase mi gimnasio de boxeo, sus hijos tal vez empezarían a aceptarme. Por eso me ayudó y por eso no se lo contó a nadie.

—Pero bien debió de firmar talones, algo que demostrase que daba su consentimiento a los gastos.

—Lo hizo electrónicamente. Virginia era mayor que yo, pero lo de internet se le daba mejor que a mí. Podía donar cien mil dólares a una buena causa pulsando unas pocas teclas.

«O también —pensó Laurie—, tú conocías sus contraseñas y pensaste que era tan rica y generosa que nunca echaría en falta el dinero.»

—Para comprar mi participación inicial —explicó Ivan—, transfirió más o menos la mitad de ese dinero directamente a mi socio. La otra mitad se invirtió en material y mejoras en el local; los costes de montar un negocio. Pero el dinero no desapareció. Estaba invertido en un proyecto en el que ella creía y que habría formado parte de nuestros ingresos cuando nos casáramos.

Ryan había permanecido en silencio hasta entonces, pero, por su forma de inclinarse hacia delante en su asiento, Laurie supo que estaba deseando intervenir.

—Te lo he dicho, Laurie. Desde el primer momento, Ivan fue víctima de muchos prejuicios, pero en realidad no tenía ningún móvil económico para hacerle daño a Virginia. En primer lugar, no hubo la menor prueba de que el dinero que ella metió en Punch fuese robado. Aunque Ivan se lo hubiese robado...

—Cosa que no hice...

Ryan levantó la palma de la mano para interrumpir a Ivan:

—Claro que no, pero pongamos por caso que lo hubieras hecho. Si ella le hubiera acusado de coger el dinero sin su permiso, habría sido la palabra de Virginia contra la de él. Tenían una relación estrecha, romántica. Todavía no estaban comprometidos oficialmente, pero habían hablado de casarse, tal como demuestra la compra de un anillo en una tienda de la firma Harry Winston. Virginia se había gastado en él otras cantidades de dinero de forma voluntaria, por ejemplo en el Porsche. Como antiguo fiscal, te digo que ningún abogado habría podido demostrar sin sombra de duda una acusación de robo contra Ivan. En el peor de los casos, habrían hecho un trato para que él le devolviera el dinero del negocio, como si ella fuese un inversor.

Laurie entendía el razonamiento de Ryan. Para Ivan, la única consecuencia de matar a Virginia habría sido asegurarse de no conseguir nunca su dinero casándose con ella. Además, su muerte había llamado la atención sobre la situación financiera de la dama, lo que había convertido a Ivan en el principal sospechoso del asesinato. Laurie tenía que reconocerlo: en una breve reunión, aquellos dos se las habían arreglado para modificar su opinión acerca de Ivan. Desde ese nuevo punto de vista, comprendía la lógica de lo que decía el entrenador: la muerte de Virginia no le beneficiaba en nada; al contrario, le perjudicaba mucho.

Ivan debió de darse cuenta de que ella comenzaba a ponerse de su parte.

—Te juro, Laurie, que yo no lo hice. Quería a Ginny. Así es como la llamaba. Me dijo que ese era su apodo cuando era joven, pero que su marido quiso que la llamaran Virginia cuando empezó a ser conocido. Si siguiera viva, nos habríamos casado en pocos meses y habríamos sido felices.

Ryan añadió:

—Laurie, sé que no soportas que me meta en tu trabajo, pero este caso será un acierto para *Bajo sospecha*. Es perfecto. Y ayudaríamos a un buen hombre.

En circunstancias normales, cuando Laurie formulaba la pregunta más importante, ya dominaba todos los datos del caso que eran de dominio público. Sin embargo, aun a riesgo de precipitarse, la planteó ahora. Tenía que saberlo:

—Si tú no mataste a la señora Wakeling, ¿quién lo hizo?

Al ver que Ivan miraba a Ryan en lugar de responder a la pregunta, creyó que su primera intuición había sido acertada. Cuando se prolongó la pausa silenciosa, empezó a levantarse de su silla.

—Vale, creo que con lo que ya sé voy a darle unas vueltas al asunto...

—¡No, espera! —exclamó Ivan—. No es que no tenga mis teorías. Créeme, las tengo, y datos que las respaldan. Pero he de hacer una sesión de entrenamiento dentro de un cuarto de hora con una estrella de cine de primera categoría y no esperaba que quisieras oír toda mi versión. No sé si quiero empezar a decir nombres a no ser que pienses realmente en utilizar el caso de Virginia. Me las he arreglado para seguir con mi vida, aunque sé que muchos creen que soy un asesino. Si vuelvo a remover este tema, quiero que sea por un buen motivo.

No supo qué pensar de la lógica de Ivan. Por un lado, una persona inocente soltaría todo lo que sabía con tal de limpiar su nombre. Por otro, no le costaba imaginarse a Ryan engatusando a Ivan para que acudiera a los estudios, en cuyo caso este podría estar pensando que ya había dicho demasiado.

—Me parece bien —dijo—. Tomémonos un día para darle unas vueltas. Si los dos creemos que vale la pena, podemos volver a reunirnos mañana.

Ivan asintió con la cabeza y dijo:

—Muchas gracias por tu tiempo y por escucharme sin prejuicios. Significa mucho para mí.

Al despedirse, le estrechó la mano con tanta firmeza que a Laurie le ardieron los dedos.

5

Grace y Jerry irrumpieron en el despacho de Laurie tan pronto como Ryan se fue con Ivan por el pasillo.

—Ahora entiendo por qué llevaba Ryan toda la mañana merodeando por aquí. Se trata de Ivan Gray, ¿no? —preguntó Jerry—. Y dudo mucho de que quiera proponerte que aprendas a boxear.

—Me extraña que le hayas reconocido nada más verle —respondió Laurie—. Yo no lo habría hecho.

—El caso Wakeling me enganchó mucho. Leí todo lo que se publicó al respecto —dijo Jerry.

—Pues ponme al día —le pidió Laurie.

—Después del asesinato de Virginia, la prensa empezó a airear el papel de Ivan en su vida, primero como entrenador de un gimnasio de élite situado cerca del hotel Plaza y luego como sorprendente novio. Estuvo con ella la noche en que murió. Sin embargo, la cobertura informativa fue disminuyendo con el paso del tiempo. Ivan se las arregló para mantener su nombre y su cara fuera de los periódicos.

—Sí que seguiste bien el caso, Jerry.

—Piénsalo, Laurie: Virginia Wakeling es la única persona que ha muerto en una cena de gala del Met.

—Volvamos a Ivan —dijo Laurie.

No obstante, se sorprendió pensando en que a los espectadores podía interesarles oír de labios de Ivan cómo había llevado su vida privada a partir de aquel momento.

—En cuanto he visto que Ryan metía a Ivan Gray en tu despacho, he comprendido que iba a proponerlo para nuestro próximo caso —dijo Jerry.

—A Ryan le gusta que las cosas le caigan del cielo —intervino Grace—, y últimamente no para de hablar de su gimnasio de boxeo. Ahora que lo pienso, Ivan Gray podría ser bueno para el programa. Es un tipo de sospechoso muy distinto de los habituales, y eso podría ser muy interesante.

—Laurie, ¿qué opinas de él? —preguntó Jerry—. ¿Qué te ha parecido?

Ella se encogió de hombros.

—Ha sido una reunión muy breve, pero mi instinto me dice que el caso no es adecuado para nosotros. Es muy reciente. Supongo que la policía sigue investigando. Y quizá soy injusta por pensar en la diferencia de edad y en las sumas de dinero que estaban en juego, pero Ivan me ha parecido poco honrado. Ya me conocéis: no tacho a nadie de asesino sin pruebas fehacientes, pero entiendo que la familia de Virginia sospechase de sus intenciones.

—Así que crees que es un cazafortunas —concluyó Grace.

—Tú lo has dicho, no yo.

—El escenario sería alucinante —dijo Jerry—. En fin... ¡el Met!

Grace reconoció que estaba a punto de iniciarse una discusión más prolongada, por lo que anunció que regresaba a su mesa y le pidió a su jefa que la llamara si necesitaba algo de ella. En cuanto se marchó, Jerry continuó opinando:

—Laurie, no podríamos pedir un marco más glamuroso e icónico. La exposición de moda anual es una de las fiestas más famosas del mundo. Y la noche que mataron a Virginia el tema era «La moda de las primeras damas», con la indumentaria de las primeras damas de Estados Unidos a lo largo de la historia. No me gusta ser cínico, pero, aunque nos limitásemos a hacer un refrito con lo que sabemos por los boletines de noticias, las filmaciones por sí solas atraerían a los espectadores como moscas a la miel.

—Créeme, Jerry, lo sé, pero ni siquiera podemos estar seguros de que el museo nos deje filmar allí...

—Pues deja que lo averigüe. Puedo hacer unas llamadas.

Laurie no solía interrumpir a Jerry, pero en ese momento levantó la palma de la mano. Sabía que la Gala del Met era el mayor acto benéfico que organizaba el museo en todo el año. Sabía que contaba con la presencia de las principales celebridades y de los contribuyentes más generosos de la ciudad. Sabía que la gente montaba fiestas en casa para verla en televisión y comentar los aciertos y desaciertos de estilo sobre la alfombra roja. Y sabía perfectamente que, en su calidad de miembro de la junta de administradores del museo, Virginia habría centrado todas las miradas. Laurie no necesitaba que Jerry le contara todas las razones por las que el caso quedaría fantástico en televisión.

—Laurie —dijo Jerry en tono persuasivo—, no te estoy diciendo cómo llevar tu programa, pero normalmente te gusta al menos investigar un poco antes de tomar una decisión. Mira, sé que aún estamos disfrutando del subidón que nos dio exculpar a una persona inocente con nuestro último episodio. Pero no siempre será así. A veces los que están bajo sospecha son los que realmente lo hicieron. Si Ivan es culpable, al menos nuestro programa podría ayudar a demostrarlo.

—En teoría, pero es evidente que Ryan se muestra parcial. Su nuevo entrenador favorito se ha convertido en su amigo del alma. Quizá si aún estuviera Alex... —replicó Laurie.

—Alex es agua pasada.

Al oír esas palabras, Laurie se sintió herida. Sin embargo, no se lo reprochó a Jerry, quien solo pretendía decir que Alex había dejado el programa. No podía saber que era posible que hubiera desaparecido por completo de su vida.

—Ryan se ha desenvuelto mejor de lo que pensábamos —dijo Jerry.

Los índices de audiencia del último episodio eran igual de buenos que los del último programa en el que participó Alex.

—Reconozco que es cierto —concedió ella—, pero Ryan no es objetivo. Luché contra él con uñas y dientes acerca del último programa especial porque estaba seguro de tener la razón, y no la tenía. Ya estoy viendo que ocurriría lo mismo con Ivan, aunque esta vez sería peor. Ryan sería la persona de confianza del principal sospechoso.

Jerry asintió con la cabeza para indicarle que entendía su punto de vista. Sería un paso más hacia la entrega del control de su programa a otra persona.

—Bueno, pues de acuerdo. No habrá investigación sobre Virginia Wakeling. Encontraremos otra cosa.

Se disponía a salir de su despacho cuando ella le detuvo:

—Procura averiguar si es posible siquiera filmar en el Met.

Pareció sorprendido por la petición, como si creyera que el tema había quedado aparcado.

—Soy yo la que siempre insiste en que debemos mantener una actitud abierta, ¿verdad? —preguntó Laurie—. Pues más vale que predique con el ejemplo.

6

Cuando Laurie se quedó a solas, se sentó ante su mesa y contempló la fotografía enmarcada. En ella aparecían Greg, Timmy y ella en la casa de un amigo junto a la playa, en los Hamptons. Solo tres meses más tarde, un hombre se aproximaría a Greg, que estaba columpiando a Timmy, y pondría fin a su vida de un tiro en la frente.

Tras la muerte de Greg, a Laurie le costó mucho ir a trabajar y sufrió una serie de fracasos profesionales. Un día, comprendió de pronto que se estaba reservando su mejor idea: un programa que volviera a investigar casos archivados desde el punto de vista de los afectados. No obstante, temía que la vieran como una viuda destrozada que se sumergía en el análisis de asesinatos sin resolver porque seguía sin tener la menor idea de quién había matado a su marido.

Cuando se estrenó el programa, fue todo un éxito. Además, por aquella época la policía pudo identificar por fin al asesino al que Timmy había descrito simplemente como «Ojos Azules». Desde entonces, *Bajo sospecha* era para ella más que un simple trabajo. Era una forma de ayudar a la gente.

Ahora, al mirar el rostro de Greg en aquella foto, acabó de comprender qué era lo que más le molestaba del caso de Virginia Wakeling. No se trataba tanto de la implicación de Ryan como, también y sobre todo, de la forma en que el caso había llegado a sus manos: conociendo a Ivan Gray. Ivan había afirmado que amaba a Virginia y que quería casarse con ella, pero parecía más un hombre deseoso de limpiar su nombre que alguien que había perdido a la mujer con la que pensaba pasar el resto de su vida.

El caso no le interesaba personalmente. Todavía no tenía vínculos emocionales con ninguno de los afectados por la muerte de Virginia Wakeling.

Sin embargo, Ivan Gray no era la única persona presente en la vida de Virginia.

Abrió el navegador y buscó en Google «Necrológica de Virginia Wakeling». El artículo del *New York Times* era muy extenso. No empezaba destacando ningún logro de Virginia, sino haciendo un resumen de los éxitos de su marido, Bob. El promotor inmobiliario había amasado una fortuna transformando una zona industrial en decadencia de Long Island City en un próspero barrio de viviendas lujosas y restaurantes de moda a escasos minutos de Manhattan.

La necrológica resaltaba las actividades filantrópicas de Virginia después de enviudar cinco años atrás. La dama fundó una organización benéfica que fomentaba la lectura en la infancia proporcionando libros nuevos a niños de zonas céntricas y degradadas de la ciudad. Dress for Success, una entidad sin ánimo de lucro que ofrecía vestimenta profesional para mujeres en busca de independencia económica, le había rendido homenaje recientemente. Seguía una larga lista de instituciones y organismos artísticos y culturales. «La señora Wakeling deja a su hija, Anna Wakeling; a su yerno, Peter Browning; a su hijo, Carter; y a sus nietos, Robert III y Vanessa.»

Era demasiado pronto para saber si Ivan Gray era o no de fiar, pero Laurie creía en una cosa: Virginia se había pasado décadas haciendo de esposa y madre, y había iniciado una nueva y extraordinaria fase ella sola. Debía de haber sido amada, si no por Ivan, por otros. Sus dos hijos perdieron a su padre y luego a su madre, solo cinco años después. Ellos, como Laurie y Timmy en un momento determinado, se acostaban cada noche sin saber con certeza quién había matado a su madre, si es que la había matado alguien, y por qué.

Si contemplaba el caso desde ese punto de vista y no desde la perspectiva de Ivan, a Laurie le importaba. Se había comprometido a mantener una actitud abierta y pensaba cumplir su palabra.

7

Leo Farley subió de un salto al coche que le esperaba en la puerta del edificio de Randall's Island. Se sentía como si le hubiesen quitado veinte años de encima.

Tenía sesenta y cinco años. Si alguien le hubiera pedido una década antes que mirara en una bola de cristal para ver su jubilación, jamás habría podido predecir la vida que llevaba. Su esposa, Eileen, había muerto demasiado joven. Luego Greg, el marido de su hija, había sido asesinado en unas circunstancias que nadie habría sido capaz de imaginar. Leo nunca fue muy aficionado a hacer planes, pero siempre dio por sentado que, cuando le llegara la hora, moriría con las botas puestas.

Sin embargo, se había jubilado seis años atrás, a los cincuenta y nueve, para ayudar a su hija Laurie a criar al pequeño Timmy. Pasó de los controles de asistencia y los informes confidenciales a los desayunos con copos de avena, los paseos por el parque y las cenas a base de pollo en casa de su hija.

Su vida había dado un giro inesperado: de ser el primer comisario adjunto de la policía de Nueva York había pasado a convertirse en un jubilado que ayudaba a criar a su nieto. Pero tres meses antes le habían invitado a incorporarse al grupo antiterrorista de la policía de Nueva York, cuya sede se encontraba al otro lado del puente Triborough desde el Upper East Side. Trabajaba varias tardes por semana, como la de ese día, y podía hacer gran parte de sus tareas desde casa, lo que le dejaba mucho tiempo libre para estar con Timmy y Laurie.

Cuando Leo llegó a Manhattan, Laurie tenía la cena servida.

—Si no conociese a mi hija —dijo al entrar en el apartamento—, pensaría que ha aprendido a cocinar.

Laurie era una mujer con muchas habilidades, pero ninguna de ellas se relacionaba con la cocina.

—Estoy tentada de decirte que he descubierto una receta nueva —dijo ella.

—Te quiero, preciosa, pero en el fondo sigo siendo policía. Sé cuándo tergiversas la verdad.

—Es un nuevo servicio de comida a domicilio llamado Caviar. Ni siquiera puedo atribuirme el mérito de haberlo descubierto. Timmy es quien ha hecho el pedido.

Leo contempló una tras otra las opciones servidas en la mesa: solomillo de ternera, puré de patatas, zanahorias cocidas y ensalada verde.

—Siento gastar tu única noche de carne roja de la semana, papá —dijo Laurie—, pero se supone que este sitio es fantástico.

Un año antes, Leo había tenido un problema cardíaco y le habían implantado dos estents en el hospital Mount Sinai. Le habría gustado que Laurie no se enterase de la intervención, porque ahora estaba decidida a transformarle en el desgraciado seguidor de una dieta vegana sin gluten.

Leo daba buena cuenta del último trozo de carne de su plato, bañado en una gran cucharada de salsa bearnesa, cuando Laurie, que había estado hablando de una subasta benéfica celebrada en el colegio de Timmy, cambió de tema y empezó a comentar un caso que se estaba planteando cubrir en el trabajo.

—¿Recuerdas a Virginia Wakeling? Era miembro de la junta de administradores y la empujaron desde la azotea del Museo Metropolitano de Arte la noche de la gala anual.

En aquella época Leo ya se había retirado de la policía, pero el caso había ocupado las portadas de los periódicos durante al menos un par de semanas.

—Fue una escena horrible, una forma terrible de morir. Oficialmente, el caso sigue abierto, pero se dice que fue su novio quien lo hizo, que iba detrás del dinero.

—Según él, ella le había prestado dinero voluntariamente —dijo Laurie, y puso a su padre al corriente de todo lo que le había contado Ivan Gray sobre el caso esa mañana—. En cualquier caso, el chollo se le acabó cuando murió ella.

—¿No es esa la clase de caso que buscas? —preguntó Leo—. Tienes que encontrar varias versiones de la historia.

Ella se encogió de hombros.

—Eso no es propio de ti, Laurie. ¿Qué problema tienes?

—El caso ha llegado a través de Ryan.

Leo dejó el tenedor sobre el plato. Solo había visto a Ryan Nichols un par de veces, pero opinaba que el ego de aquel hombre se interponía en el funcionamiento de su cerebro.

—¿Conocía a la señora Wakeling?

—Peor aún. Es amigo del novio, Ivan Gray. Está absolutamente convencido de que el tipo es inocente y de que la policía se dejó llevar por los prejuicios.

—¿Mamá? —intervino Timmy, que mordisqueaba tres patatas fritas a la vez.

—Dime.

—No quiero juzgarte ni nada de eso, pero otras madres no hablan de crímenes en la mesa.

Laurie le dio con el dedo a su hijo en un lado de la cintura.

—¿Cómo vas a ser el detective número uno de Estados Unidos si no te metemos el gusanillo en el cuerpo ahora?

—El jefe de seguridad del Met participa en el grupo antiterrorista al que me he incorporado. Acabamos de celebrar una reunión acerca de amenazas potenciales en lugares con gran concentración de público. El jefe de detectives de la comisaría de Central Park también forma parte del grupo. ¿Quieres que intente averiguar algo sobre el estado de las investigaciones? —preguntó Leo.

Laurie le dedicó una sonrisa radiante mientras quitaba la mesa.

—¿Hay alguien en esta ciudad a quien no conozcas, papá?

Hizo dos llamadas, una al jefe de seguridad del Met y otra a un detective de homicidios al que conocía. Ninguno entró en detalles, pero las dos conversaciones tuvieron la misma conclusión.

Encontró a Laurie en la cocina, llenando el lavavajillas.

—Lo siento, niña, no soy ningún fan de Ryan, pero este caso podría ser lo tuyo.

—¿Y eso? —preguntó ella.

—La policía no tiene pistas activas, pero, al parecer, quedan muchos ángulos por explorar. Un guardia de seguridad la vio subir, pero las cámaras estaban apagadas. Nadie tiene la menor idea de quién habría podido estar con ella en la azotea. Parece ser que había mucho dinero en juego. Eran muchas las personas que ganaban algo con su muerte.

Laurie aclaró un estropajo cargado de jabón y lo apoyó en un lado del escurridor.

—Eso es interesante, pero, francamente, esperaba que me dijeras que no era mi tipo de caso.

—¡Qué va! Me da la impresión de que podríais hacer algún bien. Necesitan una nueva pista para que el caso no quede archivado.

—No sé. Siempre he sido el contacto principal de la persona que está, ya sabes, bajo sospecha. Si me ocupo de este caso, le estaré cediendo a Ryan cierta cantidad de poder.

—Bueno, por si te sirve, te diré que el jefe de seguridad del Met me ha dicho que está dispuesto a reunirse contigo cuando quieras. Estaba allí la noche que murió Wakeling. No se me ocurriría decirte lo que tienes que hacer, pero no renuncies a un buen caso solo porque venga de Ryan. Hasta el más tonto acierta alguna vez.

Leo no apreciaba demasiado a Ryan, pero intuía que Laurie tenía sus propias razones para no simpatizar con el joven abogado. El problema era Alex Buckley y no Ryan. «Parece muy desdichada. Claro, le echa de menos. ¿Cómo podría no hacerlo? Y Timmy y yo le echamos de menos también», pensó.

8

Alex Buckley miró por los enormes ventanales de su salón, contemplando las luces reflejadas en las aguas del East River. Aunque la llamada había finalizado, seguía con el teléfono en la mano, repitiéndose una y otra vez las palabras que acababa de oír procedentes del otro extremo de la línea.

Hacía semanas que su nombre se barajaba en las altas esferas, pero, desde su punto de vista, aquel proceso se parecía a tener que practicar los pasos de un baile que tal vez tardase varios años en ejecutar. Sin embargo, esa noche había recibido la llamada de un veterano senador por Nueva York que acababa de hablar en persona con el presidente de Estados Unidos. Lo que tanto había deseado iba a suceder por fin.

—¡Sí! —exclamó en tono triunfante, alzando el puño cerrado.

Oyó que su mayordomo, Ramon, carraspeaba al entrar en la habitación.

—¿Aún no nieva, Ramon? —preguntó.

La previsión meteorológica anunciaba la primera nevada del invierno. Habían dejado atrás el Año Nuevo sin que cayera un solo copo. Pero Ramon estaba pensando en otra cosa.

—¿Es la llamada que estaba esperando?

—Pues sí. La semana que viene iré a Washington para rellenar el resto del cuestionario para la confirmación del Senado. Me han advertido que el proceso es agotador.

—Si alguien puede superarlo será usted, señor. Me alegro mucho de haber estado aquí para atender la llamada. Siento que he participado un poquito en la historia.

Ramon se había tomado una semana libre para visitar a su hija Lydia en Siracusa. A sus sesenta y un años, era oficialmente abuelo de una niña llamada Ramona. Solo hacía veinticuatro horas que había vuelto y ya le había enseñado a Alex al menos cincuenta fotografías de la bebé. A Ramon le costaba asimilar que, menos de treinta años después de llegar a Estados Unidos procedente de Filipinas, tenía una preciosa nieta que era ciudadana estadounidense desde el momento de nacer.

—Gracias, Ramon.

—Sé que es tarde, pero habría que celebrarlo. ¿Podemos hacer algo sencillo para festejar el momento?

Ramon insistía en llamarse a sí mismo «mayordomo», pero también era asistente, cocinero, amigo y tío honorario de Alex. Este había perdido a sus padres más de quince años atrás y había sido designado tutor legal de su hermano menor, Andrew. Este había ampliado la pequeña familia casándose con Marcy y siendo padre de tres niños adorables, pero Alex también consideraba a Ramon parte del clan Buckley.

Sabía que Ramon compartía ese sentimiento. Su rostro redondeado sonreía con tanto orgullo como si quien había recibido esa llamada telefónica fuese un miembro de su propia familia.

—Si te apetece acompañarme, un oporto estaría bien.

—Un oporto sería perfecto, señor.

El senador había telefoneado para notificarle a Alex que el presidente le otorgaba un puesto de juez en el Tribunal de Distrito de Estados Unidos para el Distrito Sur de Nueva York. Era uno de los cargos más prestigiosos del ámbito judicial. Una nota de prensa lo anunciaría a primera hora de la mañana.

Ramon regresó con una pequeña bandeja de plata en la que descansaban dos copas de oporto.

—Es el momento perfecto —comentó, mirando por la ventana.

Empezaba a nevar.

Al alzar su copa para brindar con Ramon, Alex comprendió que, si bien iban a concederle un trabajo de ensueño, una parte de él habría sido aún más feliz si la llamada hubiese sido de otra persona.

Esa noche, al acostarse, no pensaba en su carrera judicial, sino en Laurie Moran. Hacía poco más de dos meses había puesto en peligro la relación entre ambos al decirle que necesitaba apartarse de ella hasta que estuviera verdaderamente preparada para dejarle entrar en su vida.

Alex miró cómo caía la nieve al otro lado de la ventana mientras deseaba poder contemplarla con Laurie. ¿Lo llamaría algún día?

9

Laurie mantenía una relación de amor-odio con la ciudad de Nueva York. Algunos días salía al exterior, alzaba la vista hasta los altísimos edificios, se sumergía en el anonimato que le brindaba el hecho de caminar por una acera llena de gente y se decía que era muy afortunada de vivir en la ciudad más interesante del mundo. Sin embargo, otros días solo era capaz de fijarse en el ruido de los cláxones y sirenas y en el desagradable olor que desprendían los tubos de escape y la basura.

La mañana empezó con una nota positiva. Al salir de su edificio, se encontró con la nieve limpia y blanca que bordeaba una acera recién despejada. Recibió el saludo del empleado de su puesto de café favorito y bajó al andén de la línea de metro de la Segunda Avenida, por fin acabada, donde entraba el tren en ese momento con muchos asientos libres.

Luego, de forma inexplicable, el metro se detuvo de golpe entre dos estaciones. El conductor dijo algo por los altavoces, pero sus palabras fueron indescifrables. Las luces parpadearon. Una mujer asustada se puso a aporrear el cristal de la puerta de salida. Un hombre que estaba a su lado le pidió que parara de una vez. Otros pasajeros tomaron partido en el debate encendido y superfluo que se desató a continuación. Laurie cerró los ojos y se puso a contar hasta que el tren reanudó su marcha.

Cuando salió del metro en la Sexta Avenida, la nieve estaba sucia y las aceras aparecían cubiertas de un fango gris. Había tardado casi una hora en recorrer un trayecto de poco más de tres kilómetros.

Ya no le encantaba la vida en la ciudad.

Cuando llegó a su despacho, Grace le tenía preparado un café con leche desnatada y un minicruasán de Bouchon Bakery.

—Eres un ángel —dijo Laurie, quitándose el pañuelo verde jade que llevaba al cuello.

El café todavía estaba caliente.

—Cuando llegas después de las 9.20, sé que te ha ocurrido algo y que te mereces un pequeño capricho.

—Me he quedado atrapada en el infierno del metro.

—Pues ya me gustaría tener mejores noticias para ti, pero Brett ha venido hace cinco minutos. Quiere verte cuanto antes.

«Por supuesto», pensó para sus adentros. Iba a ser esa clase de día.

La joven secretaria de Brett Young, Dana, llamó a Laurie con un gesto del brazo para invitarla a entrar en el santuario del jefe.

—¿Es grave? —preguntó Laurie.

Dana movió una mano para hacerle saber que su jefe estaba de mal humor, aunque las dos le habían visto peor.

Cuando entró, Brett estaba al teléfono. Levantó un dedo, le dijo a la persona que estaba al otro extremo de la línea que le llamara más tarde y, mientras colgaba, le indicó a ella con un gesto que tomara asiento. Brett esperaba que el mundo se moviera cinco veces más rápido de lo que lo hacía.

—¿Por qué no estás cubriendo el caso de Virginia Wakeling? —preguntó.

—¿Quién ha dicho que no?

—Entonces ¿lo estás haciendo? ¿Por qué no me lo has dicho?

—El tema no surgió hasta ayer, Brett. Lo estoy considerando.

—No hay nada que considerar. Es perfecto. Mejor que todo lo que has hecho hasta ahora.

El insulto le escoció.

—¿A qué viene eso, Brett? A estas alturas, creía haberme ganado un poco de confianza.

Hasta el momento habían grabado cuatro programas de la serie *Bajo sospecha*, y todos habían sido un éxito de público. Además, los episodios generaban una actividad viral en Twitter y Facebook que contribuía a aumentar la audiencia joven y moderna que buscaban los anunciantes.

Brett agitó una mano con aire despectivo, como para decirle que no se diera tanta importancia.

—Soy el que paga las facturas, lo que significa que puedo interferir cuando pienso que estás perdiendo el tren. ¿No estás perdiendo el tren?

—La verdad, Brett, no sé muy bien qué me estás preguntando.

—Me ha dicho un pajarito que tienes algún problema con el novio musculoso. ¿Cómo se llama? ¿Igor?

—Ivan. Ivan Gray.

—Un nombre perfecto para un asesino. Me encanta.

—No tengo ningún problema, Brett. Y es posible que sea un asesino y también que no lo sea. Por eso estoy estudiando el caso antes de lanzarme.

—Tres palabras, Laurie: Eso. Da. Igual.

Ella empezó a protestar, pero su jefe la interrumpió de inmediato:

—No me importa si Ivan, Igor o como se llame es culpable o inocente. Era una dama rica con traje de gala a la que arrojaron desde la azotea del Museo Metropolitano de Arte durante el evento más elegante del año. Pelo negro, piel clara y sangre con un Central Park nevado como escenario. Famosos bien vestidos. Está clarísimo.

—No he dicho que no en ningún momento, Brett.

—Pues al parecer tampoco has dicho que sí.

—Aún no sabemos si la familia participará. No sabemos si el Met nos dejará filmar allí. Hay mucho que hacer.

—Pues ve a hacerlo. Este es el trato: a no ser que vuelvas aquí con una razón buenísima, tu próximo caso es Virginia Wakeling.

—Mensaje recibido.

Iba de camino a la puerta de su despacho cuando él la detuvo:

—No me demandes por ser políticamente incorrecto, Laurie, pero a veces me pregunto por qué eres tan dura con Ryan. Sois como dos críos persiguiéndose en el patio. Confieso que me hace gracia observaros. Está soltero, ¿sabes? Y, en mi opinión, es un buen partido.

Laurie se las arregló para no vomitar el café con leche que se había bebido.

Acababa de volver a su despacho y se disponía a llamar a Ryan cuando apareció en su móvil una alerta del *New York Times*: «La Casa Blanca nombra juez federal a un famoso abogado».

Tocó la alerta y vio una fotografía de Alex. Era una de sus instantáneas favoritas, la que le habían tomado los estudios cuando se incorporó al programa como presentador. Sus ojos de un azul verdoso miraban directamente a través de la cámara tras las gafas de montura negra. Laurie notó que el café con leche volvía a dar vueltas en su estómago.

Sabía que Alex soñaba con ser juez federal. Siempre había dado por sentado que su labor como abogado penalista podía suponer un obstáculo para una posible designación. Ahora conseguía por fin el trabajo de sus sueños.

Se lo imaginó recibiendo una llamada de un senador o tal vez incluso de la propia Casa Blanca. Se preguntó si se plantearía la posibilidad de telefonearla para darle la noticia o si había pasado página por completo y la había olvidado.

Sus pensamientos se vieron interrumpidos por unos golpecitos en la puerta. Era Ryan.

Laurie puso los ojos en blanco y no se molestó siquiera en disimularlo.

—Ryan, acordamos tomarnos un día para pensárnoslo. No hacía falta que pasaras por encima de mí y fueras a hablar con Brett.

—Lo siento, Laurie —dijo, pero no parecía sentirlo en absoluto—. Vi cómo mirabas a Ivan ayer. No le crees.

—No me conoces lo suficiente para saber lo que estoy pensando, Ryan. Para que lo sepas, anoche investigué un poco para descartar lo que más me preocupaba, o sea, que el caso fuese demasiado reciente. —Laurie no juzgó necesario decirle que quien había hecho las llamadas era su padre—. Iba a seguir adelante con la investigación de todos modos. Sacar conclusiones precipitadas y echarle pulsos a tu jefa no es la mejor forma de hacer amigos.

—Perdona, Laurie, pero no estoy aquí para hacer amigos. Ivan llegará dentro de un cuarto de hora para hablarnos de los demás sospechosos.

10

Ivan ocupaba al menos un tercio del alargado sofá de cuero blanco que se hallaba debajo de las ventanas del despacho. Tenía adoptada la pose que Laurie siempre asociaba con los llamados machos alfa: rodillas separadas y pies firmemente plantados en el suelo, ocupando el máximo espacio posible.

Les estaba hablando de la última vez que había visto a Virginia Wakeling:

—Aquella noche estaba preciosa. Yo no veía la diferencia de edad que había entre nosotros. La cena acababa de terminar y estaban preparando el escenario para las actuaciones musicales. Debían de ser más o menos las 21.30. Estábamos cruzando la sala con muchas dificultades. Todo estaba organizado alrededor del templo —añadió, refiriéndose a la gigantesca pieza egipcia del museo, el templo de Dendur—. Ginny estaba muy solicitada, y yo me limitaba a saludar con la cabeza y a decir «hola». Pero cuando el director del museo estaba hablando con Ginny su mujer se empeñó en entablar conversación conmigo. Le dije que era entrenador, y ella empezó a preguntarme por las diferencias entre el pilates y el yoga, entre las pesas y el entrenamiento cruzado. Cuando por fin me la quité de encima, no pude encontrar a Ginny por ninguna parte.

—¿Dónde estabas cuando te enteraste de que había muerto?

—En el vestíbulo principal, adonde fui al no encontrarla en el templo. La estaba buscando cuando oí que los asistentes murmuraban conmocionados. Luego, una mujer gritó algo sobre una señora con vestido azul. En ese momento intuí que le había ocurrido algo a Ginny. Un guardia dijo más tarde que ella había pedido subir a la azotea a tomar el aire. Alguien debió de seguirla hasta arriba y la empujó.

—Dijiste que tenías alguna idea acerca de quién podía ser —dijo Laurie.

—Ayer me lo preguntaste: si yo no maté a Ginny, ¿quién lo hizo?

—Lo pregunto siempre antes de trabajar en un caso nuevo.

—Para empezar, tienes que quitar el «si» de la pregunta, porque soy un hombre inocente.

Una vez más, Laurie pensó que parecía más interesado en limpiar su nombre que en identificar al asesino de Ginny.

—Lo sabemos —dijo Ryan.

Laurie pasó por alto el comentario de Ryan y habló directamente con Ivan:

—Has dicho «para empezar». ¿Qué más te preocupa?

—Necesito que sepas que no me causa ningún placer señalar con el dedo a ninguna de estas personas. Les tenía aprecio, tanto si ellas me correspondían como si no.

—Me parece bien —contestó ella.

Ivan inspiró hondo, como para armarse de valor, y dijo:

—Me he pasado tres años preguntándome lo mismo que tú y solo veo una explicación posible para la muerte de Ginny: la mató alguien de su familia. Ellos me odiaban —dijo Ivan, escupiendo las palabras—. Me despreciaban. Me aborrecían. Coge un diccionario de sinónimos y elige cualquier palabra. Me miraban como si fuese infrahumano. Me esforcé mucho por conseguir su aprobación. Acogían cualquier comentario que hiciese, como «qué vestido tan bonito» o «hace buen día», burlándose o poniendo los ojos en blanco, en el mejor de los casos.

—¿De qué miembros de la familia estás hablando?

—Carter, Anna y Peter. Los tres formaban un frente unido de desdén.

Laurie reconoció los nombres por haberlos leído en la necrológica de Virginia. Carter era el hijo, de treinta y ocho años y, al parecer, soltero en el momento de la muerte de su madre. Anna era la hija, dos años más joven que su hermano. Peter era el marido de esta. Anotó los nombres en el bloc que tenía sobre el regazo.

El tono de Ivan se suavizó:

—Bueno, al menos a los nietos, Robbie y Vanessa, les caía bien, pero eran muy pequeños, y para ser su mejor amigo no tenía más que cogerlos en brazos y darles unas vueltas.

Sonrió con tristeza al recordar a los niños que podrían haber sido sus nietastros si las cosas hubieran ido de otra manera.

—¿Por qué desagradabas tanto a la familia? —preguntó Laurie.

—Si se lo preguntaras a ellos, te dirían que era demasiado joven y pobre, y que solo iba detrás de su madre por interés. Pero, si te digo la verdad, no creo que sus sentimientos tuvieran nada que ver conmigo personalmente. Habrían encontrado un motivo para ponerse en contra de cualquier hombre al que Ginny dejara entrar en su vida.

—Su marido había fallecido cinco años antes. ¿No querían que encontrara la felicidad con otra persona?

Ella recordó una de sus últimas conversaciones con Alex: «Sé que suena frío, Laurie, pero han pasado seis años». Seis años desde que asesinaron a Greg, y, aun así, había apartado a Alex tantas veces que él se había cansado de esperar.

—No querían que cambiase. Ginny amaba a su marido, pero, mientras estuvimos juntos, se encontró a sí misma y creció como persona. Era más perspicaz, más divertida. Estaba más viva. Y, aunque me gustaría creer que se debía a mi influencia, no es así. Sin embargo, sus hijos no opinaban lo mismo. Pensaban que su madre estaba pasando por una fase y querían que volviera a ser la misma de antes.

—Ese podría ser un motivo para que les cayeras mal —dijo Laurie—, pero me temo que no entiendo por qué sospechas que mataron a su madre.

—Les aterraba que tuviera acceso al dinero de la familia. Cuando Ginny y yo hacíamos planes para casarnos, comentábamos lo que ella pensaba hacer con su fortuna. Dejaba atrás un patrimonio valorado en doscientos millones de dólares, más la mitad de las acciones de Wakeling Development.

Laurie resistió el impulso de soltar un silbido. Escribió «200M$» en su bloc y lo subrayó tres veces.

—Por eso yo iba a firmar un acuerdo prenupcial, cosa que me parecía muy comprensible. Pero ella pensaba que sus hijos debían ser autosuficientes.

—¿Iba a desheredarlos? —preguntó Ryan.

—No exactamente. Tras la muerte de Bob, Anna y Carter se hicieron cargo del negocio familiar. Cada uno poseía una cuarta parte del capital. Ella nunca les habría arrebatado el control de la empresa. Ginny tenía previsto dejarles el resto del capital cuando falleciera, pero empezaba a pensar que la gente es más fuerte cuando se ha hecho a sí misma.

—Como su marido, Bob —comentó Laurie.

—Exacto. A Ginny no le importaba que la gente recibiera un empujón inicial, como la empresa de éxito que sus hijos heredaron de Bob o el dinero que ella me adelantó para el gimnasio. Sin embargo, quería que Anna y Carter tuvieran que ganarse el sustento, y, la verdad, creo que ellos daban por sentado que tenían la vida resuelta. El gran proyecto de Bob en Long Island City estaba terminado. Ginny deseaba que sus hijos tuvieran un aliciente para trabajar tanto como su padre. Pensaba cambiar su testamento para dejar el grueso de su patrimonio, sin contar la empresa, a entidades benéficas.

Laurie había leído en la prensa que algunos de los mayores multimillonarios del país anunciaban sus planes de dejar casi todo su dinero a entidades benéficas. Se preguntó si Virginia se habría visto influida por esos artículos.

—¿Les dijo a sus hijos que iba a cambiar su testamento?

No habrían tenido motivo alguno para matar a su madre con el testamento existente, a no ser que supieran que proyectaba modificarlo.

—Pues esa es la cuestión. Creo que sí, pero no puedo demostrarlo. El marido de Anna, Peter Browning, es un abogado especializado en inmuebles comerciales. Ginny confiaba mucho en él; era prácticamente su tercer hijo, y también el albacea de su testamento. Mi teoría es que ella habló con Peter acerca de sus planes. Se lo dije a la policía, pero no tengo la menor idea de si llegaron a investigarlo.

Laurie anotó «Peter/albacea/$$» en su bloc.

—¿Y cuál de los hijos crees que lo hizo? —preguntó Laurie.

—No tengo la menor idea.

11

Ivan pasó los minutos siguientes tratando de describir brevemente a cada uno de los miembros de la familia. Según él, Anna era la más trabajadora de los dos hijos y estaba más implicada en la dirección de la empresa.

—Aunque Anna me despreciaba, siempre sentí lástima por ella. Creo que Bob daba por sentado que Carter acabaría dirigiendo el imperio familiar porque era el hijo varón y además el primogénito. Pero Carter no es nada trabajador. Por lo menos, Anna lo intenta. Naturalmente, Ginny sabía que su hija tenía buena cabeza para los negocios, pero ella se sentía acomplejada.

—Quien mató a Ginny tenía que ser fuerte —comentó Laurie, intentando no dar la impresión de acusarle a él—. En las fotografías que he visto no parece que fuese una persona frágil. ¿De verdad habría podido su hija empujarla por encima del borde de la azotea?

Él negó con la cabeza.

—Créeme, sé que Ginny era fuerte porque era yo quien la entrenaba. Si fue Anna, tuvo que contar con la ayuda de alguien.

—Por ejemplo, de su marido Peter —comentó Ryan.

Ivan asintió con la cabeza y añadió:

—O de su hermano Carter.

—Háblame de él —dijo Laurie.

Ivan se encogió de hombros.

—Es inteligente, pero menos serio que su hermana, y está más mimado. Es una especie de playboy. Se casó a los treinta y pocos, pero el matrimonio solo duró un par de años. Le dijo a Ginny que no creía que volviese a casarse nunca más. Ella esperaba que cambiase de opinión, pero Carter parecía decidido a no comprometerse.

—¿Se te ocurre algún otro sospechoso? —preguntó Laurie.

Ivan guardó silencio. Ella comprendió que no estaba seguro de querer hablar.

—Pretendemos que nuestra investigación sea exhaustiva, Ivan, así que no vamos a sacar conclusiones precipitadas.

—Seguramente deberíais hablar con la asistente de Ginny, Penny Rawling.

—¿Estaba en el Met aquella noche?

Ivan asintió con la cabeza.

—Penny se moría de ganas de ir, pero Ginny no tenía previsto invitarla. Pocos miembros de la alta sociedad llevan a sus empleados a esa clase de eventos. Ginny se mostraba sumamente generosa con Penny; demasiado, en mi opinión. La madre de Penny había sido secretaria de Bob en la compañía durante muchos años. Cuando falleció, poco antes de que Penny se graduara en el instituto, Bob la contrató para que trabajara para él, y luego, por lealtad, Ginny la convirtió en su asistente personal después de que Bob muriera.

—¿Por qué iba Penny a matar a una persona que era tan generosa con ella?

—No estoy diciendo que lo hiciera. Como he dicho, creo que fueron los hijos. Sin embargo, Penny podía estar resentida. Esperaba ir ascendiendo hasta conseguir un puesto más importante en Wakeling Development, pero estaba muy claro que la familia solo la veía como a una asistente, y no especialmente buena. En mi opinión, era poco digna de confianza y se distraía a menudo. Muchas veces se marchaba pronto y llegaba tarde. Ginny estaba dispuesta a pasar por alto sus fallos por lealtad, pero no me gusta ver que la gente se aprovecha de la amabilidad de otras personas. Le dije en numerosas ocasiones que tenía que desarrollar una mayor ética del trabajo.

Era la segunda vez que Ivan subrayaba la importancia de tener una «ética del trabajo». Si decía la verdad, quizá hubiera tenido más influencia de lo que él mismo creía en los planes de Ginny para cambiar su testamento.

—Si Penny la mató, fue porque pensó que la despediría si se casaba conmigo, quitándole la pequeña herencia que esperaba recibir algún día. No era mucho, setenta y cinco mil dólares, pero para Penny representaba una gran suma.

—¿Tenía Penny la fuerza suficiente para arrojar a Ginny desde aquella azotea?

Él negó con la cabeza.

—Es todavía más débil que Anna y está muy delgada. En cuanto a las distracciones que he mencionado, se pasaba todo el tiempo al teléfono, hablando con un novio misterioso, y parecía tremendamente preocupada por su imagen después de haber presionado tanto para asistir a la gala. Tuve la impresión de que su admirador desconocido estaría allí, pero se presentó con una de las integrantes más antiguas de la junta, que había ido sin su marido. —La voz de Ivan se hizo más áspera—: ¡Madre mía, espero que no fuese Penny! No quiero creer que tuve una influencia indirecta en la muerte de Ginny al hacérselo pasar mal.

—Pero tú no crees realmente que Penny estuviera implicada.

—No lo creería a no ser por un detalle que me hace dudar. Penny era la que más nos veía juntos a Ginny y a mí. Ella sabía que nos queríamos de verdad. Pese a que procedíamos de entornos muy distintos, estábamos profundamente enamorados. Nos conocíamos. Nos conocíamos mucho.

Por un momento, apartó la mirada. Fue la primera vez que Laurie creyó que ese hombre lloraba a Virginia Wakeling.

Ivan parpadeó varias veces antes de seguir hablando:

—Cuando la prensa sensacionalista me presentó como un monstruo cazafortunas, Penny no me defendió. Me arrojó a los leones, diciendo que le había pedido a Ginny que me comprara ese Porsche, lo cual es totalmente falso. Nunca he encontrado una explicación. Me hace pensar que trataba de echarme la culpa, y ¿por qué iba a hacer eso?

Laurie tomaba notas en su bloc a un ritmo frenético. Alzó la mirada y vio los ojos de Ryan fijos en ella. Su expresión decía: «Te lo dije».

Tenía razón: ese caso era perfecto.

Nada más acompañar a Ivan hasta el ascensor, Ryan la miró en busca de una confirmación.

—¿Y ahora qué?

—Trataré de conseguir la participación de la familia. Y hablaré con la gente del Met. Si queremos que esto salga bien, tienen que encajar todas las piezas.

Laurie esperaba que Ryan se ofreciese voluntario para realizar ambas tareas, pero él se limitó a asentir con la cabeza. Laurie era la productora, Ryan el presentador. No tenía ningún papel que desempeñar hasta que iniciaran la fase de producción.

Cuando él se encaminó hacia su despacho, Laurie le dijo:

—Ryan, es un buen caso.

—Gracias. Y tenías razón: acudir a Brett ha sido una idiotez.

Resultaba agradable saber que estaban de acuerdo en algo.

Dos llamadas telefónicas después, Laurie tenía un programa que dejaría satisfecho al mismísimo Brett Young. El jefe de seguridad del museo podía reunirse con ella después del almuerzo. Y, para su sorpresa, la asistente de Anna Wakeling le dio cita para la mañana siguiente.

12

Esa tarde, al entrar en el Museo Metropolitano de Arte, Laurie volvía a disfrutar de la vida en la ciudad de Nueva York. Recordó la primera vez que sus padres la llevaron allí. Esperaron a que estuviese en primaria porque querían que pudiese apreciarlo como el lugar especial que era.

Mientras se aproximaban a una momia en su sarcófago, su madre la cogió de la mano y le aseguró que no ocurriría nada malo. Laurie se maravilló ante las figuras armadas sobre caballos de la galería de armas y armaduras. Su padre y ella repitieron la experiencia con Timmy cuando este tenía la misma edad, haciendo una pausa junto al agua que rodeaba el templo de Dendur para arrojar una moneda y decirle a la madre de Laurie que les habría gustado que estuviera allí. Para Laurie, aquel edificio era uno de los lugares más bellos del mundo.

Le estaba preguntando a un guardia de seguridad del mostrador de recepción por Sean Duncan, el jefe de seguridad, cuando se acercó un hombre moreno vestido con un traje mil rayas.

—Soy yo. Usted debe de ser la señora Moran. Llega muy puntual.

—Llámeme Laurie.

Él la saludó con un amistoso apretón de manos, pero, por lo demás, se mostró muy formal. Laurie se percató de que el guardia de seguridad uniformado enderezaba la espalda en presencia de su jefe y pensó que tal vez Duncan hubiese sido militar.

El hombre cruzó el vestíbulo principal en dirección al jardín dedicado al arte medieval.

—Mi mujer es una gran admiradora de su programa. Le encanta todo lo que guarda relación con el crimen. ¿Puedo decirle que nos hemos visto, o es una visita confidencial?

—Claro que sí, pero aún no hemos tomado una decisión. En estos momentos solo estoy investigando.

—Entiendo. —Cuando llegaron a un ascensor, Laurie vio que otro guardia de seguridad enderezaba la espalda—. He pensado que podemos empezar por la escena del crimen.

Laurie solo había estado en la azotea del Met cuando la abrían para celebrar exposiciones durante el verano. Ese día permanecía cerrada al público. La azotea, completamente vacía, ofrecía unas vistas maravillosas de Central Park y del paisaje urbano circundante, cubierto por la nieve.

—¡Vaya! ¿Cómo es que no vive usted aquí?

—Existe un motivo para que mi despacho esté justo allí —dijo él, indicando con un gesto una ventana adyacente. El hombre fue hasta el borde occidental de la azotea y señaló un punto en la nieve—. La encontraron justo allí. Entonces también había nevado.

Al otro lado de una barandilla de un metro de alto, la ancha cornisa de hormigón de la azotea aparecía cubierta de setos bajos. Ninguna caída podía ser accidental. Una persona tenía que saltar o ser arrojada con muchísima fuerza.

—¿Era usted el jefe de seguridad en esa época?

—Su auxiliar. Me ascendieron el año pasado.

—Enhorabuena. ¿Conocía a la señora Wakeling personalmente?

—Solo lo suficiente para saludarla por su nombre cuando

venía por aquí. Parecía una señora muy agradable. El director la adoraba.

—¿Las cámaras no grabaron su caída?

Él negó con la cabeza.

—Siempre realizamos el mantenimiento anual de las cámaras la noche de la gala. Las desconectamos para efectuar pruebas y sustituir los elementos necesarios mientras las galerías, la azotea y otros espacios no dedicados a la fiesta permanecen cerrados al público.

—¿Cómo es que la señora Wakeling estaba aquí arriba si la azotea permanecía cerrada?

—Era uno de los miembros de la junta del museo. Están autorizados para ir adonde quieran y en el momento en que lo deseen.

Laurie intuyó que Duncan no aprobaba el sistema.

—¿Sabe a qué hora subió aquí arriba?

—A cada uno de los VIP se le asignó un guardia de seguridad durante la fiesta. El de la señora Wakeling se llamaba Marco Nelson. Dijo que la acompañó al ascensor poco después de las 21.30, al acabar la cena y antes de que empezara la música —respondió Duncan. Laurie se percató de qué el momento indicado coincidía con los cálculos de Ivan—. Según Marco, la señora Wakeling dijo que necesitaba tomar el aire y no quería salir a los escalones delanteros. El museo se convierte en una auténtica casa de locos durante la gala, lleno de curiosos y periodistas de la prensa del corazón. Pidió subir aquí, insistiendo en que quería estar a solas.

—¿Dijo por qué?

—No, pero Marco dijo que tenía los labios apretados y que no dejaba de volverse para mirar hacia la fiesta, como si se sintiera disgustada por algo que había allí. Marco tuvo la clara impresión de que había discutido con alguien o tenía algún motivo para estar descontenta.

—¿Subió con ella?

Él volvió a negar con la cabeza.

—Marco afirma que la última vez que vio a la señora Wakeling fue al dejarla sola en el ascensor. Diez minutos más tarde, un hombre que había salido a correr por el parque encontró su cadáver. ¿Puede creerse que algunos invitados se quejaron de que esa noche no celebráramos el concierto previsto?

Por desgracia, podía creérselo. En su trabajo como periodista, Laurie había visto lo mejor y lo peor de la condición humana.

—¿Trabaja Marco hoy? Me sería muy útil hablar con él.

—Marco se marchó hace un par de años para trabajar en el sector de la seguridad privada. Probablemente ganará el triple de lo que cobro yo aquí siendo jefe. Aunque, claro está, él no tiene la suerte de pasar la mayor parte del día en el Met.

—Es uno de mis lugares preferidos del mundo entero —dijo Laurie.

—Mi mujer dice que el mejor regalo que le he hecho jamás fue el que le hice en nuestra tercera cita: una visita al museo después de cerrar. Se sintió como Claudia Kincaid en la novela *Los archivos secretos de la sra. Basil E. Frankweiler*.

El libro, que narraba la historia de dos hermanos que se escapan de casa y viven secretamente en el museo, era uno de los favoritos de Laurie cuando era niña. Comprendió hasta qué punto ese hombre amaba el museo.

—Ha dicho que Marco pensó que la señora Wakeling podía haber discutido con alguien. ¿Hubo aquella noche algún testigo que la viera enfrentarse con otro invitado?

—No que yo sepa.

—¿Se produjo algún otro hecho insólito esa noche?

—Nos esforzamos al máximo para evitar sorpresas, pero hubo algo. Poco antes de que encontraran el cadáver de la señora Wakeling en el parque, saltó una alarma en las galerías. Fue en la exposición de moda, después de que la cerrásemos. Los guardias que acudieron no vieron nada fuera de lo normal. Sin embargo, después de que encontrasen el cadáver de la señora Wakeling, la policía especuló con la posibilidad de que el asesino hubiera activado la alarma para distraernos. Mientras comprobábamos una falsa alarma, alguien pudo haberse colado en una escalera y seguir a la señora Wakeling hasta la azotea.

—¿Cómo reaccionaron los invitados al oír la alarma?

—Los invitados no se enteraron —explicó Sean—. Era una alarma silenciosa activada por un sensor de movimiento. Los únicos que habrían tenido constancia de ella eran los miembros del personal de seguridad interno.

—¿Pudieron determinar el paradero de los amigos y familiares de la señora Wakeling a la hora en que subió a la azotea?

—Al decir «amigos», supongo que se refiere concretamente a Ivan Gray.

Laurie sonrió.

—Me refería a cualquier persona cercana a ella. En *Bajo sospecha* mantenemos una actitud abierta.

—No puede decirse lo mismo de otros. La familia señaló con el dedo al acompañante de la señora Wakeling antes incluso de que llegara la policía. Montaron una escena tremenda. Si quiere saber si alguna persona tenía una coartada a toda prueba, no soy yo quien puede responderle. Nuestra prioridad fue mantener la tranquilidad entre los invitados y vigilar las entradas y salidas. La policía se encargó de la investigación. El detective que llevaba el caso se llamaba Johnny Hon. No sé si le servirá ese dato.

—Me será muy útil, gracias. Le haré una llamada. También hablaremos con sus nietos, su yerno y su asistente, ya que todos estaban aquí esa noche.

—No se olvide del sobrino.

—¿Qué sobrino?

—¿Cómo se llamaba? ¿John? No, Tom, eso era. Tom Wakeling. Se aseguró de utilizar su apellido para agenciarse dos entradas al baile. Ocurre constantemente: hay quien se presenta diciendo que es un Kennedy o un Vanderbilt y resulta que es un primo tercero. En cualquier caso, tuve la impresión de que ese chaval era una especie de oveja negra. La señora Wakeling aprobó su inclusión en la lista, pero insistió en decir que su mesa estaba llena porque el director y su esposa se sentaban con ella. Era evidente que quería tener al sobrino a cierta distancia.

—¿Fue un sospechoso?

—Lo dudo, pero, como le he dicho, tampoco lo sabría. Solo le he mencionado porque usted estaba enumerando a los miembros de la familia.

Era la primera vez que Laurie oía hablar del sobrino de Virginia, por lo que supuso que Ivan no estaba enterado de la asistencia del sobrino o no le consideraba un sospechoso.

Tal como acostumbraba ocurrir, el número de personas que tenía que entrevistar iba en aumento en vez de reducirse. Laurie anotó dos nombres más en su bloc: el detective Johnny Hon y Tom Wakeling.

13

La Brasserie Ruhlmann estaba muy tranquila cuando Laurie llegó esa tarde a las cinco y media. El restaurante, cuyo nombre rendía homenaje a Émile-Jacques Ruhlmann, diseñador francés de estilo art déco, recordaba una elegante *brasserie* parisina con sus techos altos, sus sillas tapizadas de cuero rojo y sus manteles blancos. Además, estaba justo debajo de los estudios Fisher Blake, por lo que era uno de los locales preferidos de Laurie.

Mientras esta se quitaba el abrigo y se lo entregaba a la recepcionista, vio que Charlotte la saludaba con un leve gesto de la mano desde una mesa situada en un rincón, cerca de la barra del fondo. Se dieron dos besos y Laurie tomó asiento frente a su amiga.

Charlotte ya tenía un martini sobre la mesa.

—Has llegado temprano —comentó Laurie.

—En Ladyform ha sido día de nevada. Anoche envié un email a todos los empleados para pedirles que decidieran ellos si venían a trabajar. Como cabía esperar, han caído ocho centímetros de nieve en vez de los veintidós que se preveían y la mitad de la oficina se ha quedado en casa.

Charlotte dirigía las actividades de la empresa familiar en Nueva York. Bajo su atenta mirada, Ladyform había pasado de fabricar prendas sencillas y ropa interior para mujeres a convertirse en una marca famosa por su ropa de sport.

Laurie había conocido a Charlotte al abordar la desaparición de su hermana menor en un episodio de *Bajo sospecha*. Cuando acabó la producción, Charlotte la invitó a almorzar. Desde entonces, las dos se habían hecho grandes amigas.

Laurie pidió una copa de vino blanco y escuchó a Charlotte despotricar acerca de un proveedor de tejidos que había decidido añadir otro cinco por cien de licra a un tejido sin avisarle.

—Tengo diez mil rollos de ese material. Hice una prenda de muestra para ver cómo quedaba y el pantalón era como el de Olivia Newton-John en la última escena de *Grease*.

Laurie visualizó las icónicas y ajustadísimas mallas de un negro brillante.

—A lo mejor creas una nueva moda.

—Claro, si resurge la música disco de forma inesperada. —Agitó una mano, apartando de sí el estrés—. Les diré que me lo cambien. Solo es un contratiempo, nada más. Ah, una cosa, que no se me olvide.

Metió la mano en su bolso, sacó un libro pesado y se lo dio a Laurie. El título *La moda de las primeras damas* aparecía en la cubierta en grandes caracteres satinados.

—Había olvidado que lo tenía hasta que colgamos el teléfono.

Cuando Charlotte llamó a Laurie para invitarla a tomar una copa, esta salía del museo y mencionó que estaba estudiando el caso de Virginia Wakeling. Se quedó sorprendida al saber que Charlotte había asistido a la gala de aquella noche. Al parecer, Ladyform adquiría una mesa cada año para contribuir a la financiación del museo y así asociar la marca Ladyform con la moda y no solo con la funcionalidad.

Laurie hojeó las páginas del libro, de gran formato y tapa dura, publicado para conmemorar la exposición celebrada la noche que murió Virginia Wakeling.

—Lo imprimieron antes de esa noche —explicó Charlotte—, así que no incluirá ninguna mención de la muerte. Pero he pensado que a lo mejor te podía servir de algo.

Sean Duncan le había dicho a Laurie que podrían filmar en el Met, aunque, por supuesto, sería imposible reproducir la exposición de moda. Sin embargo, Jerry era capaz de obrar milagros con simples fotografías. Laurie supuso que podrían solicitar versiones en alta resolución de las imágenes que quisiera utilizar. El libro incluía centenares de ellas.

—Es fantástico, Charlotte, gracias.

—Ojalá supiera algo más del caso. —Charlotte ya le había explicado que estaba en el servicio cuando oyó murmurar a otras invitadas que una mujer se había caído. Su mesa no estaba cerca del lugar de prestigio que ocupaba Virginia Wakeling. En resumen, no tenía conocimiento directo de la investigación—. Si fuese así, podría haber sido la primera persona en la historia que apareciese en tu programa más de una vez. Aparte de Alex, claro. Hablando de Alex, lo vi hace dos noches en la cena de la Academia de las Letras del Bronx.

Charlotte había invitado a Laurie a ocupar un asiento en la mesa de Ladyform para el evento, un acto benéfico a favor de la escuela pública en la circunscripción electoral más pobre del país. Por desgracia, ella ya había hecho planes para llevar a Timmy a la sala de conciertos Jazz at Lincoln Center. Una vez más, Laurie necesitaba un clon.

—¿Cómo le viste? —preguntó Laurie, tratando de no parecer demasiado curiosa.

—Bien.

Laurie percibió que Charlotte se callaba algo.

—¿Dijo algo de mí? ¡Oh, borra eso! Parezco una cría de doce años.

—La verdad es que no surgió el tema. Simplemente nos saludamos y me presentó diciendo que nos habíamos conocido a través de *Bajo sospecha*.

Charlotte arrugó la nariz, como si se diera cuenta de que acababa de meter la pata.

—¿A quién te presentó?

—Kerry Lyndon.

Laurie reconoció el nombre. Trabajaba como presentadora de noticias para la filial local de la CBS. Cabello largo y rubio, grandes ojos azules, impecablemente vestida delante de la cámara en todo momento. De repente, Laurie imaginó a Kerry Lyndon de pie al lado de Alex; los dos hacían muy buena pareja.

—De todos modos, no estaban juntos, ya me entiendes. Leí en el programa que los dos participaban en el comité de la subasta. Creo que simplemente recibían a los invitados.

O también podía ser que Kerry hubiera sido la acompañante de Alex en esa velada. Hasta que empezó a salir con Laurie, Alex había sido una presencia frecuente en las páginas de sociedad, siempre acompañado de alguna mujer de éxito conocida por sus propios logros.

—¿Has oído la noticia? —preguntó Laurie, que no quería seguir hablando de aquello—. Le nombran juez federal.

¡Vaya! El honorable juez Alex Buckley. Suena muy bien. ¿Está de los nervios?

Laurie sacudió la cabeza.

—No tengo la menor idea. Lo he leído esta mañana en una alerta del *New York Times*.

Charlotte alargó el brazo por encima de la mesa y apoyó una mano en la de Laurie.

—Cariño, lo siento mucho. He dado por sentado que te habías enterado del nombramiento por él. Sé que os habéis tomado un descanso, pero suponía que algo tan importante como esto...

El día de Acción de Gracias, Navidad y Año Nuevo habían transcurrido sin ninguna comunicación entre ellos, aparte de un intercambio de felicitaciones por correo y el envío de un videojuego como regalo de Navidad para Timmy. ¿Por qué motivo iba a telefonearla para decirle que por fin había conseguido el puesto de sus sueños?

Charlotte la miraba con una expresión casi apenada.

—No tendría que haberte dicho que le vi en la cena.

Laurie forzó una sonrisa.

—Te prometo, Charlotte, que no tienes que disculparte por nada. Alex es libre de compartir su compañía con otras mujeres. No estamos juntos.

Charlotte hizo una pausa, intuyendo que Laurie se hacía la valiente, pero enseguida cambió de tema para hablar de una nueva colección que pensaba presentar en el programa de televisión matinal *Today*.

Laurie había conseguido mantener una aparente serenidad, pero, en realidad, se le había caído el alma a los pies.

14

Al llegar a la oficina a la mañana siguiente, Laurie encontró a Grace sentada ante su mesa, aunque todavía faltaba un rato para las nueve. Como de costumbre, su secretaria iba maquillada a la perfección, pero ese día se había recogido la lustrosa melena negra en un moño bajo y apretado. Además, en lugar de llevar uno de sus habituales vestidos ajustados, lucía una blusa de seda de color verde vivo y pantalón negro de pata ancha.

—Parece que tengas una entrevista de trabajo. No pensarás dejarme, ¿verdad? —preguntó Laurie.

No podía imaginarse perdiendo a Grace.

—Estoy tratando de mejorar mi imagen. Mi hermana dice que la gente me tomará más en serio, pero ya veremos.

A Laurie le remordió la conciencia. Nunca se le había pasado por la cabeza que a Grace, una de las personas más seguras de sí mismas que conocía, le pudiera inquietar lo que otros opinaran de ella.

Antes de que tuviera tiempo de decir nada, llegó Jerry para asistir a la reunión que tenían programada para comentar el siguiente episodio de la serie.

—¿Todo a punto?

—Vamos allá —dijo Laurie.

Jerry empezó repasando los elementos que podían tachar

de la lista de tareas. Estaba negociando con el departamento legal del museo para poder filmar allí.

—Nos lo complican como si fuéramos a filmar en el Vaticano, pero es factible. Será más difícil lograr que participen los Wakeling. ¿Qué ganan ellos?

—A mí también me preocupa —coincidió Laurie—. Solo han pasado tres años, y es evidente que Ivan sigue siendo el sospechoso número uno. Si se enteran de que es amigo de Ryan, no confiarán en nosotros. —Una vez más, Laurie recordó cuánto le habría gustado que Alex no se marchara—. Sin embargo, Brett ha dejado muy claro que este debe ser nuestro próximo caso, siempre que logremos que participe en el programa al menos un miembro de la familia. No soporto la idea de tener que decirle que he fracasado.

—Pues no dejaremos que eso suceda —dijo Jerry, seguro de sí mismo. Su móvil vibró sobre la mesita y miró la pantalla—. Ha llegado el coche, justo a la hora prevista.

Su cita con la hija de Ginny, Anna Wakeling, estaba prevista veinte minutos después. Laurie observó que Grace volvía a su mesa con expresión sombría y pensó en lo que Ivan Gray había dicho sobre Penny, la asistente de Ginny: que era leal, pero se sentía poco apreciada.

Laurie cayó en la cuenta de que Jerry había pasado de ser un becario que iba a buscar cafés a convertirse en una pieza muy valorada del equipo de producción. Sin embargo, Grace seguía en el mismo puesto.

—¿Nos acompañas? —le preguntó Laurie—. Tú calas enseguida a la gente.

La sonrisa de Grace fue contagiosa.

—¡Faltaría más!

15

Las oficinas de Wakeling Development ocupaban dos plantas de un almacén reformado de Long Island City con vistas al East River. Mientras esperaban en la zona de recepción, Laurie distinguió el apartamento de Alex al otro lado del río. Se preguntó si estaría en casa o en su despacho, o tal vez en el juzgado o en una reunión. Antes hablaban de cualquier cosa por teléfono cada noche si no quedaban.

La aparición de una joven la arrancó de sus recuerdos.

—Les esperan en la sala de conferencias.

Sin decirles su nombre ni estrecharles la mano, cruzó las puertas por las que había entrado y echó a andar por un largo corredor.

—No será usted Penny Rawling, ¿verdad?

Laurie seguía sin saber qué había sido de la asistente personal de Virginia tras la muerte de esta. Jerry, el especialista en redes sociales, había localizado el perfil de Facebook de una Penny Rawling que vivía en Astoria, pero su página tenía los ajustes de privacidad más restrictivos. Nadie podía acceder a sus fotos, publicaciones o información si no estaba en su lista de amigos.

La chica que los había recibido pareció confusa ante la pregunta de Laurie y dijo que se llamaba Kate. Los acompañó a una lujosa sala de conferencias amueblada con una mesa de mármol y unas butacas de cuero blanco. Había tres personas sentadas en un lado de la mesa, con una figura femenina en el centro.

Laurie la reconoció por las fotos que había visto en la prensa: era Anna, la hija de Virginia. Lucía melena color miel hasta los hombros, vestido tubo azul marino hecho a medida y zapatos beis con tacones de diez centímetros. A un lado se hallaba su marido, Peter Browning, a quien los medios de comunicación describían como un abogado brillante y discreto que se había convertido en un miembro más de la familia Wakeling tras casarse con Anna. Al otro lado de ella estaba su hermano mayor, Carter. Tenía cuarenta y un años, pero su aspecto era muy juvenil. Llevaba el pelo rubio bastante despeinado, conservaba el bronceado en pleno mes de enero y, según las páginas de sociedad, era un soltero muy codiciado.

—Soy Anna Wakeling —dijo la mujer, que apenas se molestó en presentar a los hombres que la acompañaban—. Les agradezco que hayan venido hasta Long Island City para esta reunión. Muchos habitantes de Manhattan se niegan a cruzar un puente o un túnel.

Laurie, que se había percatado de que Anna seguía usando su apellido de soltera, quiso admirar las vistas desde las ventanas de la esquina.

—Recuerdo los tiempos en que esta zona era más que nada industrial. Entiendo que su padre se enorgulleciera de la huella que había dejado.

—Precisamente por eso seguimos aquí. Mi padre no habría querido que nos lleváramos la empresa a otro sitio.

Gracias a su conversación telefónica con Anna, Laurie sabía que conocía el programa *Bajo sospecha*. Le había explicado que estaban interesados en volver a investigar las circunstancias que condujeron a la muerte de la madre de Anna.

Cuando todos tomaron asiento, Laurie llevó la conversación al tema del sospechoso principal para la familia:

—Tenemos entendido que toda su familia opina lo mismo acerca de Ivan Gray.

Anna contestó de inmediato:

—Ese hombre asesinó a nuestra madre. Fin de la historia.

—No obstante, la policía no ha hecho ninguna detención —replicó Laurie—. ¿No ganaba más casándose con su madre que matándola?

Anna agitó una mano en un gesto de desprecio.

—Por favor, mi madre decía que se casarían «cuando llegara el momento», pero jamás lo habría llevado a cabo. Era una fase, una distracción. —Laurie no pudo evitar fijarse en que Carter y Peter guardaban silencio—. No me gusta nada tener que decir esto, pero nos daba vergüenza que fuese por ahí con ese amiguito del brazo. Tenía la edad suficiente para ser su madre.

—Tenemos entendido que estaban a punto de comprometerse. Llegaron incluso a comprar un anillo.

—Un anillo que sin duda pagó mi madre y que nunca lució, por lo menos en público —contestó Anna—. Le gustaba que la vieran con Ivan, pero no era nada serio, y él lo sabía perfectamente. Por eso le robó para abrir su ridículo gimnasio. Cuando pienso en cómo habría reaccionado mi padre... Hasta llegué a decirle a mi madre: «Papá trabajó para ganar ese dinero. Si viera cómo lo gastas, se quedaría destrozado». —Sacudió la cabeza al recordarlo—. Fue la víspera de su muerte.

Su marido, Peter, alargó la mano para consolarla.

—Señor Browning... —empezó Laurie.

—Llámeme Peter.

—De acuerdo. Yo soy Laurie. Tengo entendido que su suegra le confiaba sus finanzas personales. ¿Le comentó sus planes con respecto a Ivan?

—Bueno, como miembro de la familia, puedo decirle que nos aseguró a todos que no le prestaba apoyo económico. Decía que Ivan tenía sus propios ingresos «de trabajador», que ella complementaba de forma modesta, y que nunca permitiría que otro hombre pusiera las manos sobre el dinero que había ganado el padre de Anna y Carter. Por eso, naturalmente, nos quedamos conmocionados cuando nos enteramos de que todo ese dinero había ido a parar al negocio de él.

Laurie vio que Carter asentía con la cabeza, aunque no parecía seguir la conversación con demasiada atención.

—Peter, ha dicho usted que hablaba en calidad de miembro de la familia. ¿No era también el albacea de la señora Wakeling? Sin duda, ella tuvo que comentarle sus planes. ¿Iba a cambiar su testamento si se casaba?

Según Ivan, Virginia pensaba hacer drásticas reducciones en la herencia de su familia.

—Ahora debo dejar de hablar como miembro de la familia para hacerlo como jurista. Es evidente que esa cuestión queda sujeta a la obligación de mantener en secreto las comunicaciones entre abogado y cliente, que sobrevive a la muerte de Virginia.

Laurie se dio cuenta de que Peter utilizaba el nombre formal que había preferido el marido de Virginia, Bob.

—Pero ustedes, Anna y Carter, no se ven afectados por esa obligación.

Ambos se encogieron de hombros, pero cambiaron una mirada de complicidad.

—Le aseguro, señora Moran —dijo Anna—, que Ivan Gray le sacó a mi madre miles y miles de dólares y que, cuando vio que ella le había descubierto, la mató. El guardia que la llevó hasta el ascensor declaró que estaba disgustada. Era evidente que acababa de tener una discusión. Ivan acabará yéndose de la lengua, y en ese momento la policía se le echará encima para detenerle.

—¿Vieron a su madre discutiendo con Ivan, o con alguna otra persona, esa noche?

Una vez más, ambos hombres miraron a Anna en busca de orientación. A Laurie le habría gustado poder interrogarles por separado, pero, a diferencia de un agente de policía, no podía controlar las circunstancias en las que se reunía con sus testigos.

Anna negó con la cabeza.

—Somos demasiado honrados para fabricar pruebas, pero no tengo la menor duda de que fue Ivan. Cada vez que veo un anuncio de su estúpido gimnasio de boxeo, me entran ganas de darle un puñetazo a algo.

—¿Y Penny Rawling? —preguntó Laurie—. Como asistente de su madre, sin duda tenía ocasión de verla interactuar con Ivan a menudo.

Un silencio incómodo cayó sobre la mesa, y esta vez fue Carter el primero en contestar:

—Cuando nuestra madre falleció le buscamos un puesto en el departamento de facturación, pero no resultó. Me dijeron que había empezado a estudiar empresariales en Hunter College, pero no ha mantenido el contacto con la familia.

—¿Y su primo, Tom? —preguntó Laurie—. Nos han dicho que también estaba en la gala aquella noche y que era más o menos la oveja negra de la familia.

Carter soltó una risa de complicidad.

—¡Y que lo diga! Hubo un tiempo en que hasta yo parecía un santo en comparación con él.

—Todo eso pertenece al pasado —dijo Anna con brusquedad—. Tom ha madurado muchísimo. Ahora trabaja aquí en la empresa, con nosotros. Se ocupa del alquiler de oficinas.

A pesar del tono serio de su hermana, Carter continuaba riendo entre dientes.

—¿Os acordáis de lo mal que le sentó a mamá que Tom utilizase el apellido Wakeling para agenciarse unas entradas? Dijo: «Gracias a Dios, pude decirle con toda sinceridad que nuestra mesa ya estaba llena».

Incluso Peter y Anna sonrieron al oír a Carter imitando la meticulosa dicción de su madre.

—Y Tiffany, la chica con la que vino —añadió Anna.

Carter soltó una carcajada.

—Cantaron un montón. Todo el mundo oyó a Tiffany hablando a voz en cuello de su estrafalaria abuela, la cabaretera jubilada. Juraba y perjuraba que varios presidentes de Estados Unidos se enamoraron de ella. Pero John Kennedy era su favorito. Al menos tenía buen gusto.

La risa creció y luego fue apagándose mientras Anna recuperaba la seriedad, aunque habló en un tono algo menos forzado:

—En cualquier caso, nuestro primo Tom ha cambiado mucho. Ahora es un miembro más de la familia y un colega —dijo mirando directamente a Carter.

«Le está enviando un mensaje a su hermano —pensó Laurie—. "Nuestro primo Tom es un miembro más de la familia." Pero entonces ¿por qué no le han invitado a participar en esta reunión?»

De pronto, Anna estaba de pie, con la atención ya centrada en el teléfono móvil que tenía en la mano.

—Le agradezco que haya venido hasta aquí, Laurie, pero me temo que tengo programada otra reunión.

A Laurie la cogió desprevenida.

—Esperaba convencerles de que participaran en *Bajo sospecha*.

—Me lo imagino, pero preferimos esperar a que la policía finalice su investigación sin que un programa de televisión meta las narices donde no le llaman.

Laurie había acudido allí pensando que solo necesitaba lograr que participase un miembro de la familia para poder avanzar con la producción, pero estaba claro que Anna estaba al frente de todos y tenía la decisión tomada ya antes de que empezara la reunión.

—Tanto si ustedes participan como si no, seguiremos husmeando, como usted dice.

No le entusiasmaba la idea de seguir adelante sin ellos, pero tenía la sensación de que Brett Young no le dejaría otra opción.

Grace sorprendió a Laurie sacando de pronto una carpeta de su gigantesco bolso y entregándosela a Peter antes de que este pudiera impedirlo.

—Les dejaremos la documentación para que puedan pensárselo. A efectos de otorgar mayor claridad a la discusión, deben saber que Ivan Gray tiene firmes opiniones acerca de su familia, y he de decir que, después de lo que él nos dijo, son ustedes mucho más agradables en persona de lo que esperábamos.

Jerry puso cara de querer sacar a Grace de la sala, pero esta no había terminado:

—Solo soy una simple secretaria, pero, si yo estuviese en el lugar de ustedes, jamás consentiría que un hombre así hablara sobre mí en una cadena de televisión nacional sin aportar mi versión de la historia.

Cuando llegó Kate, la asistente, para acompañarlos al vestíbulo, Anna Wakeling estaba pálida como un fantasma.

16

En cuanto entraron en el ascensor, se pusieron a analizar los últimos minutos de la reunión.

—Grace, has dejado a Anna hecha polvo —empezó diciendo Jerry—. He pensado que iba a desmayarse, porque se ha puesto pálida como una muerta.

La aludida se abanicaba la cara con las manos como si le hubieran prendido fuego.

—Lo siento mucho, he actuado de forma impulsiva. Es que me ha dado la impresión de que estábamos a punto de perderlos.

Laurie apoyó su mano en el antebrazo de la chica para tranquilizarla y respondió:

—Lo que has dicho era absolutamente cierto. Les interesa presentar su versión de la historia.

—Además —intervino Jerry—, tus palabras no han sonado tan intimidatorias como si las hubiera dicho la jefa. Y no te ofendas, Laurie. Grace, me ha encantado cuando has dicho: «Solo soy una simple secretaria, ¿eh?». —Se clavó un dedo en la mejilla para simular un hoyuelo infantil—. Y entonces, ¡pumba!, vas y les sueltas la bomba: «No les conviene nada que ese hombre hable sobre ustedes en una cadena de televisión nacional». Desde luego, les has dejado temblando.

El ascensor se detuvo y salieron al vestíbulo.

—Crucemos los dedos —dijo Grace, entrecruzando dos uñas pintadas de un rojo intenso. Su rostro liso con forma de corazón resplandecía de orgullo.

En el vestíbulo, dos hombres dejaron de conversar para contemplar a Grace de arriba abajo. Uno de ellos, que llevaba una bolsa de comida, se abalanzó hacia las puertas del ascensor para evitar que se cerraran.

Su amigo se despidió de él con un gesto de la mano.

—Hablamos luego, Tom.

Laurie alargó una mano hacia atrás y sujetó las puertas abiertas para el hombre llamado Tom.

—¿No será usted por casualidad Tom Wakeling?

—Sí —dijo él, mirándola con los ojos entornados e intentando averiguar si la conocía.

Con su pelo oscuro y ondulado y una barba incipiente, no guardaba ningún parecido aparente con sus primos rubios, aunque compartía los pómulos altos de Anna y la nariz larga de Carter.

Sin dejar de mirar a Tom a los ojos, Laurie le dijo a Grace en voz baja:

—Si llevas un acuerdo de participación extra, pásamelo.

Grace se apresuró a sacar los documentos de su enorme bolso y a ponérselos a Laurie en la mano.

El ascensor comenzó a pitar y Laurie se metió en la cabina de un salto, obedeciendo a un impulso.

—Nos veremos en la calle —dijo, dejando a Jerry y a Grace en el vestíbulo—. Tom, soy Laurie Moran.

17

Laurie se alegró de que Anna, Carter y Peter se encontraran en la reunión de la que habían hablado, tanto si la tenían programada como si se la habían inventado para abreviar la visita. No se les veía por ninguna parte.

Siguió a Tom hasta una pequeña oficina atestada de carpetas y blocs de notas. Tenía una ventana, pero después de ver la sala de conferencias, imaginó a los demás miembros de la familia en despachos mucho más lujosos.

Laurie no tardó en explicarle por qué estaba allí. Ahora que *Bajo sospecha* era un programa de éxito, ni siquiera necesitó describir la naturaleza de su trabajo. No obstante, forzó un poquito la verdad al decirle a Tom que acababa de reunirse con sus primos Carter y Anna «para comentar los detalles de su participación en el siguiente episodio especial».

—Doy por sentado que usted también estará dispuesto a hablar con nosotros, ¿no es así?

Él se encogió de hombros.

—Sí, no hay problema.

Laurie le entregó una copia del acuerdo de participación con aire despreocupado.

Mientras Tom echaba una ojeada al contenido del documento, ella le preguntó cuánto tiempo llevaba trabajando en la empresa.

—En Halloween hizo dos años —dijo él, firmando a toda prisa y devolviéndole el formulario cumplimentado.

Había entrado allí menos de un año después de la muerte de su tía.

Laurie había leído en la necrológica de Robert Wakeling publicada en *The New York Times* que había fundado la empresa con su hermano Kenneth y que cuando los aparcamientos de Long Island City fueron sustituidos por lujosos apartamentos de tipo loft ya había asumido la responsabilidad exclusiva de sus actividades. Ahora le preguntó a Tom por la historia de la familia.

—Ese capítulo de la saga Wakeling nos enseña que lo primero es la familia. Mi padre y mi tío Bob, que en paz descansen —dijo él, santiguándose—, dejaron que la empresa se interpusiera entre ellos.

Tom describió en tono melancólico el sueño que compartieron los dos hermanos siendo jóvenes: hacer de unos terrenos situados a poca distancia de Manhattan un barrio próspero y moderno. Sin embargo, cuando ese sueño seguía sin hacerse realidad tras cinco años de trabajo, el padre de Tom, Ken, se impacientó. La especialidad de Bob era la construcción, pero Ken era el arquitecto de la familia.

—Mi padre era en el fondo un artista, mientras que Bob había nacido para los negocios. El lado artístico de mi padre le exigía trabajar en otros proyectos, así que mi tío Bob le compró su parte en el negocio prácticamente por el coste de los terrenos. Mi padre se alegró de recuperar su inversión para poder dedicarse a proyectos de arquitectura más seguros y su hermano siguió trabajando con tesón para hacer realidad el sueño de los dos. Durante algún tiempo, todo siguió adelante. Luego, todos los elementos del plan para Long Island City empezaron a encajar por fin como piezas de un rompecabezas.

Aquel plan le generaría a Robert Wakeling una fortuna de doscientos millones de dólares.

—¿No encontró su tío ninguna forma de repartir parte de las ganancias con su padre? —preguntó Laurie.

—No. Dijo que mi padre había tomado su decisión. Abandonó el proyecto, y el tío Bob siguió adelante. Como le he dicho, solo pensaba en los negocios.

—A su padre no debió de resultarle fácil de aceptar —dijo Laurie.

Él negó con la cabeza.

—Durante mi último curso de instituto, vendió nuestro piso del Upper East Side y nos mudamos al oeste de la isla de Manhattan porque no soportaba ver Long Island City al otro lado del río.

—No obstante, está usted trabajando en Wakeling Development.

—Mi padre murió un año antes que el tío Bob, también de un infarto. Le juro que creo que los dos seguirían vivos si hubieran hecho las paces. Personalmente, siempre fui capaz de ver los dos lados de su disputa. Mi padre creía que el tío Bob le había arrebatado una fortuna, mientras que mi tío pensaba que mi padre le dejó en la estacada y no debía ser recompensado por ello.

—Pero usted no era un tercero neutral —dijo Laurie—. Uno de esos hombres era su padre. Por no mencionar que, mientras su tía, su tío y sus primos se hacían ricos, usted tuvo que quedarse mirando. Carter y Anna entraron en la empresa familiar al salir de la universidad. Usted no aterrizó aquí hasta hace un par de años.

—Francamente, no estaba nada resentido con ellos. En ese momento trabajaba de camarero en discotecas y la vida era una fiesta. Me decía que me estaba divirtiendo.

—¿Y ahora las cosas son distintas? —preguntó Laurie.

—Es evidente —dijo él, indicando con un gesto las pilas de documentos que ocupaban su despacho—. Para ser sincero, si tuviera que señalar el momento en el que todo cristalizó para mí, creo que fue la noche de la gala del Met.

—¿Por la muerte de su tía?

—No, aunque eso fue horrible, por supuesto. Estaba en el museo, rodeado de gente rica y famosa. Vi cómo trataban allí a mi tía y a mis primos, casi como si pertenecieran a la realeza. En cambio, yo sabía que solo había entrado por mi apellido. Ellos se codeaban con famosos y miembros de la junta de administradores, y yo andaba a escondidas por la galería de retratos con una mujer ridícula, como un crío jugando al escondite. Éramos como peces fuera del agua.

—Sus primos han comentado que esa noche iba acompañado de una invitada bastante pintoresca.

—¡Ah, Tiffany Simon! —exclamó con una sonrisa—. Guapísima y muy divertida, pero absolutamente pirada. Era nuestra segunda cita, que yo recuerde. Después de aquello, la vi unas cuantas veces más, pero acabé dándome cuenta de que le encantaba el drama. Cada momento de la vida era una escena de una obra de teatro que iba improvisando. Imagínese: era capaz de presentarse ante un extraño como una princesa de una isla imaginaria, solo para divertirse. Resultaba agotador. En cualquier caso, mientras me encontraba en la gala con Tiffany, que estaba pasándose con la bebida y contando historias demenciales sobre su abuelita la buena amante, me sentí avergonzado de mí mismo al compararme con el resto de mi familia. En ese momento decidí hablar con mi tía y mis primos y pedirles consejo para cambiar de vida.

—Y entonces murió su tía.

—Fue surrealista, un toque de atención. Me di cuenta de que la vida es corta. De repente, éramos la siguiente generación de Wakeling. Esperé varios meses antes de pedirles trabajo a Anna y Carter, pero, cuando lo hice, me acogieron con los brazos abiertos.

—A todo esto, ¿puedo preguntarle dónde está su madre?

—En Florida. Tras la muerte de mi padre, le habría resultado difícil afrontar sus gastos en Nueva York. Vendió el apartamento y se compró un piso en Naples. Viene a visitarme al menos dos veces al año. Creo que se alegra de que mis primos y yo hayamos podido volver a unir a la familia, aunque sea demasiado tarde para mi padre y Bob.

Era un final feliz para la historia de los Wakeling, pero había algo que a Laurie le sonaba falso. Tom tenía que estar resentido con sus primos por acaparar el inmenso capital de Wakeling Development incluso después de que su padre falleciera. Carter y Anna no habían contribuido a crear esa empresa más que el propio Tom, y sin embargo «les trataban como si pertenecieran a la realeza», según sus palabras, mientras que él era un «pez fuera del agua». Tal vez decidió «en ese momento», en el museo, darle un giro a su vida. Quizá no esperó siquiera a que finalizara la gala. Laurie visualizó a Tom llevándose a su tía aparte para pedirle consejo. Virginia estaría distraída, centrada en la fiesta y deseando conversar con otros benefactores del museo. Pudo decirle que no era el momento ni el lugar, o incluso negarse rotundamente a hablar con él.

Laurie casi podía oír a Virginia Wakeling hablando desde la tumba, como si se encontrara en la habitación con ellos. «Eres todavía menos trabajador que tu padre y no tienes su talento. Demasiado poco y demasiado tarde.» Tal vez Tom continuó exponiendo sus argumentos. O dijo algo peor: «Tú no has trabajado ni un solo día de tu vida, tía Virginia, y ahora derrochas tu dinero con un cazafortunas».

Virginia se habría disgustado. Habría acudido a su guardia de seguridad, Marco, y le habría dicho que quería subir a la azotea para tomar el aire.

Laurie imaginó a Tom viendo que su tía se subía al ascensor. Lo vio activar la alarma de la exposición y luego deslizarse por una escalera cuando los guardias no miraban. «Para el carro —se dijo—. Estabas dispuesta a creer que Ivan era el asesino antes de conocerle. Ahora vas a prejuzgar a Tom porque parece demasiado bueno para ser de verdad. No saques conclusiones precipitadas.»

—Muchas gracias por su tiempo, Tom —dijo Laurie mientras forzaba una cálida sonrisa—. Me pondré en contacto con usted cuando empecemos a planificar el calendario de producción.

—Estaré encantado de hacer aquello que mi familia considere más conveniente.

Jerry y Grace la esperaban en el asiento trasero del todoterreno que los llevaría de vuelta a Manhattan.

—Tenemos buenas noticias —dijo Jerry, mirando ilusionado a Grace mientras Laurie subía al coche—. ¡Cuéntaselo tú! Eres quien lo ha conseguido.

—La asistente de Anna ha llamado a Jerry hace cinco minutos —le aclaró Grace, sonriendo de oreja a oreja—. Al parecer, Anna, Peter y Carter acceden a participar en el programa.

Jerry dijo:

—Ha mencionado específicamente que no querían que un mentiroso como Ivan Gray presentara su versión de la historia en una cadena de televisión nacional sin un contrapunto, citando a Grace casi palabra por palabra.

—Buen trabajo, Grace —dijo Laurie, chocando la palma de la mano contra la de su secretaria—. Podemos añadir a la colección el consentimiento de Tom.

Le entregó a Grace el documento que Tom había firmado.

—¿Cómo ha ido? —preguntó Jerry—. ¿Tienes algo comprometedor?

—Podría ser. Dice que todo es amor y felicidad entre sus primos y él, pero yo no estoy tan segura.

Laurie solo sabía con certeza que su lista de sospechosos alternativos acababa de sumar un nombre más.

18

Cuando llegaron a los estudios, Laurie invitó a Grace a almorzar con Jerry y con ella en su despacho. Quería recompensarla por la labor que había realizado esa mañana en las oficinas de Wakeling Development. Grace respondió que estaba dispuesta a quedarse si su presencia era necesaria, pero que, de no ser así, tenía pensado aprovechar la oferta que le había hecho Gray y asistir a una sesión de entrenamiento gratis en Punch.

Laurie no supo cómo tomarse el hecho de que Grace viese a Ivan fuera del trabajo. Por un lado, si tenían ese caso era gracias a la relación personal de Ryan con él, así que Laurie se habría sentido como una hipócrita si le hubiera dicho a Grace que no podía ir. Por otro lado, quería proteger a Grace, e Ivan seguía siendo el sospechoso más probable del asesinato de Ginny Wakeling.

Laurie seguía tratando de decidir lo que debía decirle cuando Jerry le soltó una respuesta:

—¿Estás loca, Grace? Ese hombre podría ser un asesino.

—Laurie cree que lo hizo el sobrino, Tom.

—Yo no creo semejante cosa, Grace.

—Lo sé —dijo ella—. Es que estoy impaciente. Cada vez que empezamos un nuevo programa especial, me muero de ganas de saber quién lo hizo. Tratar día a día con esa larga lista de personas sin saber cuáles son peligrosas... —Se estremeció—. Me pone la piel de gallina. —Metió una botella de agua en la bolsa de gimnasia que guardaba debajo de su mesa—. No os preocupéis, no entrenaré con Ivan. Le dije que, para evitar cualquier conflicto de intereses, prefería hacerlo con otra persona. Dentro de diez minutos he quedado con una mujer muy simpática llamada Tanya. Me han dicho que el año pasado dejó fuera de combate a un hombre de ciento diez kilos que intentó quitarle el bolso en el metro. Creo que nos haremos buenas amigas.

Una vez que se marchó Grace, Laurie le dijo a Jerry:

—Si Grace hace amistad con su instructora de boxeo, no le costará averiguar lo que opina Tanya del señor Ivan Gray.

Ya habían retirado los recipientes de la comida para llevar: un sándwich de ensalada de huevo para Laurie y salmón a la plancha con espárragos para Jerry, que se machacaba con una «depuración» de treinta días a base de verduras y proteína magra. Estaban ante la mesa de reuniones del despacho de Laurie, estudiando con detenimiento el libro que Charlotte le había dado sobre la exposición «La moda de las primeras damas». Habían marcado ya al menos cincuenta fotografías con notas adhesivas, esforzándose por mantener la igualdad entre primeras damas demócratas y republicanas.

—Me preocupa que no podamos recrear la emoción de la gala del Met a partir de fotografías estáticas —dijo Laurie—, pero es evidente que resulta imposible volver y reproducir la exposición.

El museo había accedido a dejarles filmar en la azotea, en el vestíbulo principal y en la sala del templo donde habían montado las mesas del banquete, pero no podían circular libremente por el edificio y mucho menos acceder a las piezas que los diversos patrimonios y bibliotecas presidenciales habían prestado al museo para crear la exposición.

—¿Estás de broma? —estalló Jerry—. Estas fotos son alucinantes, y estoy seguro de que el editor aún conserva versiones en alta resolución. También podemos solicitar los permisos necesarios para reproducir material de vídeo de la alfombra roja. Ya he cortado dos grandes fragmentos de la señora Wakeling abrazando a Barbra Streisand y dándose dos besos con Beyoncé. Parecía muy contenta y, pocas horas después, estaba muerta. Sé que intentamos no dejarnos afectar por la emoción, pero esto me llega de verdad al corazón. Miro a Virginia y pienso en mi propia madre, que por fin pudo centrarse en sí misma cuando todos los hijos volamos del nido. Como si se hubiera pasado toda la vida siendo una polilla y luego se hubiese convertido en una mariposa.

Jerry tenía razón. Habían abordado casos relativos a víctimas mucho más jóvenes que Virginia Wakeling, pero esta muerte también había sido prematura. Virginia acababa de empezar a vivir de nuevo.

Laurie oyó que llamaban a la puerta abierta de su despacho. Al volverse, vio a Brett Young.

—Brett, me ha costado reconocerte fuera de tu hábitat natural.

El jefe era de los que atraían a otros a su territorio. No se dedicaba a recorrer los pasillos.

Lanzó una ojeada a la pulsera que llevaba en la muñeca derecha.

—Julie me tiene conectado a este armatoste. Si no cumplo mi objetivo de dar diez mil pasos al día, no me deja en paz.

Si alguien tenía alguna posibilidad de alterar el comportamiento de Brett Young era su esposa, Julie.

—¿Cómo va lo de tu próximo programa especial?

Por una vez, Laurie tenía una respuesta capaz de complacer incluso a un jefe tan difícil como el suyo.

—Todo está a punto. Participará la familia Wakeling al completo. Jerry se está ocupando de los detalles de la filmación en el museo, pero no tendremos problemas en ese aspecto. En cuanto acabe de hablar con Jerry, me reuniré con el detective a cargo de la investigación del homicidio. Además, Ivan vendrá esta tarde para firmar su acuerdo de participación.

Brett se frotó las manos.

—A eso me refiero. No me gusta nada tener que decir esto, Laurie, pero creo que tu pequeña rivalidad con Ryan te ha puesto las pilas. Debería haber contratado hace años a alguien que te pusiera de los nervios.

—Para eso no hace ninguna falta contratar a nadie más, Brett —dijo ella.

—Vale, señora Moran, lo pillo. Empezad a organizar el calendario.

En cuanto Brett se alejó lo suficiente, Jerry imitó su cara de enfado.

—¿No ves lo contento que estoy, Laurie? Espero que esta vez puedas cumplir con los plazos.

—Ten cuidado. No me extrañaría que tuviera cámaras ocultas en cada sala. A ver durante cuánto tiempo conseguimos tenerle contento. No sé si te habrás fijado, pero no he mencionado a Penny Rawling —le hizo notar Laurie; aún no habían encontrado el modo de contactar con la antigua asistente personal de Virginia—. Solo le he dado las buenas noticias.

—Según Carter, es posible que se matriculase en el Hunter College. He llamado a un amigo que trabaja en el departamento informático y estoy esperando su respuesta.

—Es ilegal que te revele información procedente de los registros académicos.

—Pues olvida que te lo he dicho —dijo Jerry con aire inocente, pasando otra página del libro de moda—. ¿A que es una foto increíble? No creo que haya jamás una primera dama tan elegante como Jacqueline Kennedy.

Figuraba en la exposición un vestido largo de algodón blanco con manga casquillo y falda plisada. El vestido aparecía expuesto en un maniquí y se acompañaba de collar de perlas de una sola hilera, pulsera talismán de plata y bailarinas de color beis.

—Ese vestido es demasiado simple para una exposición —comentó Laurie—. Hoy en día sería fácil hallar algo parecido en unos grandes almacenes.

—Ahí está la gracia: es clásico. Además, mira cómo le quedaba. Estaba guapísima —replicó Jerry.

Detrás del maniquí había una fotografía mural en blanco y negro del presidente y la señora Kennedy en un porche, con la pequeña Caroline sobre el regazo de su padre sosteniendo una pequeña jirafa de peluche. Según el texto del libro, la fotografía se tomó en el verano de 1960 en la finca que los Kennedy poseían en Hyannis Port, Massachusetts, justo después de que la pareja anunciase que Jacqueline estaba embarazada de John Junior.

—¡Qué fotografía tan icónica! ¿Podemos utilizarla para la producción? Mi abuela tenía fotos de JFK y Jackie en su cuarto y decía que el curso de la historia podría haber sido muy distinto. Sería como un pequeño homenaje en su honor.

—Por supuesto, Jerry. Es una idea maravillosa.

Sonriendo, este marcó con una estrella la nota adhesiva que ya había pegado en la página.

—¿Sabes qué otra cosa sería buena idea?

—¿Hummm?

—Que te marcharas a tu reunión con el detective Hon. Tu padre y tú tenéis que estar en Harlem dentro de media hora.

19

En el asiento trasero del taxi, Leo miró su reloj de pulsera. Pasaban dos minutos de las dos y media. Había quedado con su hija a las tres en las oficinas de la brigada de homicidios del norte de Manhattan. Hubo un tiempo en el que habría podido utilizar luces centelleantes en un coche sin marcas y llegar al Upper West Side con tiempo de sobras, pero, pese a su trabajo a tiempo parcial en el grupo antiterrorista, seguía siendo un ciudadano normal cuando se trataba de usar el transporte público de Nueva York, así que había salido de casa media hora antes.

Cuando Laurie le preguntó si estaba dispuesto a reunirse con el jefe de detectives que llevaba la investigación del homicidio de Virginia Wakeling, había aceptado de buena gana. Leo no conocía en persona a Johnny Hon, pero el detective al que había llamado cuando Laurie le comentó el caso por primera vez le habló muy bien de él. Leo se alegraba de que el trabajo de Laurie le permitiese de vez en cuando volver a meter la punta del pie en aguas policiales. Al principio, pensó que a ella le preocuparía que la gente creyera que se apoyaba demasiado en su «papá». Sin embargo, tener a un poli de tu parte resulta muy práctico cuando hablas con otros polis, y Laurie era demasiado profesional para dejar que unos insignificantes errores de percepción le impidieran hacer su trabajo.

Leo comprobó su correo electrónico en el móvil. Se había pasado la primera mitad de su carrera profesional utilizando una máquina de escribir para preparar sus informes. Nunca pensó que llegaría un día en el que todo el mundo iría por ahí con un potente ordenador en el bolsillo.

Tenía un mensaje nuevo de Alex Buckley. El asunto hacía referencia al correo que Leo le había enviado la noche anterior: «REF: ¡Enhorabuena, señoría!».

Desde que Leo y Alex se conocieron, los dos hombres se habían visto a menudo, tanto con Laurie como sin ella, principalmente para hablar de deportes. Leo notó desde el principio que el interés de Alex por Laurie no era solo profesional y observó su apego creciente hacia ella y Timmy. También fue testigo del cambio en los sentimientos de su hija. Aunque en su momento intentó evitar que Alex se metiera en su programa, Laurie no podía pasar por alto la conexión natural que existía entre ambos.

Durante la grabación de un programa especial en el famoso hotel Grand Victoria de Palm Beach, Leo vio desde su terraza a Laurie y Alex tomando la última copa del día, sentados uno junto a otro en unas tumbonas de la piscina, sin otros huéspedes en las proximidades. La risa intermitente de Laurie dominaba el sonido de las olas. Leo no había visto a su hija tan contenta desde la muerte de Greg. Cuando Alex dejó el puesto de presentador del programa una vez que finalizaron la producción, dijo que lo hacía para centrarse en su bufete, pero Leo estaba seguro de que en realidad estaba despejando el camino para tener una relación seria con Laurie sin las complicaciones que conllevaba el hecho de trabajar juntos en los estudios.

Pero entonces, cuando Laurie estaba investigando para grabar su siguiente episodio, salió a la luz el nombre de un antiguo cliente de Alex. Leo seguía sin conocer todos los detalles sobre lo sucedido, pero lo cierto era que, al llegar el momento de iniciar la grabación, Laurie acusó a Alex de ocultarle datos acerca de su cliente y Alex consideró que Laurie no tenía confianza en él. En teoría, se trataba de una simple disputa entre un abogado y una periodista, pero se convirtió en algo mucho más grave. Una noche, Leo encontró a Laurie llorando después de que Timmy se fuera a la cama. Su hija solo le explicó que Alex había abandonado el programa.

Por respeto hacia Laurie, Leo había decidido mantener las distancias con Alex de momento, pero el día anterior, tras ver la noticia sobre su nombramiento para el cargo de juez federal, fue a coger el teléfono. Alex también era amigo suyo. No podía dejar pasar un logro así sin felicitarle. Pero entonces imaginó cómo se desarrollaría la llamada. Leo diría: «Enhorabuena». Alex diría: «Gracias». ¿Y luego qué? Leo abordaría inevitablemente el tema de Laurie. No quería que su hija le acusara de meterse donde no le llamaban.

Por eso, en lugar de telefonear, había enviado una breve y afectuosa nota desde ese aparatito.

Querido Alex: Enhorabuena por ese reconocimiento tan merecido. Nunca pensé que me alegraría de que un abogado defensor se convirtiera en juez, pero eres uno de los mejores hombres que conozco. La justicia saldrá ganando. Orgullosamente, Leo Farley.

La respuesta de Alex fue igual de cortés:

Me alegro de tener noticias tuyas, Leo. Gracias por tus amables palabras. Tu apoyo significa muchísimo para mí. ¡A ver si está de acuerdo el Senado! Saludos a toda la familia. Alex.

Leo leyó la última línea del correo electrónico e imaginó a Alex, siempre tan preciso con sus palabras, en el momento de escribirla. Laurie estaba convencida de que Alex la había olvidado, pero su padre creía que continuaba esperando con los dedos cruzados a que ella cambiase de actitud.

20

Cuando Laurie llegó a la esquina de la calle Ciento treinta y tres con Broadway, su padre se encontraba ya en la puerta del edificio anodino y sin nombre que albergaba la brigada de homicidios del norte de Manhattan, hablando con un hombre de origen asiático bien vestido, con el pelo peinado hacia atrás y unas gafas con montura metálica. Al verla llegar, Leo la saludó con un gesto del brazo y su acompañante le tendió una mano para darle un rápido apretón. Ambos llevaban alzado el cuello del abrigo para protegerse del frío.

—Usted debe de ser Laurie. Soy el detective Johnny Hon.

—Gracias de nuevo por dedicarme su tiempo, detective. Siento haberle hecho esperar con este frío.

—No se preocupe, he bajado a fumar un pitillo antes de su llegada. No se lo diga a mi mujer. Tengo que dejarlo. —Hon llevaba bajo el brazo izquierdo una carpeta de unos diez centímetros de grosor—. Espero que no le importe, pero se me ha ocurrido bajarle el expediente. El inspector Farley se merece algo mejor que una sala de conferencias llena de polvo y necesitada de una buena capa de pintura.

Su padre levantó las cejas. Sabía que la descripción era correcta.

—Te he pedido que me tutees, y eres tú quien manda, Johnny. Te seguiremos allá donde vayas.

—Una de las ventajas de estar en Harlem es la comida. He tenido una vista ante el juez que se ha alargado más de la cuenta, así que todavía no he almorzado. Estoy muerto de hambre. Hay un local llamado Chinelos justo a la vuelta de la esquina. Sirven unos tacos de muerte y solo cuesta tres dólares por cabeza. ¿Les parece bien?

Laurie levantó el pulgar. Estaba totalmente dispuesta a comer por segunda vez si el detective Hon podía ayudarla a averiguar quién asesinó a Virginia Wakeling.

El local elegido por Hon era un agujero en la pared con luces fluorescentes y suelos embaldosados, más parecido a una charcutería que a un restaurante, con un mostrador para hacer los pedidos y unas cuantas mesas al fondo. Sin embargo, a esa hora de la tarde, resultaba íntimo y muy tranquilo. Además, tal como Hon había prometido, servía una deliciosa comida mexicana.

Mientras añadía una cantidad generosa de salsa extrapicante a sus tacos, Hon le preguntó a Laurie por la reunión que había celebrado esa mañana con la familia Wakeling.

—Me sorprende que hayan accedido siquiera a hablar con usted.

—No solo eso. Van a aparecer en el programa.

El detective soltó un silbido.

—Nunca me lo habría imaginado. He visto su programa, con Alex Buckley poniendo en apuros a los sospechosos y haciéndoles preguntas difíciles. ¡Ya me gustaría verle avergonzando a la familia Wakeling!

—Ahora tenemos a un presentador nuevo —dijo Laurie, tratando de disimular la emoción que sentía—, pero sí, nos gusta pensar que nuestras entrevistas son minuciosas.

Leo se inclinó hacia Hon.

—Me da la impresión de que no han sido muy comunicativos contigo, Johnny.

El detective negó con la cabeza.

—No de una forma sospechosa, nada de eso. Pero los tres, el hijo, la hija y el yerno, están empeñados en ver entre rejas a Ivan Gray. Si les haces cualquier pregunta que no sea «¿Hasta qué punto creen que es culpable el novio de su madre?» se ponen impacientes, como si metieras la nariz en sus asuntos.

Laurie recordó la certeza en la voz de Anna cuando acusó a Ivan reiteradamente del asesinato de su madre.

—Ivan cree que uno o varios de ellos mataron a la señora Wakeling porque estaba pensando en cambiar su testamento. Según Ivan, ella se inclinaba a dejárselo casi todo a entidades benéficas. Los hijos habrían conservado la empresa, pero habrían tenido que acumular su propia fortuna.

Johnny Hon asentía con la cabeza. Era evidente que ya estaba familiarizado con la teoría.

—El problema es que, mientras no inventemos una forma de hablar con los muertos, no tendremos ninguna posibilidad de conocer las intenciones de la víctima. Lo que tenemos es el testamento que se validó cuando murió. Ivan dice que hablaba de cambiarlo, pero nadie le apoyó en eso. Llamé al abogado que redactó el testamento. Dice que llevaba al menos un año sin hablar con la señora Wakeling.

—El marido de Anna, Peter, era el albacea del patrimonio y, según todos los indicios, un asesor de confianza —dijo Laurie—. Cuando le pregunté si Virginia mencionó el deseo de cambiar su testamento, él...

—Alegó el privilegio entre abogado y cliente —dijeron los dos al unísono, acabando la frase.

—Entiendo por qué le habría resultado incómodo a Virginia Wakeling hablar con su abogado de cambiar su testamento —observó Leo—. Su albacea era su yerno. En definitiva, le habría estado diciendo que, en lugar de ir a parar a los bolsillos de su familia, la fortuna de los Wakeling acabaría en manos de entidades benéficas.

—Tal vez por eso nunca llegó a hacer el cambio —añadió Hon.

—O le impidieron llevarlo a efecto —opinó Laurie.

Se produjo un breve silencio que acabó rompiendo Laurie:

—Parece usted bastante seguro de que lo único que estoy haciendo es duplicar un trabajo que usted terminó hace tres años.

—No tengo un gran ego en estos temas, Laurie —contestó Hon—. Quiero respuestas, tanto si las consigo yo como si las encuentra un programa de televisión como el suyo. Me resulta un tanto curioso oír que ha dado exactamente los mismos pasos que yo. —Miró a Leo—. Usted ha pasado casi toda su vida trabajando en la policía. Ya sabe cómo son algunos casos.

—Mi hijo de nueve años está deseando ingresar en la policía —dijo Laurie con una sonrisa—. Nos dijo que ha pensado en conseguir los registros de los casos sin resolver y resolverlos uno por uno.

—Se mantiene el apellido Farley —dijo Hon—. Por cierto, el yerno, Peter, puso cara de póquer cuando le pregunté por cambios inminentes en el testamento.

—¿Eso no le pareció sospechoso?

Hon se encogió de hombros.

—Supongo que alguien capaz de matar a su madre o a su suegra por dinero se apresuraría a mentir declarando que ella nunca habría cambiado su testamento. Creo que Anna y Peter pretenden proteger el apellido Wakeling. Si la señora Wakeling iba a cambiar el testamento, puede que no quieran que el público se entere. Su fortuna parecería obtenida por medios ilícitos, por decirlo de algún modo. Por eso, si no creen que sea relevante para su asesinato, lo lógico es que busquen una forma de evitar el tema. A eso me refería al decir que será interesante ver cómo les interrogan en la tele.

—Pero ¿no les consideraste sospechosos? —preguntó Leo.

—Técnicamente, todo el mundo es un posible sospechoso hasta que el caso esté resuelto —dijo Hon en tono práctico.

—No tienen coartada, ¿verdad? —preguntó Laurie.

—Pues no. Varios testigos los situaron en el vestíbulo principal cuando empezaron a extenderse los rumores acerca de una muerte, pero cualquiera habría podido bajar muy deprisa desde la azotea y reunirse con la multitud. Anna dijo que había ido al servicio de señoras, y tanto Peter como Carter estaban paseando entre la gente, saludando a diversos invitados. Fue imposible determinar la ubicación de nadie al segundo. ¿Le han explicado que las cámaras de vídeo estaban desconectadas esa noche para su mantenimiento?

Laurie asintió con la cabeza.

—Ayer me reuní con el jefe de seguridad del museo, un tipo llamado Sean Duncan.

—Es un buen hombre. Lleva muy bien el timón —dijo Hon enfáticamente—. Por desgracia, no tuvo mucha interacción personal con los Wakeling esa noche de la gala. El guardia asignado a Virginia Wakeling ya no trabaja allí. Se llama Marco Nelson.

—Supongo que debió de tomarle declaración, ¿verdad? —preguntó Laurie.

—Sí, claro. Fue el último que vio con vida a la señora Wakeling, aparte de su asesino, por supuesto. Me sorprendió que el Met prescindiera de sus servicios.

—¿Le despidieron? —exclamó Laurie—. Por lo que dijo Sean, deduje que Nelson se había ido al sector de la seguridad privada para ganar más.

—Bueno, no lo dudo, pero le animaron a buscar trabajo en otra parte. Bob Grundel, el predecesor de Sean como jefe de seguridad, me dijo que Marco era sospechoso de robar mercancía exclusiva de la tienda del museo. Al parecer, salía con una de las dependientas y acostumbraba registrar los bolsos de las empleadas las noches en que ella trabajaba. La teoría es que la chica sacaba artículos bajo su vigilancia. Seguramente, un tipo convencional como Sean habría montado una operación encubierta y presentado una denuncia. El anterior jefe obedeció a sus sospechas advirtiéndoles a los dos que sería mejor que buscaran trabajo en otra parte. O al menos eso me dijeron.

Hon se encogió de hombros, a sabiendas de que estaba repitiendo las habladurías que habían llegado a sus oídos al investigar el caso.

—Antes has dicho que Marco fue la última persona que vio a la señora Wakeling, excepto su asesino —dijo Leo—. ¿Hay algún motivo por el que hayas usado el singular de esa palabra? ¿Podría ser que hubiera más de una persona implicada en el crimen?

—Debería haber dicho «asesino o asesinos». Corrección anotada. —Hon miró a Laurie—. ¿Tiene alguna teoría?

—Como ha dicho usted, todo el mundo es sospechoso. Sin embargo, he visto la azotea. Me parece muy improbable que una mujer tuviera la fuerza necesaria para empujar a la señora Wakeling por encima de esa ancha cornisa. Hasta puede ser que la palabra «empujar» no sea la más adecuada para describir lo que sucedió. Esa barandilla mide más de un metro de alto y hay arbustos al otro lado. La persona que lo hizo tuvo que empujarla por encima y después la impulsó más allá de los arbustos. O la cogió en brazos y la arrojó por encima en un solo movimiento. Aunque supongo que, si Anna o la asistente de Virginia, Penny, estuvieron implicadas, pudieron contar con la colaboración de un cómplice masculino.

—Busca usted sospechosos en un radio muy amplio. ¿La asistente personal? —preguntó Hon.

—Ivan cree que a Penny podía preocuparle la posibilidad de que la despidiesen si Virginia y él se casaban. Al parecer, Ivan tenía ideas muy firmes acerca de su ética del trabajo, o de la falta de esta. Además, tengo entendido que ella estaba incluida en el testamento. Ivan no entendió por qué no le defendió ante la policía; según él, Penny sabía muy bien que eran una pareja feliz y que él no estaba con Ginny por dinero. Sí, Ivan llamaba a la señora Wakeling «Ginny» —dijo Laurie en tono reflexivo.

—Bueno, tiene razón en una cosa: desde luego, esa no es la impresión que nos dio Penny. Ella opinaba igual que el resto de la familia: decía que Ivan tenía prisa por casarse y que era evidente que sus motivos eran económicos. Aunque hubiese firmado un acuerdo prenupcial, su vida habría sido mucho más cómoda como marido de Virginia Wakeling que como entrenador personal —respondió Hon.

—Puede que respaldase a la familia Wakeling porque quería conservar su empleo —sugirió Leo.

—Hay una teoría más simple: puede que todos ellos dijesen la verdad acerca de Ivan. Estaba con esa mujer por el dinero y, cuando ella averiguó que le estaba robando, estuvo dispuesta a delatarle —sugirió Hon.

Laurie estaba cada vez más convencida de que debían encontrar a la antigua asistente de la señora Wakeling antes de comenzar a grabar el episodio, por lo que dijo:

—No hemos podido localizar a Penny. No podrá usted ayudarnos con eso, ¿verdad?

—La última vez que hablé con ella, estaba trabajando en Wakeling Development.

—Ya no.

—Entonces, me temo que no puedo ayudarles.

El detective Hon ya le estaba haciendo un favor a su padre con el mero hecho de reunirse con ella. Laurie no podía esperar que le entregase información privada acerca del domicilio de un ciudadano.

—¿Y el sobrino, Tom Wakeling? ¿Le investigó?

Hon se limpió las manos con servilletas de papel mientras daba cuenta del último bocado antes de responder:

—Desde luego. Aunque intentó disimularlo, me pareció evidente que estaba resentido con la parte rica de la familia. Dijo que asistió a la gala aquella noche para impresionar a la chica que le acompañaba, pero no me extrañaría que disfrutara un poco llevando a una persona que claramente no encajaba en el ambiente para que su tía y sus primos, tan elegantes ellos, se sintieran incómodos. Deduzco que el sentimiento es mutuo. Que yo recuerde, él solo heredó cincuenta mil dólares de su tía. No es que no sea nada, pero parece calderilla si se compara con la fortuna que estaba en juego.

—Esta mañana me ha contado que ahora son una gran familia feliz —dijo Laurie.

Hon puso los ojos en blanco.

—Mírelo desde este punto de vista: tu tío gana una fortuna a partir de una idea que también pertenecía a tu padre y tú no te llevas ni un pedacito de acción. Se le note o no, tuvo que sentarle muy mal.

—Sin embargo, no he oído ni una palabra sobre él hasta que he empezado a investigar este caso. ¿Por qué era sospechoso Ivan y no Tom? —preguntó Laurie.

—Porque Tom era el único miembro de esa familia que tenía una verdadera coartada. A diferencia de sus primos, él no estuvo conversando con unos y con otros. Estuvo todo el tiempo con su acompañante.

—¿Tiffany Simon? —quiso saber Leo.

Hon asintió con la cabeza.

—La misma. Proporcionó una coartada muy detallada para la hora en que se produjo el asesinato. Al parecer, la fiesta resultaba un poco ostentosa para su gusto, así que subieron a hurtadillas a la segunda planta para fisgonear en las galerías vacías. La verdad es que fue gracioso: la chica dijo que estuvieron mirando todos aquellos retratos formales tan anticuados de la segunda planta, imitando sus poses forzadas y sus expresiones artificiales. Confieso que la siguiente vez que visité el museo con mis hijos adolescentes fuimos a verlos. Si no eres un gran aficionado al arte, resulta bastante divertido.

—¿Y si Tom le pidió que mintiera para sacarle del apuro? —preguntó Leo, frunciendo el ceño.

—Es que sus versiones de la historia coincidían a la perfección —señaló Hon—. Un antiguo general se parecía a Brad Pitt, una heredera italiana se parecía a Cher. Es muy improbable que se inventaran eso a partir de la nada. Además, solo era la segunda vez que salían. Cuesta imaginar que ella estuviese dispuesta a mentirles a los detectives de homicidios cuando ni siquiera tenían una relación seria. Buena suerte con su programa, Laurie, pero voy a hacer una apuesta con usted: vuelva aquí cuando todo haya terminado. Estoy seguro de que estará de acuerdo conmigo acerca de quién mató a Virginia Wakeling.

—¿Ivan Gray?

—El mismo. Si me demuestra que me equivoco, la invito a unos tacos.

Laurie se percató de que Hon miraba su reloj e intuyó que estaba a punto de poner fin a la reunión.

—Si no le pregunto por ese expediente, detective, más tarde me daré de bofetadas. ¿Existe alguna posibilidad de que haga referencia al caso Wakeling?

—Mucho más que eso. —Deslizó la carpeta a través de la mesa—. He tenido que guardar unos cuantos nombres y números por las leyes de privacidad, pero, por lo demás, es todo lo que tengo. Mi investigación es suya.

Ella empezó a hojear el contenido. El testamento de Virginia Wakeling. Fotos de la escena del crimen. Informes policiales.

—No sé cómo agradecérselo.

—De nada. No hay un solo agente que no admire a su padre, Laurie. Y puede que usted y su programa puedan encontrar algún indicio nuevo después de todo este tiempo. Estaría bien ver a Ivan Gray por fin entre rejas.

—Si es que es culpable.

—Desde luego que lo es. Hace falta ser muy cruel para matar a una mujer que te quiere. No tengo la menor duda de que ese hombre sería capaz de hacerle daño a una completa extraña como usted si cree que está avanzando en la investigación. Tenga mucho cuidado, Laurie.

21

Penny Rawling, de treinta años, finalizó su último recorrido por el apartamento. El anuncio describía un piso de tres dormitorios y dos baños en pleno corazón del West Village, elegantemente reformado y para entrar a vivir, que ofrecía unas espectaculares vistas a la puesta de sol sobre el río Hudson. En realidad, el tercer «dormitorio» era un cuchitril que el actual propietario utilizaba como minidespacho. Para las «elegantes reformas», habían utilizado la clase de acabados baratos y de moda que los compradores poco expertos solían confundir con elementos de alta calidad. Y las «vistas» solo podían contemplarse desde una ventana del cuarto de estar si te inclinabas un poco hacia un lado para evitar que te las tapase un edificio cercano.

Sin embargo, como eso era lo que había, Penny consideraba que el piso estaba listo para enseñarlo. Del mismo modo que sabía la clase de palabras que debía usar en un anuncio para complacer a su jefa, dominaba ya el arte de preparar una vivienda para mostrársela a posibles clientes. Con el permiso del vendedor, había metido todos sus trastos y objetos personales en unas cajas de plástico transparente que había guardado debajo de la cama del dormitorio principal. Unas flores frescas (el mejor ramo de la tienda de la esquina, una mezcla de lirios y rosas) ocupaban un jarrón de cristal sobre la mesa del comedor. Cada habitación parecía una foto sacada de un moderno catálogo de decoración.

La mujer extrajo de su maletín el montón de folletos que había imprimido con la información sobre el apartamento y los colocó bien ordenados al lado del florero.

Se detuvo y miró la esquina inferior derecha del impreso, intentando pasar por alto su propio resentimiento. La mujer de la foto era Hannah Perkins, miembro del elitista Club Titanio de la agencia, del que formaban parte los agentes que el año anterior habían vendido propiedades inmobiliarias por un valor mínimo de cien millones de dólares.

«Y todo a costa de los míseros currantes como yo», se dijo Penny con amargura.

Penny había realizado más de la mitad de las setenta y cinco horas de formación necesarias para el examen de obtención de la licencia de agente inmobiliario en el estado de Nueva York. Mientras tanto, ganaba veinte dólares por hora respondiendo a las llamadas de Hannah, imprimiendo contratos de arras, preparando folletos, concertando citas, programando tasaciones, organizando ofertas conjuntas y, sí, también limpiando el hogar revuelto de un vendedor perezoso. Ella hacía prácticamente todo el trabajo, excepto negociar el precio de la venta y cobrar el enorme cheque con la comisión al cerrar el trato.

—Algún día seré la estrella de la agencia —se prometió a sí misma, mirándose al espejo.

Sonrió al contemplar su cabello negro recién cortado. Hacía pocos días había seguido el consejo de una amiga y había adoptado una melena en capas hasta la altura de la barbilla que resaltaba sus vivaces ojos azules. El nuevo traje chaqueta de Escada, caro aunque rebajado, le quedaba muy bien ahora que había logrado perder cuatro kilos y medio. «Parezco una agente inmobiliaria Titanio», pensó orgullosa al cerrar la puerta del apartamento a sus espaldas.

Llegaba al vestíbulo del edificio cuando le sonó el teléfono móvil dentro del bolso. Siguiendo las órdenes de Hannah, ya no utilizaba los alegres tonos de llamada de canciones pop que antes prefería.

—No te ofendas, Penny, pero nadie se toma en serio a una mujer cuyo móvil suena como el de una quinceañera.

Penny miró la pantalla esperando ver el nombre de Hannah, que, como siempre, se empeñaría en supervisar hasta el último detalle. Al ver el número, casi se le paró el corazón. Habían transcurrido cerca de tres años y todavía lo reconocía.

Su dedo se inmovilizó sobre la pantalla, a sabiendas de que debía rechazar la llamada. No podía traerle nada bueno. Sin embargo, del mismo modo que su memoria seguía conociendo ese número, la persona al otro lado de la línea seguía teniendo, aparentemente, cierto control sobre ella.

—¿Diga?

—No has cambiado de número.

—Lo he cambiado todo menos eso.

—¿Estás bien?

—Ahora soy agente inmobiliaria —dijo, pero enseguida se dio cuenta de que mentir era una tontería. Él, mejor que nadie, podría comprobarlo si le apetecía—. Bueno, casi. Estoy a punto de hacer el examen.

Esa afirmación solo adornaba un poco la realidad, y no era tan fácil desmentirla.

—Enhorabuena. Estoy orgulloso de ti.

Penny tragó saliva a duras penas. No quería que supiera cuánto seguía importándole su opinión acerca de ella. «Si hubiera sido miembro del Club Titanio, ¿habría sido lo bastante buena para ti y tu querida familia? —se preguntó—. Probablemente no.»

—¿Por qué me llamas? —preguntó con voz gélida, aunque notaba la piel encendida.

—¿Se ha puesto en contacto contigo un programa de televisión titulado *Bajo sospecha*? La productora es una mujer llamada Laurie Moran.

—Conozco el programa, pero no se han puesto en contacto conmigo. ¿Por qué iban a...? ¡Oh! —dijo, cayendo en la cuenta.

—Sí, supongo que solo era cuestión de tiempo que el circo mediático metiera las narices. Seguramente se pondrán en contacto contigo en algún momento.

—¿Por qué? Yo solo era la asistente.

—Eras más que eso. Siempre lo fuiste. Además, estabas allí aquella noche. Y conocías a Ivan, probablemente mejor que todos nosotros.

Ivan. ¿Cuántas veces había sentido la tentación de entrar en su gimnasio al pasar por delante? Pero él había pasado página, igual que ella. Tal vez fuese a verlo después de obtener su licencia; así sabría que había encontrado esa «ética del trabajo» con la que siempre le sermoneaba.

—Entonces ¿solo llamas por eso? —preguntó—. Muy bien. Gracias por el aviso.

—¿Qué vas a decirles?

—¿A qué te refieres?

—Me refiero a la posibilidad de que los del programa se pongan en contacto contigo. No tienes por qué hablar con ellos. Lo sabes, ¿no?

—¿Y qué impresión dará eso?

—La impresión de que quieres proteger tu intimidad. Puedes darles cualquier excusa para no hacerlo.

Una vez más, solo estaba pensando en sí mismo. Nunca se preocupaba por ella, ni entonces, ni ahora.

—Gracias de nuevo por la llamada.

Penny colgó sin esperar a que él se despidiera.

De camino a la estación de metro de West 4th Street, empezó a preguntarse cuánto tardaría en emitirse un programa de televisión como *Bajo sospecha*. Si todo iba según lo previsto, para entonces podía ser agente de pleno derecho. Que su nombre apareciera escrito con grandes letras en la parte inferior de las pantallas de televisión de todo el país no sería mala forma de lanzar su carrera en el sector inmobiliario de Nueva York, y además supondría una oportunidad para exhibirse ante los Wakeling.

—¡Club Titanio, allá voy!

22

Cuando Laurie regresó a la oficina, le sorprendió ver de lejos a Ivan Gray delante de la mesa de Grace. El entrenador personal debía firmar el acuerdo de participación al final del día. «Espero que no haya cambiado de opinión», pensó alarmada. Aceleró el paso para alcanzarle antes de que se fuera y, cuando estuvo más cerca, vio que le entregaba a Grace unos documentos. Exhaló un suspiro de alivio al oír que preguntaba:

—¿Necesitas algo más de mí?

—Yo puedo responder a eso —dijo Laurie, aproximándose—. Por ahora no necesitamos nada más. Nos pondremos en contacto contigo cuando falte poco para la producción.

—¿Tienes idea de cuándo será? —se apresuró a añadir Ivan—. Confieso que me emociona poder contar mi versión de la historia.

—Me gustaría poder decírtelo con precisión —respondió Laurie—, pero nos vemos obligados a hacer malabarismos con un millón de piezas para lograr que encajen. Quédate tranquilo porque estamos deseando llegar a la verdad, aunque queremos asegurarnos de ser justos con todas las partes. Por cierto, tengo otra pregunta. Deseamos hablar con la asistente de Virginia, Penny Rawling.

Jerry metió baza en la conversación:

—Los Wakeling tenían entendido que Penny empezó a estudiar administración de empresas en Hunter después de dejar su puesto, pero esa pista nos ha llevado a un callejón sin salida. Lo he comprobado, y un amigo mío que trabaja en ese centro dice que allí no estudia nadie con ese nombre.

—No hemos mantenido el contacto —explicó Ivan—. Siempre que yo trataba de hacerle sugerencias para que se organizase mejor el trabajo, ella se lo tomaba como una crítica. Esa es la única explicación que se me ocurre para que se negara a defenderme ante la policía.

—¿Y qué relación tenía ella con la familia?

Ivan se encogió de hombros.

—Consideraban a Penny una simple secretaria.

Grace se aclaró la garganta.

—Lo siento —dijo Ivan—, no quería decir eso. No parecían tener ninguna relación con ella salvo como empleada de su madre. Yo pensaba que Penny y yo nos llevábamos bien. Sus padres murieron cuando era muy joven e intentaba aconsejarla.

Laurie se percató de que Ivan saludaba a alguien que acababa de entrar. Volvió la cabeza y vio a Ryan Nichols, que levantaba los puños imitando los gestos de un boxeador.

«Qué bien», pensó.

—Laurie me estaba preguntando por Penny, la asistente de Ginny —le explicó Ivan. Laurie se dio cuenta de que se estaba cansando de que aquellos dos hablaran de ella en tercera persona—. La verdad es que no éramos amigos —continuó Ivan—, pero teníamos un vínculo, que luego se volvió contra mí cuando murió Ginny. Por la expresión de Laurie, me imagino que le han dado una versión distinta.

—Si no te importa, Laurie está aquí —dijo Laurie, señalándose a sí misma—. Según la declaración de Penny, tú tenías una prisa tremenda por casarte con Virginia.

Él negó categóricamente con la cabeza.

—Para nada. Todo lo contrario. Sé con certeza que Penny me oyó decir en varias ocasiones que, si era necesario, sería capaz de esperar hasta que tuviéramos cien años. Ginny se reía y decía: «¿Y de qué me serviría un hombre tan viejo?». Luego añadía: «Además, para entonces me habré convertido en polvo».

Ivan sonreía nostálgico al recordarlo.

Ryan tenía la vista clavada en sus zapatos con cordones y parecía incrédulo.

—¿Qué? —preguntó Ivan.

—Voy a tener que preguntarte esto ante la cámara, así que más vale que te lo plantee ahora, Ivan. Estabas dispuesto a firmar un acuerdo prenupcial y habías elegido un anillo. No obstante, ella no quiso aceptar tu proposición y mintió a sus propios hijos acerca de sus intenciones. ¿Por qué no la dejaste cuando te rechazó de ese modo? La mayoría de los hombres se habría retirado.

Laurie dudaba de que las aportaciones de Ryan al programa pudieran tener algún valor, pero por fin estaba planteándole a su nuevo amigo una pregunta complicada. Ella también sentía curiosidad por conocer la respuesta de Ivan.

—Ni siquiera lo consideré un rechazo. Era viuda y había estado muy enamorada de su marido. Necesitaba tiempo para decidir cómo quería que fuese su vida, no solo sin él, sino con otro hombre a su lado. Era algo muy nuevo, un cambio muy importante. Cuando le ofrecí el anillo, dijo que era demasiado pronto para aceptarlo. Ella necesitaba tiempo y yo estaba dispuesto a esperar tanto como hiciera falta. Olvídate de la diferencia de edad. Estaba enamorado de Ginny. ¿Por qué cuesta tanto creerlo?

23

Alex Buckley abandonó la terminal de Delta Shuttle del aeropuerto de LaGuardia y subió al coche negro. Ramon esperaba al volante.

—¿Ha ido todo bien, señor?

—Un poco de lluvia en Washington y protestas en las afueras, pero aquí estoy, con solo diez minutos de retraso.

—¿Ha podido ver a Andrew y a los niños? —preguntó Ramon.

Ramon sabía lo unido que estaba Alex con su hermano menor, Andrew, quien trabajaba como abogado de empresa en Washington.

—Ayer me registré en el Ritz —dijo Alex—, pero acabé pasando la noche en su casa. Johnny está un poco confuso y cree que su tío Alex va a convertirse en presidente, pero se alegraron de verme.

El hijo de Andrew, Johnny, acababa de empezar primaria y sabía tan poco de cargos gubernamentales que confundía un nombramiento para un puesto de juez en un tribunal de primera instancia con ser elegido presidente. Sus hermanas gemelas tenían solo tres años y seguían viendo al tío Alex como el hombre que les había enseñado muchas canciones infantiles. Todavía se le acercaban nada más verle para pedirle que cantara con ellas.

—Puede que Johnny tenga una bola de cristal —contestó Ramon—. No me extrañaría que acabara siendo presidente algún día.

Mientras circulaban por la autovía Brooklyn-Queens y cruzaban el puente Triborough, Alex revisó la documentación que le había entregado el Comité Judicial del Senado y que debía rellenar para lograr que los senadores aprobasen su designación. El día había transcurrido en un torbellino de actividades que finalizaron con una reunión celebrada en el Despacho Oval con el mismísimo presidente y otros futuros magistrados. A Alex le habría gustado que sus padres pudieran verlo. El presidente los había recibido con un chiste: «Cuando vean lo que les espera, puede que acaben lamentando este honor».

No bromeaba. Alex tardaría varios días en responder las preguntas de esos documentos, que abarcaban desde el nombre de sus compañeros de habitación en la universidad hasta sus opiniones sobre las decisiones más influyentes del Tribunal Supremo en la historia de Estados Unidos.

Tras leer todas las preguntas dos veces, retrocedió hasta la segunda página. En ella se solicitaba una información biográfica relativamente simple, pero uno de los apartados le llamó la atención. En la parte superior de la hoja, le pedían que indicara los datos de contacto de las personas que convivieran con él en ese momento. A continuación, debía identificar a sus cónyuges, excónyuges, hijos, padres y hermanos.

Nada de eso sería difícil para Alex. Era un soltero que perdió a sus padres siendo muy joven. Tenía un empleado del hogar, Ramon, y un hermano adulto con su propia familia.

Sin embargo, la tercera pregunta de la página era muy general: «Facilite la información biográfica de todas las personas que desempeñen una función similar o comparable con las indicadas en las partes (a) y (b) del presente documento, independientemente de su filiación legal o de las definiciones formales de familia (como parejas, personas que convivan con usted a tiempo parcial, personas dependientes desde el punto de vista económico [adoptadas o no], etc.)».

Ojalá pudiera escribir: «Esposa: Laurie Moran Buckley, Hijastro: Timothy Moran». El simple hecho de pensarlo ya era doloroso. Una vez más, se preguntó si había perdido a Laurie por presionarla para que contrajeran un firme compromiso antes de que estuviese preparada.

«Es culpa mía —pensó—. Le dije a Laurie que esperaría tanto como fuese necesario y luego la aparté de mí, obligándola a experimentar una "libertad" que nunca me pidió.»

Volvió a meter los papeles en su maletín, rogando que algo cambiase en su vida antes de tener que enviar las respuestas.

24

Había sido un día muy largo. Anna Wakeling inspiró hondo mientras abría la puerta de su apartamento en Park Avenue.

Oyó las voces de sus hijos, Robbie, de siete años, y Vanessa, de cinco, procedentes del salón. El aroma de pollo al horno le recordó que se había saltado el almuerzo. «Menos mal que tengo a Kara —pensó—. Es una fantástica cocinera.»

Vanessa y Robbie estaban haciendo juegos de palabras con su niñera de toda la vida, Marie. Al ver a su madre, ambos se levantaron de un salto y corrieron a abrazarla.

El niño era dos años mayor que la niña. «Igual que Carter y yo —pensó Anna. Sin embargo, la vida de sus hijos no se parecía en nada a su propia infancia—. Al principio, Carter y yo íbamos a un colegio público de Queens. Podría contar con los dedos de una mano el número de veces que nuestra madre recurrió a los servicios de una canguro.» En cambio, Robbie y Vanessa tenían una niñera a tiempo completo, y el curso siguiente Vanessa asistiría con su hermano a uno de los colegios privados más elitistas del Upper East Side.

«Al principio, papá nos trataba de forma distinta —siguió recordando Anna—. Se llevaba a Carter a las obras y le enseñaba planos de los proyectos. Pero yo era más inteligente. Quería aprenderlo todo y le suplicaba que me permitiera ir con ellos. No tardó mucho en darse cuenta de que yo era muy superior a Carter.»

A diferencia de sus padres, Anna se esforzaba mucho por tratar a sus hijos por igual, sin hacer distinciones, evitando que fueran víctimas de prejuicios como tan a menudo les había ocurrido a su hermano y a ella. No quería que Robbie se sintiera con derecho a todo por ser niño, ni que Vanessa se sintiera limitada por el simple hecho de haber nacido niña.

25

—La cena estará lista en un cuarto de hora, señora Browning —anunció Kara desde el umbral del salón.

Anna besó a sus hijos.

—Voy a ponerme cómoda, niños. Enseguida vuelvo —prometió.

Subió al vestidor para ponerse unos vaqueros y un jersey y se recogió la larga melena en una cola de caballo poco apretada.

Peter había pasado las últimas horas de la tarde en su estudio. Anna fue a decirle que ya había llegado a casa. Él se levantó y le dio un breve beso en los labios.

—Me gusta cómo te quedan los vaqueros —aprobó.

—Ya tenía ganas de ponérmelos. Peter, estoy preocupada. ¿Crees que hemos tomado la decisión adecuada? Me refiero a lo de participar en ese programa.

—No creo que tengamos otra opción —dijo Peter, inquieto—. Si no damos nuestra versión de la historia, Ivan podrá inventarse lo que le dé la gana y tendremos que responder después de que se emita el programa. Al menos, de esta forma tendremos la oportunidad de rebatir todo lo que diga durante la producción.

Anna asintió con la cabeza. Esa mañana, tras la reunión con la productora y sus asistentes, habían llegado a la misma conclusión.

—¿Y si mi madre estaba pensando realmente en excluirnos del testamento?

—Yo era su albacea. ¿No crees que me lo habría dicho? —preguntó Peter—. Al fin y al cabo, estudió conmigo los términos de su testamento tras la muerte de tu padre.

Peter se había negado a declarar ante la policía los planes de su suegra acerca de su testamento alegando el privilegio abogado-cliente. Esa mañana había adoptado la misma actitud con los productores de televisión. Sin embargo, Anna y él no tenían secretos.

—Si Virginia tenía pensado cambiar su testamento, ni siquiera me lo dijo a mí. Por otro lado —añadió—, me aseguró que, si alguna vez decidía casarse con Ivan, le haría firmar un acuerdo prenupcial.

—Pero ¿mencionó alguna vez la posibilidad de dejar dinero a entidades benéficas?

Peter cogió sus manos.

—¿Por qué te preocupa tanto, cariño?

—¿Y si habló con sus amigos de dejárselo todo a sus causas favoritas? Si se supiera que nosotros heredamos un dinero que debía ir a parar a entidades benéficas, ¿qué impresión causaría? Quedaríamos muy mal...

—Annie —dijo Peter en tono tranquilizador—, trabajas mucho. Te lo has ganado.

Ella negó con la cabeza.

—No he hecho nada que se acerque a lo que consiguió papá. Vivimos de su trabajo, no del nuestro.

—Vivimos de la empresa que él creó. Tú eres quien la ha mantenido y la ha hecho crecer —dijo Peter en tono vehemente—. No tienes que sentirte incómoda solo porque tu padre te dejase un maravilloso legado.

Anna asintió, pero su expresión debió de delatar sus verdaderos sentimientos. Peter vaciló, y su voz se suavizó al preguntar:

—Esto no es por Carter, ¿verdad?

—Recuerda que, la víspera de la muerte de mi madre, Carter nos dijo que le preocupaba que fuera a cambiar el testamento. Nos preguntó a bocajarro si sabíamos algo de eso. Los dos pensamos que los planes financieros de mi madre lo tenían paranoico, sobre todo dada la situación con Ivan. —A Anna le tembló la voz al añadir—: Después del crimen, cuando la policía empezó a preguntar por el testamento, Carter parecía más desconsolado que nadie. Ninguno de nosotros le habló a la policía de esa conversación. Pero si mi madre pensaba dejarnos sin dinero y Carter se enteró...

Anna no fue capaz de acabar de expresar el pensamiento.

—Eso no ocurrió, Annie. Estás hablando de tu propio hermano.

—El cual continúa más pendiente de ir detrás de las faldas y pasarlo bien que de ganarse la vida. Puede que estuviera borracho o algo así...

—Lo vimos aquella noche, nada más enterarnos de que era vuestra madre la que había caído desde la azotea. No estaba borracho, sino conmocionado.

—Quizá fuese un accidente. Puede que se pusieran a discutir y ella diese un paso atrás.

Peter la rodeó con sus brazos para calmarla.

—No fue eso lo que sucedió —declaró con firmeza—. El asesino de tu madre fue Ivan Gray, y es posible que ese programa pueda demostrarlo.

—Ojalá pudiera creerte, pero lo cierto es que Carter preguntó por el testamento de mamá antes del crimen.

—Solo lo sabemos nosotros y jamás se lo contaremos a nadie. Ahora, bajemos a cenar.

El apartamento estaba muy tranquilo cuando Laurie se fue a la cama. Timmy se había acostado una hora antes. Era uno de esos momentos de absoluto silencio tan infrecuentes en Nueva York: no se oía ni un claxon, ni una sirena a lo lejos.

Encendió el televisor y bajó el volumen. Fue cambiando de canal hasta dar con un episodio repetido de *Ley y orden*. Le gustaba el ruido de fondo, la familiaridad, el parpadeo de la luz tenue en la oscuridad.

Abrió uno de los cajones de su mesilla de noche y sacó la cajita de terciopelo bien colocada en el interior. Extrajo su alianza de platino y se la puso en el anular de la mano izquierda, como solía hacer cuando echaba de menos a Greg y no podía dormir.

Pensó en las palabras que Ivan Gray había pronunciado en la oficina esa tarde. Ryan le había preguntado por qué había seguido con Virginia aunque ella se hubiese negado a aceptar formalmente su proposición. «Ella necesitaba tiempo y yo estaba dispuesto a esperar tanto como hiciera falta. Estaba enamorado de Ginny. ¿Por qué cuesta tanto creerlo?»

Laurie recordó la época en que llegó a creer que Alex sentía lo mismo por ella. Hasta que puso a prueba la fuerza de su compromiso acusándole de confundirla voluntariamente cuando uno de los antiguos casos de él entró en conflicto con la investigación que ella estaba realizando. Ahora se daba cuenta de que Alex solo pretendía proteger a su cliente, tal como le exigía la ley. Pero el mal ya estaba hecho. Como Ivan, Alex estaba dispuesto a esperar cuando pensaba que Laurie solo necesitaba tiempo para poder iniciar una nueva relación. No obstante, después de aquella pelea, se convenció de que sus inseguridades se referían a él. «Estás equivocado, Alex —pensó Laurie—. La única persona que me ha infundido deseos de pasar página has sido tú.»

La tarde anterior, cuando Charlotte le contó que había visto a Alex con otra mujer, había hecho un gran esfuerzo para fingir indiferencia, pero todavía le dolía el corazón con solo pensarlo. Aun así, se preguntaba: «¿sería justo que él me siguiera esperando cuando todavía me duermo cada noche pensando en Greg y tratando de imaginar cómo sería nuestra vida si siguiera vivo?».

Hizo girar el anillo de casada en su dedo. Cuando llevaba ese anillo, tenía la sensación de que Greg volvía a estar allí con ella. Pensó que tal vez lo viera en sueños y pudiese disfrutar, aunque solo fuera durante unos minutos, de la sensación de no haberle perdido.

—Nunca pensé que tendría que envejecer sin ti, mi amor —dijo en voz alta.

Esa noche lloró hasta quedarse dormida con la alianza puesta.

El lunes por la mañana, Laurie salió del ascensor en Fisher Blake Studios dispuesta a analizar el caso de Virginia Wakeling con una nueva mirada. Todo había ido muy deprisa desde que Ryan Nichols sugirió o, mejor dicho, ordenó que Laurie volviera a investigar el crimen. Era muy consciente de que debía sentirse agradecida. Después de lo mucho que le había preocupado la posibilidad de que Ryan no encajase en el programa, lo cierto era que había encontrado un buen caso. Y, hasta el momento, las piezas de la producción encajaban perfectamente.

Laurie recordó que Greg solía quejarse de que los administradores del hospital donde él trabajaba no dejaban de sabotearse a sí mismos. En vez de adoptar soluciones sencillas, planificaban y analizaban demasiado, lo cual les paralizaba. ¿Lo estaba haciendo ella ahora?

Encontró a Grace de pie en la puerta del despacho de Jerry. Laurie disfrutaba mucho de las mañanas de los lunes, cuando todos se contaban lo que habían hecho los dos días anteriores. Ella se pasaba los fines de semana adaptándose al ritmo de Timmy y le encantaba escuchar las despreocupadas aventuras de Grace y Jerry. Mientras se acercaba, oyó que la joven estaba relatando otra de sus horribles primeras citas.

—Llegas a tiempo —dijo Grace, alzando la vista—. Ahora viene lo mejor.

Entró en el despacho de Jerry seguida de Laurie.

No pudo evitar fijarse en que esa mañana Grace iba vestida de una forma muy insólita en ella. Llevaba una falda plisada que le llegaba diez centímetros por debajo de la rodilla y un jersey de cuello redondo. Parecía más el uniforme de un colegio privado que uno de sus habituales conjuntos.

Jerry, por su parte, llevaba una camisa de *tweed* y una pajarita a rayas que le daban un aspecto muy atildado.

—No sé cómo puede mejorar la historia. Todavía no hemos llegado a la cena y el tipo en cuestión ya le ha dicho a Grace que se parece a la mujer más guapa que ha conocido en su vida, quien, por cierto, es su madre; le ha pedido que la próxima vez se ponga zapatos planos para no sacarle media cabeza, pues se añadió siete centímetros de estatura en su perfil de internet y, antes de que ella pidiera el chuletón, ha querido asegurarse de que pagarían a medias.

—No sé cómo lo haces, Grace —comentó Laurie, sacudiendo la cabeza y echándose a reír—. Me da la impresión de que salir con alguien hoy en día es como ejercitarse en el combate callejero.

—Supongo que hay que besar unos cuantos sapos antes de encontrar al príncipe azul —contestó Grace—. Además, así os puedo contar las mejores anécdotas. Bueno, por dónde iba: aprovechando que él se levanta de la mesa para hacer una llamada, le digo al camarero que nos traiga la cuenta tan pronto como termine la cena, que no tomaremos café ni postre.

—Una mujer inteligente —dijo Laurie.

—Pagamos a medias, por supuesto. Y luego doy por sentado que él desea tanto como yo marcharse por su lado, pero, cuando salimos del restaurante, dice que es temprano y que las tiendas del Time Warner Center aún están abiertas. Me pregunta si quiero ir a Hugo Boss con él para ayudarle a elegir ropa.

—Eso no me parece tan raro —dijo Jerry.

—Ropa para salir con la chica con la que había quedado la noche siguiente. Me dijo: «Se parece mucho a ti, así que supongo que tendrá los mismos gustos».

Cuando las carcajadas se apagaron, el tono de Grace se hizo serio de repente:

—Lo siento, llevamos demasiado rato divagando. Es hora de ponerse a trabajar, ya lo sé. ¿Qué necesitas, Laurie?

Primero, el cambio en el vestuario de Grace. Ahora una disculpa por cotillear poco después de las nueve de la mañana.

Laurie decidió sacar más tarde el tema del vestuario y dijo:

—Hablar del caso con vosotros en mi despacho dentro de veinte minutos.

—Estupendo —dijo Grace—. Pero ¿quieres que llame a Ryan?

Laurie guardó silencio. Por un lado, era Ryan quien había traído a Ivan. Sin embargo, por otro lado, no quería verse forzada a precipitar la investigación. Su intuición seguía advirtiéndole de que iban demasiado rápido. No, no tenía por qué sabotearse a sí misma. Ryan y Brett le estaban generando inseguridad, pero, si había llegado tan lejos, era porque siempre escuchaba a su instinto.

Se le estaba escapando algún detalle y pensaba seguir trabajando con Jerry y Grace hasta encontrarlo.

28

Una vez que los tres estuvieron sentados en el despacho de Laurie, esta empezó elaborando una lista de los participantes que ya tenían asegurados y haciendo una marca de verificación junto al nombre de cada uno de los posibles sospechosos.

Ivan Gray. Carter Wakeling. Anna Wakeling. Peter Browning, marido de Anna. Tom Wakeling, el primo.

Laurie hizo una marca de verificación junto a los cinco nombres.

—Creía que habías dicho que la policía exculpó al primo —comentó Jerry.

—De momento, así es. Tom y su acompañante, Tiffany Simon, coincidieron en decir que estaban juntos en el departamento de pintura estadounidense, mirando los retratos de la segunda planta. Supongo que su versión convenció a la policía. Y dieron por sentado que esa mujer no mentiría para proteger a Tom, puesto que solo era la segunda vez que salían juntos.

Grace sacudió la cabeza.

—Pero la había llevado a uno de los eventos más importantes de la ciudad un hombre apellidado Wakeling. Para algunas mujeres, esa podría ser una relación que valiese la pena proteger —señaló.

—Estoy de acuerdo contigo —dijo Laurie—. Por eso

mantengo a Tom en nuestra lista de sospechosos. Quiero hablar yo misma con su acompañante.

Al parecer, Tom y Tiffany habían perdido el contacto casi tres años atrás. Ahora no habría ningún motivo para que ella protegiese a Tom. Laurie anotó el nombre de la mujer, Tiffany Simon, en una columna aparte: su lista de tareas.

—Esperemos que sea más fácil de encontrar que Penny Rawling, la asistente de la señora Wakeling. ¿Habéis tenido suerte con eso?

Jerry negó con la cabeza.

—Ivan ya no tiene su número de teléfono móvil, suponiendo que sea el mismo de antes.

A veces Laurie echaba de menos los viejos tiempos, cuando podías buscar un número en la guía telefónica o, en caso de apuro, llamar a información.

Escribió el nombre de Penny Rawling debajo del de Tiffany y añadió una marca de verificación. Penny no era la sospechosa más probable, pero tampoco estaba eliminada por completo.

Dio un golpecito con el bolígrafo en el bloc de notas.

—Ojalá supiéramos por dónde agarrar a los hijos de Virginia Wakeling. Fue difícil hacerse una idea sobre ellos en una reunión tan breve.

—En mi opinión —dijo Grace—, Anna parecía la jefa.

—Seguida de su marido por orden de jerarquía —dijo Jerry—. Y luego, un gran peldaño más abajo, viene el hermano, Carter.

Grace, siempre dispuesta a sacar conclusiones precipitadas, declaró:

—Si los hijos tuvieron algo que ver, Anna debió de ser la que mandaba. Apuesto a que activó la alarma de la exposición de moda para distraer y luego su marido siguió a la señora Wakeling. ¿Cuántos hombres habrán pensado alguna vez en empujar a su suegra desde la azotea?

—Cuesta mucho imaginar a alguien ideando un plan para

asesinar a alguno de sus padres —dijo Laurie—. Puede que esté siendo sexista, pero me parece especialmente impactante que una hija mate a su madre.

—Por otro lado —dijo Jerry—, no me cuesta imaginarme a Carter actuando solo. Todos estamos de acuerdo en que parece vivir a la sombra de su hermana menor y podría estar resentido. Si Ivan dice la verdad, Virginia estaba pensando en cambiar su testamento para que sus hijos tuvieran que mantenerse trabajando para la empresa. Resulta evidente que Anna es la que está a cargo de Wakeling Development, por lo que Carter pudo tener miedo de que ella encontrase una forma de echarle.

—También es posible que todos actuaran juntos —opinó Laurie—. O que fuese Ivan, o Penny, o Tom. En ese caso, Anna y Carter serían unas personas inocentes que perdieron a su madre. —Una vez más, tenía la sensación de estar agarrándose a un clavo ardiendo. Se daba cuenta de lo mucho que le habría gustado poder hablar con Alex del caso; en realidad, no solo de eso—. Al margen de la dinámica que observamos en la familia, está claro que los tres están muy unidos. Se protegen mutuamente. Necesitamos a alguien de fuera, a alguien que no sea Ivan, para que nos dé una visión más objetiva de la relación entre su madre y él. Eso hace que resulte aún más importante que encontremos a Penny Rawling.

—Seguiré intentándolo —dijo Jerry.

—Lo sé —contestó Laurie; no quería que Jerry tuviera la impresión de que le echaba la culpa.

—¿Y el sobrino, Tom? —preguntó Jerry—. Solo es un primo. ¿Y si está dispuesto a sacar los trapos sucios?

—No lo creo. En primer lugar, hasta que hable con Tiffany Simon, tenemos que considerarle también un sospechoso. Y, lo que es más importante, hablé con él en persona. Puede que fuese la oveja negra de la familia hace tres años, pero hoy en día tiene muchas ganas de quedarse en el rebaño. No dirá nada que ponga en peligro su posición en la familia.

Miró su lista. ¿Qué se le estaba escapando?

—Si vamos a producción ahora, prácticamente solo tenemos la palabra de Ivan contra la de la familia —dijo Jerry.

Laurie se encogió de hombros.

—Ese ha sido mi problema con el caso desde el principio. No puedo imaginarme que vayamos a averiguar nada nuevo.

—Bueno, Brett no podrá decir que no le avisaste —dijo Grace para consolarla.

—Y por lo menos puedo hacer un episodio precioso —dijo Jerry, alzando la voz—. No me gusta nada tener que decirlo, pero los espectadores encenderán el televisor solo por los vestidos. ¿Estáis listas para ver un avance?

Grace y Laurie se apoyaron en el respaldo y Jerry clavó una serie de fotografías en el gran tablero de corcho del despacho de Laurie. Grace añadió «oohs» y «aahs» en respuesta a sus favoritos. Laurie quiso aplaudir un poco cuando su ayudante de producción clavó la fotografía de Jacqueline Kennedy con su vestido de algodón blanco. Esa era la que Jerry iba a incluir como homenaje a su abuela.

—Bueno, estas son solo las fotos estáticas —explicó—, pero, cuando acabe la producción, las integraremos con grabaciones en vídeo de la gala. Será rápido, con mucho movimiento. Y luego contrastaremos esas imágenes con fotografías de la escena del crimen. Nada sangriento, por supuesto: una cinta amarilla cruzando el espacio de la azotea, quizá unas cuantas salpicaduras de sangre sobre la nieve. Aún no he seleccionado esas imágenes. Evidentemente, este trabajo ha sido más agradable de realizar —añadió con una sonrisa.

—Queda fantástico —dijo Laurie.

Ella había empezado a trabajar en televisión después de estudiar periodismo, pero Jerry se había graduado en comunicación gráfica y había comenzado en Fisher Blake como becario. Su fuerte era la creación de imágenes impactantes específicamente para la televisión.

—Ojalá tuviéramos acceso a algunos de los vestidos —dijo Jerry—. Si pudiéramos utilizar por lo menos tres, con un minúsculo rincón del espacio de exposición del museo podría hacer maravillas.

—Lo siento, Jerry, pero los del Met dijeron que era imposible —dijo Laurie—. Los vestidos no pertenecían a su colección permanente. La mayor parte procedía de bibliotecas presidenciales, el Smithsonian y otros museos.

—Lo sé —respondió él—. Ojalá pudiera conseguir lo que quiero con solo chasquear los dedos.

—Si tuvieras esos poderes mágicos, preferiría que los emplearas para encontrar a esas dos mujeres, y pronto —contestó Laurie. Levantó su bloc de notas—. Tiffany Simon y Penny Rawling podrían darnos un nuevo punto de vista sobre todos ellos. —Seguía teniendo la sensación de que todavía no contaban con todas las piezas del rompecabezas—. Sé que Brett empezará a presionarnos cualquier día de estos para que iniciemos la producción.

—No hacen falta poderes mágicos —anunció Grace. Estaba mirando la pantalla de su iPhone—. Puede que Penny Rawling intente pasar desapercibida, pero creo que he encontrado a Tiffany Simon.

Les entregó su móvil a Laurie y Jerry. Tenía abierto el sitio web de una empresa llamada Marriage Mobile. Su lema era «Cuando estéis listos para dar el sí» y prometían presentarse en cualquier punto del área metropolitana de Nueva York con todo lo que necesitaban unos novios para una boda. La propietaria y «pastora» se llamaba Tiffany Simon.

Laurie contempló la foto de Tiffany, fijándose en las pestañas postizas, la gruesa capa de maquillaje y el profundo escote. «No es la clase de aspecto que queda bien en la exclusiva gala del Met —pensó—. No me extraña que los primos de Tom se mostraran desdeñosos con su acompañante.»

—¿Por qué esperar? —se preguntó a sí misma mientras cogía su móvil y marcaba el número que aparecía en el sitio web.

Respondió la llamada una voz aflautada diciendo:

—Marriage Mobile, soy Tiffany.

«La voz encaja con la foto», pensó Laurie. Acto seguido, se presentó y explicó el motivo de su llamada.

La respuesta que recibió colmó todas sus expectativas.

—¡Me encanta su programa! —chilló—. Estoy deseando salir en él. Puedo contarle un montón de cosas sobre los Wakeling. ¡Menudos presuntuosos!

«Puede ser una fuente de información», pensó Laurie, que le ofreció a Tiffany la posibilidad de reunirse al día siguiente.

—Ojalá pudiera —contestó Tiffany—, pero tengo reuniones con clientes nuevos por la mañana y a primera hora de la tarde, y tengo que organizarlo todo para una boda que voy a celebrar a las cinco en punto. La ceremonia tendrá lugar en el muelle, junto al *Intrepid*. El novio estuvo en la marina y quiere que el barco de guerra salga de fondo en las fotos de la boda. ¿Quiere que quedemos después, sobre las seis de la tarde?

—Me parece bien —dijo Laurie.

—Estupendo. Podemos vernos en la Landmark Tavern, en la esquina entre la Undécima Avenida y la calle Cuarenta y seis. Está en un edificio antiguo y me vendría muy bien. Sirven comida típica de pub inglés. No sé si le apetecerá a usted.

«No voy por la comida», se dijo Laurie.

—Perfecto. Nos vemos mañana.

Laurie colgó el teléfono y miró los rostros expectantes de Jerry y Grace.

—He quedado con Tiffany Simon, y está deseando poner a la familia Wakeling de vuelta y media.

29

Al día siguiente por la tarde, Laurie fue la primera en llegar a la Landmark Tavern y escogió una mesa desde la que se veía la puerta de entrada. Unos minutos después entró Tiffany. Laurie la reconoció enseguida tras ver su foto el día anterior en el sitio web de Marriage Mobile. Cuando se levantó y llamó su atención, Tiffany fue hasta su mesa con las mejillas sonrosadas por el frío. La mujer se quitó la parka, aunque se la dejó apoyada sobre los hombros.

—¡Pero qué frío hacía en el muelle! —exclamó, y luego exhaló un profundo suspiro—. Debería haberles cobrado más a los novios.

—Sí que hace frío hoy —convino Laurie, y después añadió—: Gracias otra vez por reunirse conmigo.

—¡No hay problema! —respondió Tiffany—. Como le dije por teléfono, me alegra tener la oportunidad de poner verde a la familia Wakeling.

Laurie le pidió una copa de chardonnay a la camarera.

—Yo necesito algo más fuerte —anunció Tiffany—. Tomaré un Chivas Regal doble.

—La comprendo —dijo Laurie, sonriendo. Acto seguido, dio un sorbo de vino—. Antes de que empecemos a hablar de los Wakeling, quiero hacerle una pregunta. Siento curiosidad. ¿Cómo se metió en el negocio de las bodas?

Tiffany soltó una risita.

—Fue un afortunado accidente. Algo parecido a apostar por el caballo ganador. Hace dos años, unos amigos míos se empeñaron en que les casara yo. Querían que la ceremonia fuese muy sencilla, pero que cada una de sus partes tuviese algo especial. Como si fuese la boda del príncipe Guillermo con Kate Comosellame. Así que me puse a buscar una forma de hacer lo que me pedían. Resulta que el ayuntamiento te permite registrarte si eres pastor, y encontré una iglesia en internet que estaba dispuesta a ordenarme. Cuesta creerlo, ¿no? En fin, una vez que terminó la boda, me di cuenta de que me había divertido más planificándola que en todos los trabajos que había tenido, así que pensé: «¿Qué puñetas? Vamos a probar». Mucha gente solo quiere casarse; no necesita todo el jaleo de una boda elegante. Solo tengo que presentarme con unas flores de seda, un fotógrafo medio decente y los documentos.

—Mejor cuanto más simple —dijo Laurie.

—¡Sí! De hecho, usé esa frase como lema cuando inauguré mi sitio web. Y ahora mi trabajo consiste en ayudar a la gente a celebrar el día más feliz de su vida con la persona amada. O la segunda o tercera vez que encuentran el amor verdadero —respondió con una sonrisa.

—Bien hecho —dijo Laurie sinceramente—. Y ahora vamos al motivo por el que estamos aquí. Agradezco la oportunidad de hablar con usted acerca del asesinato de Virginia Wakeling.

—Supongo que mi nombre habrá surgido porque aquella noche en la gala del Met acudí con el sobrino de ella, ¿no? —preguntó Tiffany, y pidió por señas otro whisky.

—Exacto —confirmó Laurie—. Nos sería útil cualquier información que tenga acerca del lugar en el que estaban sus diversos amigos y familiares en el momento de su muerte.

—Pues solo puedo hablarle de uno, que es Tom. No habíamos llegado ni a la mitad de la cena cuando empecé a aburrirme. Su familia estaba sentada junta en una mesa cercana. No dejaban de mirarme mal, como si fuese una mierda o algo así. Tom y yo estábamos en una mesa demasiado llena de gente que solo había comprado una o dos entradas, o sea, un montón de extraños. Y además eran muy sosos. Había una pareja de algún país de Oriente Medio. Tenían mucho acento y me costaba entender lo que decían. Otra pareja debía de tener más de noventa años, y los dos estaban medio dormidos. Traté de animar la cosa contándoles anécdotas sobre mi abuela, pero, aunque gritaba, creo que no oyeron ni una palabra.

Laurie vio unas lágrimas brillando en los ojos de Tiffany.

—¿Sigue viva su abuela? —preguntó.

—Tuvo un ictus hace un año y desde entonces vive en una residencia. Se le olvida casi todo, y lo único que recuerda es a los hombres que la perseguían cuando era bailarina. —Tiffany dio un trago de whisky—. Como le decía, Tom y yo decidimos levantarnos de la mesa e ir a dar una vuelta. Cuando vi que dos de los guardias de seguridad que vigilaban al pie de la escalera se distraían, agarré a Tom de la mano y eché a correr escaleras arriba.

—¿Fue entonces cuando saltó la alarma de la exposición de moda?

—¿Qué alarma? —preguntó Tiffany, confusa.

—Disculpe. No me haga caso. —Laurie había olvidado por un momento que el detective Hon dijo que fue una alarma silenciosa—. ¿Qué fue lo que distrajo a los guardias?

—Uno de ellos le enseñaba al otro su móvil. Me dio la impresión de que quizá estaba publicando fotos del evento o algo así. En mi opinión, la gente pasa demasiado tiempo en las redes sociales. Vayas donde vayas, alguien tiene la cara pegada a su teléfono móvil. ¿No le parece?

—Es verdad —convino Laurie, a quien aquella mujer excéntrica le caía cada vez mejor.

—Bueno, pues nos colamos en la segunda planta. No había nadie. Era increíble. Lo recorrimos todo. Y aún me acuerdo, porque, sinceramente, fue el único rato divertido de aquella noche: nos pusimos a mirar los viejos retratos formales, poniendo caras como las de la gente de los cuadros. Nadie sonreía. Entonces recordé haber oído que el motivo por el que todos estaban tan serios es que tenían los dientes fatal. Se lo dije a Tom y se partió de risa.

Laurie asintió con la cabeza.

—He leído por ahí que George Washington nunca sonreía porque le daban vergüenza sus dientes de madera.

Laurie entendió por qué intuía el detective Hon que Tiffany decía la verdad. Contaba la historia como si aún siguiera viéndola en su mente. Estaba recordando algo que ocurrió realmente.

—Pero ¿cuándo supieron que habían matado a su tía?

—Al cabo de un cuarto de hora quisimos bajar y nos escondimos detrás de una columna, en la parte superior de las escaleras. Estábamos esperando a que los guardias de seguridad volvieran a sus teléfonos móviles para poder bajar sin que nos vieran. Cuando me asomé al vestíbulo principal, parecía que hubiera explotado una bomba. Había policías y guardias de seguridad por todas partes, tropezando unos con otros. Los invitados se habían levantado e intentaban averiguar lo que pasaba. Cuando nos mezclamos con la gente, nadie se fijó en nosotros. Le pregunté a un hombre qué ocurría y me dijo que había muerto una mujer. No teníamos ni idea de quién era hasta que vimos a Anna con un tipo con pinta de policía. Lloraba histérica entre los brazos de su marido. Fue horrible. Tengo mucha intuición y supe al instante que se trataba de la señora Wakeling. Tom se acercó corriendo a Anna y le oyó decir que, si habían asesinado a su madre, tenía que haber sido Ivan Gray. Para Tom fue una forma tremenda de enterarse de la muerte de su tía. —Tiffany sacudió la cabeza—. Ya sé que Tom solo era su primo y que la que había muerto era su madre, pero aquella noche ni siquiera hablaron con él. Me dio mucha pena. Él también lloraba. Era como un hombre sin familia.

Por un segundo, Laurie pensó en Alex. Una vez le había contado que se sentía como un hombre sin familia desde que su único pariente, su hermano, se había trasladado a Washington D.C.

—Tiffany, ¿estuvo Tom con usted durante todo el tiempo que pasó en la segunda planta? —preguntó, intentando centrarse en el presente—. ¿No se marchó al servicio o algo parecido?

—La policía me preguntó lo mismo aquella noche, cuando aún lo tenía todo fresco en mi mente. Le aseguro que pasamos juntos cada minuto. ¿Va a necesitarme para su programa? Me gustaría mucho salir en él.

—Pues no creo, aunque no estoy segura —dijo Laurie—. Es tarde. ¿Qué le parece si cenamos? Con el mal tiempo que hace, el pastel de carne me vendría de perlas.

Tiffany negó con la cabeza.

—No puedo —contestó con pesar—. Tengo un pomerania en casa que debe de estar a punto de hacer pipí en mi alfombra.

Laurie hizo un gesto para pedir la cuenta y le dijo a Tiffany que no hacía falta que esperara si tenía prisa.

—No voy a dejar que el cachorro me impida terminarme este whisky tan estupendo. Me da un calorcito muy bueno.

Laurie dio otro sorbo de vino. No creía que Tiffany tuviera nada más que contarle, pero deseaba hacer amistad con ella por si decidía incluirla en el programa.

Tiffany le facilitó la tarea diciendo:

—Me encantaría salir en su programa, aunque solo fuese un par de minutos. Si tiene alguna posibilidad de mencionar que soy planificadora de bodas, sería fantástico. Y no puedo marcharme sin preguntarle cómo está Tom.

—Aunque solo le he visto una vez, parece estar muy bien. Trabaja en la compañía inmobiliaria que su padre y su tío fundaron juntos. Por lo que me han dicho, ahora está mucho más centrado en el trabajo que hace tres años. Sigue soltero, por si le interesa.

—Lo cierto es que no. Conozco a un montón de mujeres que estarían entusiasmadas si tuvieran la oportunidad de salir con alguien de esa familia, pero le aseguro que no era mi tipo. No tiene chispa ni energía. Además, no hay diversión en esa familia. Francamente, una parte de mí quería advertirle a Ivan que saliera corriendo. En mi opinión, era el más interesante de todos. No creo ni por un instante que matase a la señora Wakeling. A mí me parece que estaba enseñando a esa mujer a disfrutar de la vida.

—¿Dedujo todo eso después de verlos una sola noche?

—Tengo intuición para esas cosas.

Lo dijo como si no necesitase más explicación.

—¿Y quién cree usted que mató a Virginia Wakeling? —preguntó Laurie.

Tiffany ni siquiera lo pensó antes de contestar:

—Apuesto a que se tiró ella.

—Nadie ha comentado que estuviera deprimida o desanimada.

—Las cosas no son así. Creo que se sintió sin fuerzas para seguir enfrentándose a sus hijos por Ivan, un tipo tan interesante. Ellos la empujaron a hacerlo.

—¿Lo cree de verdad?

—Desde luego que sí. Pasé con esa gente unos diez minutos. Créame, si no hubiese podido quitarme de encima a esos pelmas, puede que yo también hubiera saltado desde una azotea.

30

Laurie miró a Tiffany Simon, sentada al otro lado de la mesa, y tuvo la certeza de que no mentía para encubrir a Tom Wakeling. Estaba claro que aquella familia la dejaba indiferente y que no tenía ningún interés en ganarse su favor.

Tras pagar la cuenta, le dio una vez más las gracias a Tiffany por su tiempo. Cuando salieron, la joven se detuvo y levantó el índice como si se le acabara de ocurrir algo.

—¿Ha hablado con la asistente?

—¿Penny, la asistente de Virginia?

—Sí, así se llamaba. Dulce y agradable. Al menos de nombre —aclaró Tiffany, y Laurie dedujo del último comentario que no tenía muy buena opinión de Penny Rawling—. ¿Recuerda que he dicho que a algunas mujeres les entusiasmaría salir con un Wakeling? Pues a Penny le viene esa frase como anillo al dedo.

—¿Qué quiere decir?

—Ha pasado tanto tiempo que no recuerdo las palabras exactas que me dijo. Algo parecido a: «Tom solo es el primo, pero aun así... qué suerte tienes». Fue un comentario de mal gusto, como si me hubiese tocado la lotería al conseguir una cita con Tom. La cuestión es que luego añadió algo como: «Yo le tengo echado el ojo al príncipe». O quizá dijese «el chico de oro».

—¿Cree que le interesaba Carter, el hijo de Virginia? Era el único hijo varón de la familia.

—Curioso. En ese momento, yo pensé en el marido de la hija. Era abogado o algo así, ¿no? Aunque, si lo pienso ahora, seguramente es porque a mí me parecía el más interesante. Pero sí, supongo que lo del hijo resulta más lógico. Sea como fuere, tuve la sensación de que estaba liada con uno de ellos.

Laurie recordó que Ivan les había contado que Penny se pasaba el tiempo hablando por teléfono con un novio misterioso. Según él, a Penny le inquietaba mucho su imagen antes de asistir a la gala, por lo que supuso que su admirador secreto estaría allí.

Tiffany se metió la mano en el bolsillo de la chaqueta.

—Veo que no lleva anillo de casada. Pero va a tomar una decisión. Se me da bien intuir estas cosas...

Laurie se percató de que Tiffany la miraba fijamente con los ojos entornados. «¿Qué le pasa?», se preguntó.

Entonces Tiffany abrió mucho los ojos y sonrió.

—No le he dicho que soy vidente. Le digo a la gente algo sobre sí misma y resulta que sucede. No lleva anillo de casada, y es porque está a punto de tomar una gran decisión. —Se sacó la tarjeta del bolsillo y se la dio a Laurie—. Si toma la que creo que debería tomar, llámeme. Le organizaré una boda fabulosa y alucinante.

Una vez que Laurie estuvo en el taxi, sacó su bloc del bolso. Tachó el nombre de Tiffany de su lista de tareas y la marca de verificación que estaba junto al nombre de Tom. Y luego dibujó un gran círculo en torno al nombre de Penny Rawling.

El taxi estaba solo a seis manzanas del apartamento de Laurie cuando le sonó el teléfono móvil. La pantalla identificaba a la persona que llamaba como Alexis Smith, un reportero de espectáculos del *New York Post*. Laurie sintió la tentación de esperar a que saltara el buzón de voz, pero nunca dejaba pasar la oportunidad de promocionar su programa.

—Hola, Alexis.

—Qué tal, Laurie. Hace mucho que no nos vemos. La semana pasada vi a tu antiguo presentador en el estreno de un documental sobre condenas injustas y entonces recordé que tenías a otro nuevo. Alex era genial, pero Ryan es una auténtica promesa de la televisión.

—Gracias —dijo Laurie, sin saber qué añadir. Le habría gustado que todo el mundo dejara de recordarle que Alex estaba en cualquier parte de la ciudad de Nueva York salvo con ella—. ¿Llamabas para hablar de Ryan?

—No, pero llamo para hablar de *Bajo sospecha*. ¿Puedes confirmar que tu próximo programa especial abordará el asesinato de Virginia Wakeling?

¿Cómo era posible que ya se hubiese extendido el rumor? Laurie seguía sin confiar en Ryan y, además, Alexis acababa de mencionarle. Sin embargo, sabía que este jamás revelaría su fuente, y Laurie no podía preguntarlo sin confirmar la noticia. Así que dio su respuesta habitual en esos casos:

—Siempre intentamos adoptar nuevos puntos de vista acerca de casos sin resolver y anunciaremos nuestro próximo programa especial en cuanto tengamos fecha de emisión.

Mientras bajaba del taxi, Laurie tuvo la sensación de que acababan de activar la alarma de un reloj sobre su cabeza. Brett ya le estaba metiendo prisa, y ahora se añadía la presión de ese artículo de prensa. Aun así, no podía dejar de sentir que avanzaban demasiado rápido. Intuía que se le estaba escapando un detalle importante. Tenía que encontrar a Penny Rawling.

31

Penny Rawling se hizo con la última mesa vacía del Starbucks de Cooper Square y se alegró al encontrar un ejemplar del *Post* de ese día que alguien se había dejado. Mientras daba sorbitos de su café cortado con leche desnatada, se puso a hojear el periódico, repasando los titulares.

Estaba distraída. Desde que había recibido aquella llamada telefónica de su exnovio acerca del programa de televisión, no podía dejar de pensar en él. «Esperaba haber superado totalmente lo nuestro —pensó para sus adentros—. Él pasó página y yo también, o por lo menos eso fue lo que quise creer. Pero aquí estoy otra vez, soñando despierta con él.»

Al hablar del programa *Bajo sospecha*, su antiguo novio había intentado aparentar despreocupación. Sin embargo, ella seguía conociéndole mejor que nadie a pesar del tiempo transcurrido. Con solo oír su voz, supo que no deseaba que ella participase. Pero ¿quién era él para decirle lo que debía hacer? Tras la muerte de Virginia, la había dejado tirada como una colilla.

Después de recibir su llamada, había pensado que participar en un *reality show* sería un buen modo de lanzar su carrera en el sector inmobiliario. Sin embargo, después de pensarlo un poco más, se le ocurrió una ventaja adicional. Tal vez pudiera volver a verle. Se imaginaba a ambos presentándose en los estudios. Él la vería y comprendería que era la mujer de su vida.

O, si se enteraba de que iban a entrevistarla para hablar del asesinato de Virginia Wakeling, quizá volviera a llamarla. Podía ser que quisiera verla en persona para averiguar lo que pensaba decir. Cuando comprendiese lo mucho que había progresado volvería a interesarse por ella, ¿no?

El único problema era que los productores del programa aún no la habían contactado. Y, si tomaba la iniciativa y los llamaba, le preguntarían cómo se había enterado. Era la pescadilla que se mordía la cola, así que no tenía más remedio que esperar. «Sucederá —se dijo—. Ten fe.»

Pasó otra página del *Post*, aunque no había prestado ninguna atención a las anteriores. Casi se le cayó la taza al ver una fotografía de Virginia Wakeling entrando en el Met con Ivan Gray a su lado. Reconoció de inmediato el vestido, con el cuerpo en terciopelo negro y la falda de vuelo azul. Penny había ayudado a su jefa a concretar los últimos detalles con el diseñador. El vestido era absolutamente perfecto.

Virginia moriría pocas horas después de que le hicieran esa fotografía.

Penny dejó el café sobre la mesa y empezó a leer el texto que acompañaba a la instantánea. Era un artículo de las páginas de sociedad:

¿Otro «Punch» para el asesinato de Virginia Wakeling?

Muy pronto, un destacado *reality show* podría desatar un terremoto en los más altos niveles del mundo inmobiliario, del arte y del fitness.

El *New York Post* ha sabido en exclusiva que *Bajo sospecha*, programa que vuelve a investigar casos sin resolver con la participación de sospechosos reales, podría abordar el asesinato de Virginia «Ginny» Wakeling en su próximo especial. Los auténticos aficionados a la crónica negra recordarán que Virginia Wakeling fue la acaudalada viuda del magnate inmobiliario Robert Wakeling y que murió al caer desde la azotea del Museo Metropolitano de Arte durante la gala anual del Instituto del vestido. El principal sospechoso fue su novio y entrenador personal, Ivan Gray, veinte años más joven que ella.

Ahora, tres años después, parece ser el propio Ivan Gray quien lleva la voz cantante con el objetivo de limpiar su nombre. Un reportero del *Post* oyó a Ivan jactándose ante un cliente de su solicitado gimnasio de boxeo, Punch, de que *Bajo sospecha* está «en el caso». Mientras tanto, los productores del programa no desmienten ni confirman la versión de Ivan. Laurie Moran, productora ejecutiva, ha declarado: «Siempre intentamos adoptar nuevos puntos de vista acerca de casos sin resolver y anunciaremos nuestro próximo programa especial en cuanto tengamos fecha de emisión».

Así pues, ¿Ivan Gray está en el ajo o inventa historias fantásticas para su clientela? En el *New York Post* esperamos que sus palabras sean ciertas. *Bajo sospecha* está en racha. ¿Volverán a hacer justicia? Seguiremos informando...

Penny se concentró en el nombre de Laurie Moran. Lo había mencionado su exnovio cuando la llamó para saber si una productora del programa le había telefoneado para hablar del asesinato de Virginia.

Sacó el móvil y buscó en Google el nombre de Laurie Moran. Al cabo de un minuto, estaba anotando el teléfono de Fisher Blake Studios. Ya tenía la excusa perfecta para llamar.

32

Al día siguiente de reunirse con Tiffany Simon, Laurie tenía sobre la mesa de reuniones el *New York Post* abierto por las páginas de sociedad.

Por lo menos, no era Ryan quien había filtrado al *Post* el caso que se traían entre manos. Según el artículo, alguien oyó que Ivan hablaba de él durante una sesión de entrenamiento.

Ahora Ryan y ella estaban en su despacho, intentando decidir lo que harían al respecto.

—Francamente, no veo el problema —dijo Ryan, que sonreía con suficiencia, como si estuviera satisfecho del modo en que evolucionaban los acontecimientos—. Es publicidad gratuita para el programa. Los índices de audiencia son lo que más importa en nuestro sector.

Su forma de hablar se parecía cada vez más a la de Brett. Laurie se preguntó si habría visto la imagen que circulaba por correo electrónico entre el personal: una foto de Brett llevando de la mano a una versión más pequeña de sí mismo en la que alguien había pegado el rostro de Ryan. El bocadillo sobre la cabeza de Brett decía: «Quiero a mi miniyó». Laurie sospechaba que Jerry era el responsable de aquella labor de Photoshop, pero, desde luego, no pensaba delatarle.

—No somos los únicos que pueden analizar este caso, Ryan. Ahora que ha trascendido que lo estamos investigando, otros medios pueden tomarnos la delantera. Ivan ha vulnerado el acuerdo de participación al hablar de nuestro proyecto con un cliente.

—¿Y qué quieres hacer ahora, Laurie? ¿Retirar el episodio después de tanto trabajo? —Ryan abarcó con un gesto los documentos y fotografías que cubrían el despacho de Laurie—. ¿Retener el importe que va a cobrar Ivan por su participación? Créeme, no lo necesita. Mira, hablaré con él del artículo. Solo estaba charlando con un cliente y no pretendía que acabara saliendo en la prensa. Le diré que sea más discreto.

Laurie comprendió que, dadas las circunstancias, no se podía hacer nada más al respecto. Ya habían avanzado demasiado para echarse atrás.

—De acuerdo. Cuando hables con él, ¿puedes preguntarle si tiene conocimiento de que Penny Rawling saliese con alguien de la familia? —Laurie le puso al corriente de su entrevista con Tiffany Simon—. Tiffany sospecha que Penny tenía un novio secreto que pudo haber estado en la gala aquella noche. Si era un miembro de la familia de Virginia Wakeling, eso podría cambiarlo todo.

—Tendría que ser Carter, ¿no?

—O el marido de Anna, Peter. Para algunas personas, el matrimonio no representa un obstáculo.

—Qué escándalo —susurró Ryan en tono de conspiración—. Le preguntaré a Ivan si sabe algo.

Dos horas más tarde, Jerry le adelantaba a Laurie una presentación de diapositivas que había preparado para el episodio. Tal como había anunciado, se trataba de un contraste entre las fotos glamurosas de una de las fiestas más selectas de la ciudad y unas imágenes más sombrías que sugerían la violencia que se había desarrollado en la azotea. Una camilla cubierta con una sábana. Sangre en la nieve. Una cinta de policía a la entrada de la azotea.

—Esto es solo una presentación de diapositivas. Cuando la animemos será mucho más dinámica, como unas imágenes en movimiento.

Laurie estaba hojeando el expediente que el detective Hon había reunido para ella. Quería comprobar que no se les escapaban datos o imágenes importantes.

—No dejo de pensar en la alarma que saltó aquella noche —dijo Laurie. Esta fue activada por alguien que atravesó un sensor en torno a una exposición formada por seis maniquíes. Laurie miraba las fotografías: la exposición parecía intacta—. Fue solo unos minutos antes de que Virginia pasara por encima de la barandilla. No me trago que fuese una coincidencia.

—La policía tampoco debió de considerarlo una casualidad. La alarma distrajo a los de seguridad, lo que permitió al asesino colarse en una escalera y subir a la azotea.

—No obstante, Ivan era su principal sospechoso —le recordó Laurie.

Como de costumbre, a Jerry no le costó seguir su razonamiento:

—Si hubiera actuado solo, habría tenido que activar la alarma, subir corriendo, matarla y bajar.

—Es posible, desde luego —dijo ella—, pero hasta ahora, al hablar de la conexión entre la alarma y el crimen, dábamos por sentado que una persona causó la distracción mientras el asesino o asesinos subían corriendo.

—Entonces, si fue Ivan quien lo hizo, ¿le ayudó alguien?

Laurie recordó lo que le había contado Tiffany: que Penny presumía de su relación con alguien de la familia. Según Tiffany, había dicho que tenía los ojos puestos «en el príncipe», o quizá el «chico de oro». Ivan tenía todos los números para ser el futuro marido de Virginia Wakeling. ¿Podía ser que el misterioso hombre de Penny fuese Ivan? Era él quien la había mencionado como posible sospechosa, aunque también insistía en que no podía ayudarles a encontrarla.

Era rebuscado, pero no imposible. Laurie se disponía a exponerle su teoría a Jerry cuando Grace llamó a la puerta y luego asomó la cabeza.

—Siento interrumpir, pero creo que es importante. Tengo a Penny Rawling al teléfono. Ha leído el artículo del *New York Post* y quiere hablar contigo.

33

Ahora que Penny iba a hablar con Laurie Moran, no sabía muy bien qué decirle. No quería dar la impresión de estar demasiado ansiosa por participar en el programa.

—Señora Moran, la llamo porque he leído en el *Post* que están trabajando en un programa especial sobre el asesinato de Virginia Wakeling.

—Me temo que no puedo confirmárselo.

Penny sabía por uno de los participantes que era cierto, pero no podía enseñar sus cartas. No obstante, entendía que la productora no quisiera dar detalles por teléfono. Desde su punto de vista, Penny no tenía por qué ser Penny, sino, por ejemplo, una periodista en busca de información. Decidió proseguir:

—Pues, en caso de que el artículo diga la verdad, quiero que sepa cómo ponerse en contacto conmigo. Virginia Wakeling era mi jefa, como lo fue su marido, Bob, antes de fallecer. Mi madre fue secretaria de Bob durante más de quince años. Yo les quería mucho a los dos.

Penny sonrió para sus adentros, segura de haber acertado con el tono adecuado. Afectuoso, pero no personalmente interesado. Y el detalle de que su madre había trabajado para Bob podía contribuir a convencer a la productora de que no era una impostora.

—¿Sigue usted trabajando en la empresa de los Wakeling? —preguntó Laurie.

La pregunta se le antojó extraña a Penny. Seguro que a aquellas alturas los productores ya se la habrían formulado a la familia Wakeling. Comprendió que la mujer seguía sin estar convencida de su identidad y la estaba poniendo a prueba.

—Continúo en el sector inmobiliario, pero no con los Wakeling —dijo en tono digno y maduro—. Encontré oportunidades más interesantes en otro sitio tras el fallecimiento de Virginia.

A Penny le agradaba pensar que, de tanto trabajar para mujeres de una clase social elevada, había acabado adoptando sus modales.

—¿Estaba con la señora Wakeling la noche en que murió?

Otra pregunta con trampa.

—No estaba en la azotea con ella, evidentemente —dijo Penny—, pero sí, asistí a la gala.

Laurie debió de convencerse de que Penny no era una pirada que llamaba fingiendo ser quien no era, porque dijo:

—Bueno, siempre estamos buscando nuevos puntos de vista sobre casos sin resolver, y no cabe duda de que el asesinato de Virginia Wakeling es un gran misterio. ¿Estaría dispuesta a reunirse conmigo para hablar de lo que recuerda de aquella noche?

—Si puedo serles de ayuda, buscaré un momento. Cualquier cosa por mi querida Virginia.

—Si le viene bien, puedo ir a verla a su casa o al trabajo.

El único espacio propio del que disponía Penny en el trabajo era un minúsculo cubículo situado junto a la máquina de café, y tampoco quería que una productora de televisión viera su miserable estudio en Flatbush. Por ello, sin pensárselo dos veces, le dio a Laurie la dirección de un lujoso piso en Tribeca.

—O, mejor aún, acudiré yo a sus oficinas —se ofreció Penny—. No quiero que tenga que molestarse en venir hasta aquí.

—No es ninguna molestia —dijo Laurie—. Me hace usted un favor, Penny. Lo mínimo que puedo hacer es ahorrarle un viaje. ¿Cuándo le iría bien? Ya sé que se lo digo con poco tiempo, pero esta tarde estoy libre.

Penny se apartó el teléfono de la oreja y pasó rápidamente las hojas de su agenda con el pulgar. Acto seguido, volvió a la conversación:

—Lo siento, pero hoy estoy muy liada. Podemos quedar en mi apartamento mañana a la una y media. ¿Qué le parece?

—A la una y media. Mañana. Me parece perfecto —dijo Laurie.

Intercambiaron sus números de móvil por si alguna de ellas se retrasaba. Nada más colgar, Penny rogó que Laurie fuese puntual. El propietario del apartamento estaría ausente la tarde del día siguiente, de una a cinco, y Penny ya había quedado con la compradora, que acudiría a las tres en punto con su contratista para tomar medidas con vistas a las reformas que pensaba hacer. Tendrían que darse prisa.

34

Nada más colgar el teléfono, Laurie vio a Ryan apoyado en el marco de la puerta y le invitó a pasar con un gesto.

—¿Qué ocurre?

—Vengo de hablar con Ivan. Puedes considerarle adecuadamente regañado. No volverá a hablar del programa con sus clientes ni con ninguna otra persona.

—Gracias. ¿Ha dicho algo acerca de quién podía ser el novio misterioso de Penny?

Él negó con la cabeza.

—Dice que nunca vio que Penny coqueteara con Carter ni con Peter. Su primera reacción ha sido recordarme que Tiffany parece una pirada con un exceso de imaginación.

—Es excéntrica —dijo Laurie—, pero recuerda muy bien que Penny le insinuó que salía con alguien de la familia. No veo ningún motivo para que mintiera en eso.

—Tienes razón. He presionado a Ivan y ha acabado reconociendo que era una posibilidad. Dice que en ese caso lo más probable sería que fuese con Carter, porque es un mujeriego. Nunca oyó que Peter le fuera infiel a su mujer, aunque tampoco le habría extrañado que se hartara, y cito textualmente, de que doña Anna le mangoneara.

—Cuando te has marchado, se me ha ocurrido otra cosa —dijo Laurie—. ¿Y si Tiffany estaba hablando de Ivan?

—Eso no tiene ningún sentido. Si Ivan la consideró sospechosa, fue porque Penny no se puso de su parte después de que mataran a Virginia.

—Tal vez no lo hizo para que la familia no supiera que se veía con él a espaldas de su jefa —comentó Laurie, pensando en voz alta igual que solía hacer con Alex—. O puede que sospechara de Ivan después del crimen e intentase mantener las distancias.

—Entonces ¿por qué iba a encaminar nuestras sospechas hacia ella?

Cuando celebraba esas sesiones de *brainstorming* con Alex, cada uno avanzaba a partir de las observaciones del otro, acercándose cada vez más a la verdad. Sin embargo, con Ryan, cada afirmación parecía una discusión, como si el instinto inmediato de él fuese descartar sus ideas.

—No nos dirigió hacia Penny —dijo Laurie—. En realidad no lo hizo. Nos la dio como sospechosa alternativa, pero no nos dijo dónde encontrarla.

—Por cierto, he oído que hablabas por teléfono con una tal Penny. ¿La has encontrado?

—De hecho, se ha puesto en contacto conmigo. Ha visto el artículo del periódico.

—Así que, al fin y al cabo, Ivan nos ha ayudado.

—Accidentalmente, sí.

—¿Has quedado con ella mañana a la una y media?

Laurie se dijo que tenía que empezar a cerrar la puerta durante las llamadas telefónicas.

—Sí, en su apartamento de Tribeca.

—Genial, estoy libre. Pasaré a buscarte a la una. Podemos ir en mi coche.

35

Esa tarde, Laurie se sentó a solas ante su mesa de reuniones para estudiar el expediente que había recibido de manos del detective Johnny Hon. En concreto, miraba unas fotografías del espacio de exposición tomadas esa noche, después de que se descubriera el cadáver de Virginia Wakeling en la nieve, detrás del museo. Técnicamente, la exposición de moda que se celebraba en la gala de aquella noche no era la escena del crimen. Lo que causó la caída de Virginia y acabó con su vida había ocurrido en la azotea del museo.

No obstante, había saltado una alarma dentro de la exposición «La moda de las primeras damas» minutos antes de que encontraran a Virginia. ¿Era una coincidencia? Posiblemente. Pero también podía ser que alguien hubiese activado la alarma para atraer a los de seguridad a una zona del museo mientras el asesino o asesinos de Virginia la seguían hasta arriba.

A Laurie le incomodaba la ubicación de la alarma activada. Según las investigaciones, esa noche el departamento de seguridad del museo declaró ante la policía que la alarma saltó en la galería C de la exposición. Laurie estudió las fotografías y vio que la galería C era una amplia sala abierta con dos hileras de maniquíes a cada lado y un ancho pasillo en el centro para permitir la circulación de los visitantes. La alarma saltó cuando alguien o algo cruzó un haz de luz que protegía la muestra en el lado este de la sala.

Sin ver el espacio físico, a Laurie le costaba visualizar la distribución de la muestra. Sin embargo, según el prólogo, el libro intentaba reflejar la exposición tal como la había concebido su comisaria, presentando el contenido en el mismo orden con el que se habría encontrado el lector si hubiera recorrido las galerías en persona. Laurie deducía que la galería C se hallaba situada más o menos en el centro de la exposición. Si estaba en lo cierto, no se encontraba adyacente a la entrada ni a la salida de la exposición.

«Si intentaras activar una alarma para distraer la atención de los guardias, ¿irías al centro de la galería?», se preguntó Laurie. La decisión se le hacía extraña.

Sus pensamientos se vieron interrumpidos por unos golpecitos suaves contra la puerta abierta. Al alzar la mirada, vio a Grace.

—Hola —la saludó Laurie.

—¿Tienes un momento para hablar?

—Por supuesto. Pasa.

36

Grace, siempre tan segura de sí, pareció vacilar mientras caminaba hacia su lugar habitual en el sofá de cuero blanco. Llevaba un
cuaderno de espiral en una mano y un bolígrafo en la otra. Laurie se acercó a la ventana, se sentó en la butaca contigua y miró a
Grace expectante. Esta carraspeó como para armarse de valor.

Laurie sonrió con la esperanza de tranquilizarla.

—Lo cierto es que quería hablar contigo, Grace. Creo
que ya sabes de qué se trata.

—¿En serio?

Ella asintió con la cabeza.

—Solo espero no llegar demasiado tarde. No irás a despedirte, ¿verdad?

Grace abrió unos ojos como platos.

—Claro que no. ¿Estás de broma? Me encanta mi trabajo
aquí.

—¡Uf, menos mal! —exclamó Laurie, y dejó escapar un
suspiro de alivio.

—¿Cómo has podido pensar que sería capaz de irme?

Laurie sacudió la cabeza.

—Es que cuando has entrado estabas muy seria. Últimamente me he dado cuenta de que vistes de forma distinta, más
formal y reservada. Cuando te dije que me preocupaba que
tuvieras una entrevista de trabajo, solo bromeaba a medias.

—Ni siquiera se me ha pasado por la cabeza.

—No puedo decirte lo contenta que estoy de oír eso. La verdad, no sé qué haría sin ti, Grace. Bueno, ¿de qué querías hablarme?

—¿Recuerdas que ayer por la mañana Jerry dijo que ojalá tuviéramos acceso a algunos de los vestidos de la exposición sobre las primeras damas?

—Sí.

—Pues no pude dejar de pensar en cuánto le ilusionaba esa idea, así que empecé a buscar información sobre la procedencia de los vestidos.

Según el jefe de seguridad del Museo Metropolitano, los vestidos no formaban parte de su colección permanente. La mayoría procedía de bibliotecas presidenciales y otros museos.

—Lo sé, pero no todos. Algunos procedían de colecciones privadas, así que empecé a investigar acerca de los propietarios. Uno de ellos es un tipo llamado Gerard Bennington.

A Laurie no le sonaba el nombre.

—¿Y quién es Gerard Bennington?

—Según parece, todo un personaje. Es un famoso fotógrafo de moda, habitual de la primera fila de la Semana de la Moda y amigo de los creadores de tendencias más elegantes. También se considera un buen cantante. Incluso se presentó a una audición hace dos años para *Descubrir a una estrella*.

Descubrir a una estrella era un concurso de talentos producido por Fisher Blake Studios. Tras lanzar la carrera de tres artistas pop ganadores de un premio Grammy, la popularidad del programa había decaído en los últimos años. Blake le había dicho a Laurie que seguía generando ingresos para los estudios gracias a todos los emplazamientos publicitarios.

—Me pregunto si seguirá teniendo los vestidos.

—Por eso quería hablarte. Espero que no te importe, pero he tomado la iniciativa. Le he pedido su teléfono a un asistente de producción de *Descubrir a una estrella* y le he llamado. Tiene dos vestidos que prestó al museo para la exposición: uno era el de Jacqueline Kennedy; el otro perteneció a Betty Ford.

—¿Hay alguna posibilidad de que nos permita usarlos para nuestra producción? ¡Jerry estaría encantado!

—Ya se lo he preguntado. Lo siento mucho, Laurie, pero había leído el artículo del periódico. Cuando le he dicho que llamaba desde nuestro programa, ha comprendido enseguida que era por el caso de Virginia Wakeling. Dice que podemos usar los vestidos a condición de que su nombre salga en los créditos y él aparezca al menos un minuto. Asistió a la fiesta aquella noche, así que podría hablar de los vestidos en sí o del ambiente en el museo después de que encontraran el cadáver.

—Eso debería ser factible. De hecho, unas palabras de un invitado objetivo que estuvo allí aquella noche añadirían color.

Grace levantó el bolígrafo para indicarle que aún no habían terminado.

—Ha puesto otra condición —añadió tímidamente.

—¿Debería asustarme?

Grace soltó una risita.

—No, pero los productores de *Descubrir a una estrella* tal vez sí. A Gerard le gustaría volver a tratar de alcanzar el estrellato.

—¿Otra audición?

Grace asintió con la cabeza.

Laurie se llevaba bien con el productor ejecutivo del programa y estaba segura de poder contar con su colaboración.

—Hago una llamada y te aviso en cuanto podamos hacerlo oficial.

—¿Quieres ser tú la que telefonee a Gerard?

Laurie cayó en la cuenta de que era la segunda vez que Grace utilizaba el nombre de pila de aquel hombre. La gente se le daba bien, de eso no había duda.

—Más tarde, cuando llegue el momento de empezar las entrevistas. Pero ¿por qué no sigues siendo tú su persona de contacto para todos los detalles? Es evidente que lo estás haciendo muy bien.

La sonrisa de Grace iluminó su rostro con forma de corazón.

—Gracias, Laurie.

—No, gracias a ti, Grace. Esos vestidos elevarán la calidad de producción del programa. —Grace fue a levantarse, pero Laurie quería decirle algo más—. Sabes cuánto te valoramos aquí, ¿verdad, Grace?

—Creo que sí.

—La semana pasada dijiste que tu hermana te había sugerido que, si cambiabas tu forma de vestir, la gente te percibiría de otra manera. ¿Por eso vistes distinto últimamente? ¿No crees que te tomen en serio?

Grace se encogió de hombros, incómoda, y Laurie se sintió culpable.

—Pues, para que lo sepas —dijo Laurie—, por mí ya puedes ponerte un tutú rosa y unas zapatillas en forma de conejitos. Eres una persona muy seria, y cualquiera que se fije puede verlo.

Grace salió del despacho mucho más animada. Laurie se dijo que tenía que analizar su presupuesto y buscar un modo de concederle un merecido aumento de sueldo.

37

Tal como esperaban, Jerry se quedó entusiasmado al saber que, después de todo, tendría acceso a dos de los vestidos de las primeras damas. Cuando los productores de *Descubrir a una estrella* le confirmaron a Laurie que ofrecerían a Gerard Bennington la posibilidad de presentarse a una segunda audición, esta le pidió a Grace que concretara los detalles con el aludido y se asegurara de que firmase los documentos necesarios.

Laurie dejó que Grace le diera la noticia a Jerry en su despacho. Este le dijo que le había salvado la vida y la estrechó en un fuerte abrazo.

Acto seguido, alargó el brazo hacia el pesado libro de fotografías de la exposición y se puso a buscar los dos vestidos que el coleccionista privado Gerard Bennington había prestado al museo. El de Betty Ford era un vestido tubo de seda azul ánade hasta el suelo con mangas fluidas de organza. En la fotografía que lo acompañaba en la muestra, aparecía la señora Ford bailando con un famoso humorista durante una cena oficial celebrada en honor del presidente de Liberia.

Jerry ahogó un grito al ver la segunda pieza que el señor Bennington había marcado en el libro. Se trataba del vestido de algodón blanco que Jerry le había mostrado a Laurie. Tenía previsto incluir la icónica fotografía de los Kennedy en el porche de Hyannis Port en homenaje a su abuela, que fue una gran admiradora de ellos, y ahora podrían utilizar el vestido real en la producción.

—Tendré que llamar al departamento de infraestructura del museo. Si consiguiera al menos un rincón del espacio de la galería, podríamos crear la ilusión de estar en una exposición mucho mayor y pedirles a algunos de los participantes que cruzaran por delante como si estuvieran contemplando la exposición de moda aquella noche en la gala.

—Parece que tenemos un plan —dijo Laurie.

Una vez más, miraba el grueso expediente que le había entregado el detective Johnny Hon y se preguntaba dónde estaría colocada la alarma que saltó la noche del crimen. Si fue el asesino quien la activó, lo lógico era que quisiera desaparecer rápidamente para seguir a Virginia hasta la azotea y aprovechar al máximo el tiempo de distracción. Aunque fuese un cómplice quien activó la alarma, Laurie creía que el instinto habría llevado al asesino a elegir una ubicación próxima a la entrada o la salida de la muestra para que ese cómplice pudiese escapar lo antes posible.

Volvió a observar las fotos del lado este de la galería C, la zona que, al parecer, había invadido el intruso. Una de las piezas expuestas era el vestido de algodón blanco que Gerard Bennington le había prestado al museo. Laurie sonrió con orgullo. Grace había obrado un verdadero milagro al conseguir el acceso a los dos vestidos históricos. Jerry, por su parte, se encontraba en ese momento ante la pizarra que usaba para planificar los episodios. Sus dos colaboradores, muy ilusionados, se implicaban en el programa tanto como ella misma.

Dejó de contemplar la pizarra de Jerry para volver a mirar su expediente y observó una discrepancia entre dos imágenes.

—Jerry, recuérdame otra vez de dónde has sacado todas esas fotos que estás utilizando para planificar.

—Casi todas son copias obtenidas del libro que te dio Charlotte.

Jerry fue hasta la mesa de reuniones, sacó el libro de debajo de un cuaderno y dio unos golpecitos en la cubierta.

—Últimamente casi se ha convertido en mi Biblia.

—¿También la foto del vestido blanco de la señora Kennedy? —preguntó ella—. ¿Es del mismo libro?

—Ajá.

—Y dijiste que debieron de preparar el libro de la exposición antes del asesinato de Virginia, ¿verdad?

—Desde luego. Les gusta tener los libros disponibles en la tienda de regalos cuando se inaugura la exposición. ¿Por qué? ¿Qué ocurre?

Ella giró el expediente hacia él y apoyó el dedo en la fotografía que mostraba el lado este de la galería C.

—Echa un vistazo.

Los ojos de Jerry se movieron entre la fotografía incluida en el expediente, tomada por la policía de Nueva York, y la foto del vestido blanco para el libro oficial de la exposición.

—El vestido está exactamente igual.

—El vestido sí —convino Laurie—, pero mira aquí. —Con la punta del dedo, dibujó un círculo en torno a la muñeca del maniquí—. La pulsera no está.

En la foto oficial de la exposición, el vestido se acompañaba de un collar de perlas y una pulsera talismán de plata. Para cuando la policía fotografió la galería C tras el asesinato de Virginia Wakeling, la pulsera había desaparecido.

Grace miraba con impaciencia por encima del hombro de Jerry.

—¿Y cuándo desapareció? —preguntó.

Jerry se encogió de hombros.

—Pudo ser en cualquier momento desde la producción de este libro hasta la noche del asesinato.

—Cierto —observó Laurie—, pero sabemos que aquella noche se activó la alarma cuando alguien cruzó el sensor que protegía estas seis piezas. Si esa persona quería específicamente esa pulsera, eso explicaría por qué saltó la alarma en el centro de la exposición, suponiendo que la distribución fuese la que yo creo.

—¿Y cómo podemos saberlo con seguridad? —preguntó Jerry.

Laurie sabía que llamar a Sean Duncan, el actual jefe de seguridad del museo, no serviría de nada. Según los informes de incidencias del departamento de seguridad de aquella noche, «no había nada fuera de su lugar» cuando los guardias de seguridad respondieron a la alarma.

—Sé por dónde podríamos empezar —dijo—. Grace, ¿puedes llamar a tu nuevo amigo, el señor Bennington, a ver si tiene tiempo para hablar con nosotros?

—Ahora mismo —dijo.

Al cabo de pocos minutos, regresó al despacho de Laurie.

—Esta noche volverá de su casa de campo en Kent, pero dice que estará encantado de reunirse contigo por la mañana. Vendrá a las diez.

Tendría que conformarse y esperar. Mientras tanto, conocía al menos a una persona que había asistido a la gala esa noche y que podía estar disponible.

Laurie utilizó su teléfono móvil para enviarle un mensaje de texto a Charlotte.

«Mi padre llevará a Timmy al partido de los Knicks esta noche. ¿Te apetece venir a casa y pedir que nos traigan la cena? Aviso: pienso aprovecharme un poco de nuestra amistad para que me eches una mano.»

Sonrió al ver al pie de la pantalla los puntitos que indicaban que Charlotte estaba tecleando una respuesta.

«Suena perfecto, aunque no puedo prometerte que vayas a conseguir nada útil :-). ¿A las 7? Yo llevo el vino.»

Laurie tecleó un último mensaje.

«¡Nos vemos!»

38

Laurie le tendió el recipiente con pollo y champiñones a Charlotte, que lo rehusó cortésmente.

—No me cabe ni un bocado más. ¿Es posible pillar un colocón de glutamato sódico? ¡Has pedido un montón de comida!

—Quería darte a elegir —le explicó Laurie. Estaban sentadas a la mesa del comedor, rodeadas de recipientes de comida prácticamente intactos—. Timmy y yo nos vamos a pasar varios días comiendo sobras.

Observó a Charlotte, que volvía a llenarse la copa de sauvignon blanc.

—Hablando de Timmy, me imagino que le habrá hecho mucha ilusión ir al partido de los Knicks con su abuelo —comentó Charlotte.

—Está encantado. Creo que el año pasado Alex le consintió demasiado con las entradas de temporada. Las de esta noche son un regalo de un antiguo compañero de mi padre. No están junto a la pista como las de Alex, pero siempre serán mucho mejores que ver el partido por televisión.

Charlotte dio un sorbo de vino y preguntó en voz baja:

—¿Has hablado con Alex desde que nos vimos en la Brasserie Ruhlmann?

Laurie negó con la cabeza.

—Pensaba que quizá te hubiese telefoneado después del nombramiento, o que tú le habrías llamado a él.

—No, no me telefoneó, y no creo que deba llamarle yo hasta estar preparada para ofrecerle alguna clase de gesto significativo.

—¿Un gesto significativo? —repitió Charlotte, alzando una ceja—. ¿Qué? ¿Vas a presentarte en su despacho con una radio, dispuesta a darle una serenata al futuro juez?

—Nada tan dramático —respondió Laurie—. Pero sí, digamos que quisiera ofrecerle algo... definido. En fin, es complicado.

Las dos amigas guardaron silencio por primera vez desde la llegada de Charlotte.

—Bueno, has dicho que querías pedirme ayuda —dijo esta, cambiando de tema.

—Sí. Mejor te lo pregunto ahora, antes de que me beba toda esta copa de vino. —Laurie se levantó de la mesa y regresó con el libro oficial de la exposición que le había prestado Charlotte y la carpeta de documentos que le había dado el detective Johnny Hon—. ¿Hasta qué punto recuerdas la exposición «La moda de las primeras damas»?

Charlotte exhaló un suspiro.

—Últimamente casi no me acuerdo de lo que he desayunado. Eso fue hace tres años, y solo di un breve paseo antes de la gala. ¿Qué necesitas saber?

Laurie apartó a un lado varios recipientes de comida y dejó espacio para abrir sus dos libros. Acto seguido, le enseñó a Charlotte las dos fotografías del maniquí con el vestido de algodón blanco de Jacqueline Kennedy.

—Me pondría eso ahora mismo sin dudarlo —dijo Charlotte—. Quizá debería hacer una copia e incluirla en la nueva colección de Ladyform para el fin de semana.

—Pues te la compraré —dijo Laurie—. Aunque, por ahora, esto es lo que más me interesa. —A continuación, le habló de la ausencia de la pulsera talismán de plata cuando asesinaron a Virginia Wakeling—. Supongo que no recordarás si la pulsera estaba allí cuando visitaste la exposición, ¿verdad?

—¡Qué va! Ni siquiera me habría fijado en algo así.

—¿Y la distribución? —Laurie le contó a Charlotte que creía que la galería C, donde saltó la alarma, se encontraba en el centro de la exposición—. Aquí hay fotos de la sala —dijo, empujando el expediente de Hon hacia ella.

Charlotte observó las fotografías. Luego se arrellanó en su asiento y cerró los ojos como si tratase de recrear un recuerdo en su mente.

—Recuerdo esa sala porque era la única estrecha y alargada. Casi todas las demás eran cuadradas, con piezas en los cuatro lados. Las comparé porque estaba pensando en abrir varias tiendas pasajeras de Ladyform y quise contrastar los dos enfoques. Tienes razón. Esa sala estaba prácticamente en el centro.

—Entonces, para volver a la celebración de la gala, ¿había que cruzar otras salas?

—Exacto.

Laurie estaba cada vez más convencida de que la alarma de aquella noche tuvo que ver con la pulsera desaparecida. Sin embargo, no podía imaginar qué relación guardaba aquello con el asesinato de Virginia Wakeling.

Mientras Charlotte y ella llevaban los recipientes a la cocina, se puso a pensar en voz alta:

—Hay algo que me perturba y que no puedo pasar por alto —dijo—. El detective de homicidios de la policía de Nueva York me contó que, según se rumoreaba, el guardia de seguridad asignado a Virginia esa noche, Marco Nelson, fue despedido porque sospecharon que robaba mercancía de lujo de la tienda de regalos.

—Entonces ¿crees que pudo haber robado esa pulsera mientras todos los demás trabajaban en la gala?

—Es una posibilidad.

—Pero, siendo guardia de seguridad, ¿no habría podido

desconectar el sensor, pasar por encima, meterse por debajo o algo así?

—No estoy segura. Tendría que preguntar en el Met cuánto saben los guardias de seguridad acerca de la situación de los sensores.

—¿Y qué relación tendría eso con el asesinato de Virginia? —preguntó Charlotte.

Laurie sacudió la cabeza. Las capacidades analíticas de Charlotte no estaban a la altura de las de Alex, pero el ritmo de la conversación empezaba a unir en su mente pensamientos dispares. Las preguntas de Charlotte le estaban obligando a contemplar las posibles conexiones entre hechos aparentemente independientes.

—Si Virginia quería estar sola, quizá se puso a pasear por la exposición. Si encontró a Marco robando piezas de la muestra, este pudo matarla para que no le denunciase. Pero entonces ¿cómo consiguió que subiera a la azotea?

—Tal vez estaba disgustada por eso. Tal vez le sorprendió y quiso subir a la azotea para poder decidir qué hacía al respecto.

La teoría no le sonaba bien a Laurie. No podía imaginarse a un miembro de la junta de administradores vacilando en denunciar a un guardia de seguridad al que hubiese sorprendido robando algo de una exposición.

—Puede que le contase alguna mentira para ganar tiempo —aventuró Laurie—. Tal vez le dijo que el director de seguridad estaba allí arriba o algo así. Lo que sé es que Marco Nelson fue el único testigo que le contó a la policía que Virginia estaba disgustada aquella noche, como si hubiera discutido con alguien. Fue él quien dijo que Virginia quería estar sola.

—Y si no dice la verdad...

—Eso podría cambiarlo todo. Solo sé que, cuando le llamo, siempre tiene una excusa para no hablar conmigo. Aunque sea cien por cien inocente de todo lo relacionado con el asesinato de Virginia, no querrá que sepan en su actual empresa que corren rumores de que robaba en el Met.

—¿En qué empresa trabaja ahora?

—En una compañía de seguridad privada, el Grupo Armstrong.

Laurie había consultado el perfil de Marco en LinkedIn después de hablar por primera vez con Sean Duncan en el museo.

—Pues hablaré yo con él. Es posible que en Ladyform necesitemos contratar seguridad privada para nuestro próximo desfile de moda. Que venga a entrevistarse conmigo y tú puedes estar esperándole con algunas preguntas.

—No sé, Charlotte. La última vez que trataste de ayudarme en el trabajo, casi consigo que te maten.

Pocos meses antes, a ambas las habían apuntado con una pistola cuando Charlotte se acercó demasiado a la verdad en uno de los casos de Laurie.

—Para empezar, tú no hiciste nada, salvo acudir en mi rescate. Y para seguir, una reunión en mi oficina me parece una manera muy segura de ayudarte.

Laurie consideró la oferta y comprendió que era el modo más simple de tener una entrevista cara a cara con Marco Nelson.

—Fantástico. Hagámoslo.

—Mañana por la mañana lo organizo. Ya te enviaré los detalles en un mensaje de texto.

39

Desde las gradas del Madison Square Garden, Leo vio cómo los Knicks abandonaban la pista, sustituidos rápidamente por las animadoras, y apoyó la mano en un gesto protector sobre el hombro de su nieto Timmy, que saludaba entusiasmado a los jugadores mientras trotaban hacia los vestuarios para recibir las palabras de ánimo del entrenador tras un segundo cuarto muy duro.

Aunque el equipo pasaba por una temporada difícil, cada vez era más complicado conseguir entradas debido a las hordas de turistas que invadían la ciudad de Nueva York. Poder asistir al partido de esa noche había sido toda una sorpresa. El comisario adjunto había llamado a Leo dos días antes para decirle que tenía que volar a Washington para asistir a una reunión de varias jurisdicciones con el Departamento de Justicia y ofrecerle sus dos entradas. Leo no se imaginaba que la agenda de su nieto de nueve años estuviese más ocupada que la suya propia, pero, tras confirmar que Timmy estaba disponible, los dos accedieron entusiasmados.

Los asientos eran muy aceptables, aunque no tan buenos como las entradas de Alex Buckley junto a la pista. Timmy quiso llamar la atención de Alex en cuanto llegaron, pero Leo le arrancó la promesa de esperar a que acabase el segundo cuarto. Ahora que había sonado el timbre, Timmy estaba de puntillas y agitaba el brazo hacia Alex, que se encontraba al menos cuarenta filas más adelante. Cuando Timmy dejó de saludar sin haber logrado que Alex le viera, Leo temió que su nieto se hubiera desilusionado. No obstante, el niño le pidió el teléfono móvil. Mientras los dedos de Timmy volaban a través de la pantalla, Leo no daba crédito a lo que veía. De pronto, Alex volvió la cabeza y recorrió su sección con la mirada. Al descubrirles, se le iluminaron los ojos.

Leo vio que se disculpaba ante sus invitados, una pareja mayor y una mujer que debía de rondar la edad de Laurie, y subía los peldaños de dos en dos con una enorme sonrisa.

Timmy se abalanzó sobre él para darle un gran abrazo.

—¿Tienes ocupados todos tus asientos? —le preguntó el niño, sonriente.

—Eso me temo, Timmy. Mis otros amigos podrían mosquearse un poco si les pido que cambien de asiento.

Al volverse, vio que Leo observaba a sus invitados.

—Me he traído a un abogado defensor amigo mío con su mujer y su hija. Ella ha venido de California con su marido, que está aquí por negocios.

Leo comprendió que Alex quería dejar claro que no tenía ninguna cita.

—Te echamos de menos, Alex —dijo Timmy, mirándole con sus grandes ojos castaños—. ¿Cómo es que últimamente no vienes a vernos?

Leo apoyó el brazo sobre los hombros de Timmy.

—Puede que tú hayas estado de vacaciones, pero los mayores tienen mucho trabajo en esta época del año. Y no olvides que el presidente de Estados Unidos ha nombrado juez federal a Alex. Es uno de los mayores honores a los que puede aspirar un abogado. Su agenda está repleta.

—¡Qué alucinante!

—Gracias —dijo Alex con una risita—. Creo que es una buena palabra para describirlo.

—La única pega es que supongo que ya no volverás al programa de mamá. Ella odia a Ryan Nichols.

—No uses la palabra «odiar», Timmy —le regañó Leo.

—Perdón. Cuando seas juez, ¿podré ir a ver el tribunal y dar un golpe con el mazo como en la tele?

—Claro, colega.

—¡Y a lo mejor puedes venir a mi concierto de trompeta la semana que viene! Tocaré el solo de *C Jam Blues*, de Duke Ellington.

Alex miró a Leo en busca de orientación. Leo se dio cuenta de que ansiaba aceptar la invitación, pero sabía cómo se sentiría Laurie si organizaba un encuentro entre ellos.

—Ya lo hablaremos otro día, Timmy. Ya sabes que irán Jerry, Grace y Charlotte, y no sé a cuánta gente podemos llevar.

Mientras regresaba con sus invitados, Alex casi se echó a llorar al pensar en lo rápido que estaba creciendo Timmy. Habría renunciado a sus entradas de baloncesto durante el resto de la temporada a cambio de la oportunidad de ver a aquel niño interpretando una canción como *C Jam Blues*. Le habría gustado pasar el resto del partido en compañía de Leo y Timmy, y, sobre todo, que Laurie les hubiera acompañado. Así habría podido volver a verla. Cuando se imaginaba a sí mismo con los tres, imaginaba una familia. Pero seguramente Laurie estaba bien sin él. Ya tenía una familia con Timmy y Leo. Tenía una carrera profesional de éxito y tenía amigos que se ilusionaban ante la perspectiva de ver a su hijo tocando la trompeta. Su vida estaba completa sin él. Había cometido un terrible error al presionarla demasiado y la había perdido.

40

Laurie estaba acurrucada en el sofá con una manta sobre el regazo, leyendo la última novela de Karin Slaughter, cuando oyó el sonido de la llave en la cerradura. Se volvió sobresaltada y vio entrar a Leo y Timmy. Su hijo llevaba puesta una gorra de los Knicks.

Se obligó a sí misma a colocar el punto de libro en la página y se consoló pensando que podría saborear el final antes de dormirse.

—Si traes algo nuevo a casa cada vez que tu abuelo te lleva a un partido, vamos a necesitar un apartamento más grande.

—No he sido yo —dijo Leo—. Se ha comprado la gorra con su dinero de Navidad.

Timmy se fue directo a la cocina y regresó con una tira de queso y una manzana. Laurie no tenía duda alguna de que había ingerido un montón de comida en el estadio, pero su hijo crecía muy deprisa y siempre estaba hambriento. Se dejó caer en el sofá junto a ella.

—¡Mamá, hemos ganado con una canasta de tres puntos al final del partido! ¡Y hemos visto a Alex!

—¿Ah, sí? —dijo ella, intentando aparentar despreocupación.

—Sí. No hemos podido sentarnos con él porque estaba con otra gente. Pero al menos hemos hablado en el descanso.

—¿Con quién estaba? —se apresuró a preguntar. Se arrepintió al instante.

—Estaba con un abogado, su mujer y su hija.

A Timmy se le daba muy bien recordar los detalles de las conversaciones que oía.

—La hija había venido de California —añadió Leo—. Su marido tiene negocios aquí.

Ella asintió con la cabeza. Mensaje recibido.

—¿Podemos invitarle a mi concierto de la semana que viene? —preguntó Timmy, ilusionado.

—Le he dicho que ya venían cinco personas —dijo su padre enseguida para brindarle una excusa a su hija—. No estaba seguro de que pudiéramos llevar a seis.

Laurie sabía cuánto disfrutaría Alex viendo los progresos que había hecho Timmy con su trompeta en los últimos dos meses. Sería un motivo muy oportuno para llamarle. La noche se centraría en Timmy y no en ellos dos. Sin embargo, no quería volver a aquel círculo vicioso consistente en verse con frecuencia sin llegar a definir nunca qué significaban exactamente el uno para el otro. Aún recordaba la respuesta de Alex cuando le dijo que quería que todo volviera a ser como antes de iniciar aquella discusión horrible sobre su último caso: «¿Y cómo era todo exactamente? ¿Dónde estábamos, Laurie? ¿Qué somos ahora que ya no soy el presentador de tu programa? Soy el amigo que ve partidos con tu padre, el colega de tu hijo. Pero ¿qué soy para ti?».

No. Si le llamaba, no podía ser para invitarle a asistir al concierto de Timmy. Si se ponía en contacto con él, debía ir en serio. Tenía que estar preparada para abrirle su corazón. No era una decisión que fuese a tomar esa noche.

—Cuando seas un músico famoso, podrás llevar a todo un séquito a tus conciertos —dijo Laurie—. De momento, creo que ya viene mucho público.

Esa noche en la cama estuvo leyendo. Cuando terminó la novela, colocó el libro sobre la mesilla de noche, metió la mano en el cajón casi por la fuerza de la costumbre y se puso el anillo de casada antes de taparse hasta el cuello.

Laurie cerró los ojos para tratar de dormir, pero recordó a Alex en su sala de estar la última noche que hablaron. «Reconócelo, Laurie: nunca me admirarás, no como a Greg. Así que puedes seguir diciéndote que intentas pasar página. Pero no lo harás. No hasta que encuentres a la persona adecuada, y entonces ocurrirá sin más. No requerirá ningún esfuerzo. Pero ¿lo nuestro? Lo nuestro no ha sido más que un esfuerzo constante.»

Si pudiera volver atrás, le habría interrumpido en ese momento para decirle que estaba muy equivocado. Sabía que en Alex había hallado de nuevo a la persona adecuada. Pero él se equivocaba. No siempre era cierto que el amor verdadero «ocurre sin más». «Aunque creo que encontrar a mi alma gemela la segunda vez fue más difícil —pensó Laurie—. Requirió tiempo, y ahora puede que también le haya perdido a él.»

Su dolor había durado más de lo que quería admitir. Pero, sobre todo, tenía que pensar en Timmy. El niño apenas recordaba al padre que había perdido. «Ahora, no puedo permitir que se encariñe con otro hombre a no ser que vaya a estar aquí durante mucho tiempo.» Sin embargo, Timmy ya estaba muy apegado a Alex.

«Así que, Alex, te equivocaste al decir que esto no debería requerir ningún esfuerzo —pensó a la defensiva—. No me hiciste un regalo al decir que me dabas libertad. A mí me requiere esfuerzo. Me cuesta trabajo, un trabajo que continúo haciendo aunque tú insistieras en "darme libertad".»

Se incorporó y se quitó el anillo, obligándose a guardarlo en su estuche, en el cajón de la mesilla.

«Greg. Te quería tanto. Me alegro mucho de tener a tu hijo. Gracias a él, tú y yo siempre tendremos una parte del otro. Pero me siento muy sola. Estoy sola desde aquel terrible día.»

Laurie cerró los ojos, reviviendo con un arrebato inesperado de alegría los momentos que pasó sentada junto a Alex en su apartamento, rodeada por su brazo mientras veían un partido de los Giants con Timmy y su padre.

«Las tres personas que más quiero en el mundo —pensó—. Ojalá no sea demasiado tarde.»

41

A la mañana siguiente, Gerard Bennington llegó a Fisher Blake Studios a las 10 en punto, tal como estaba previsto. Por las fotografías que Laurie había encontrado en internet, sabía que era aficionado a la ropa excéntrica y llamativa. Por ejemplo, en una foto publicada en la revista *New York* lucía un kimono combinado con pantalón de tela escocesa roja. Esa mañana se había decidido por un traje de *tweed* relativamente serio y una corbata de cachemir. Las únicas muestras de su gusto peculiar eran un pañuelo de bolsillo azul y amarillo canario y unas grandes gafas de montura azul a juego. Según internet, tenía cincuenta y un años, pero estaba claro que poseía la energía de un adolescente.

Gerard Bennington no era el único que había elegido un atuendo sorprendente esa mañana. Cuando el coleccionista llegó a su despacho acompañado por Grace, Laurie observó que esta había combinado su vestido negro de cuello de cisne con unos altísimos botines rojos. La antigua Grace había regresado.

Cuando Grace se marchó, Bennington paseó por la habitación una mirada reprobadora.

—¿Dónde están las cámaras?

—Si ha habido un malentendido, lo lamento —contestó Laurie—. Lo de esta mañana es solo una sesión informativa.

Cuanto más nos preparemos, más rápido iremos cuando tenga que volver para grabar.

—No se preocupe, niña, Grace fue muy clara al respecto. Pero pensé que esto era un *reality show*. ¿No tienen cámaras funcionando en todo momento? ¿Y si digo algo increíble que deseen utilizar?

Laurie se percató de que Gerard venía ya maquillado para grabar.

—Tiene usted toda la razón, señor Bennington. ¿Por qué no nos vamos a uno de los estudios más pequeños? Puedo grabar, y así tendremos la opción de usar el material de hoy si hace falta.

—Excelente. — El hombre hizo una pose y dijo—: ¡Siempre aprovecho cualquier oportunidad de ponerme ante las cámaras!

Una vez que la única cámara presente en la sala de entrevistas estuvo en funcionamiento, Laurie empezó dándole las gracias a Bennington por prestarles los dos vestidos de la exposición sobre las primeras damas.

—No hay de qué. Me complace mucho compartir esos vestidos con el público. La gente me pregunta por qué gasto tanto dinero en mi propia colección privada, por no hablar del coste de conservarla como es debido. Me parece un precio muy asequible a cambio de poseer un pequeño fragmento de la historia. El precio de un vestido es una ganga en comparación con lo que cuestan los objetos de interés de la Guerra Civil y otras piezas de coleccionista, y resulta mucho más atractivo desde el punto de vista visual. También es mucho más alegre.

—Cuidaremos muy bien de ellos durante la producción —le aseguró Laurie.

—No lo dudo, aunque he de decirle que mis abogados han comprobado que sus estudios cuenten con una buena póliza de seguros.

«No se le escapa una», pensó Laurie, y empezó diciendo:

—Le agradecemos los vestidos, por supuesto, pero tengo que preguntarle por estas fotos.

Laurie había traído de su despacho copias de las fotografías. Le mostró la fotografía del traje perteneciente a Jackie Kennedy que Jerry había encontrado en el libro oficial de la exposición y luego la que se tomó después del asesinato de Virginia Wakeling.

—Señor Bennington, ¿le importaría comparar estas dos?

El hombre observó las fotografías y luego sacudió la cabeza.

—Son iguales, ¿no?

No se percató de la diferencia hasta que ella señaló que faltaba la pulsera.

—¡Vaya! —dijo él con interés—. Es un misterio, ¿no?

—¿Prestó usted la pulsera al museo? Como puede ver, la foto del libro oficial de la exposición muestra una pulsera que faltaba después de que encontraran el cadáver de la señora Wakeling.

—Cuando expusieron el traje, yo ignoraba por completo de dónde procedían los accesorios. Pero sí recuerdo que es la clase de joya que prefería Jackie. Muy juvenil, ¿no cree? Sencilla y atemporal.

La conversación no iba a ninguna parte. Laurie probó con otro enfoque:

—¿Recuerda dónde estaba cuando se enteró de la muerte de la señora Wakeling?

—Sí, desde luego. Estaba en el vestíbulo principal, diciéndole a Iman que llevaba un traje maravilloso.

Laurie reconoció la referencia a una famosa supermodelo que pasó la mayor parte de su carrera utilizando solo su nombre de pila.

—Versace le confeccionó una pieza increíble basada en Martha Washington —explicó Bennington—. Muy de vanguardia. Aquello tenía el tamaño de una nevera. La pobre chica ni siquiera pudo sentarse a la mesa para cenar; no es que coma, por supuesto, pero aun así.

Laurie empezaba a alegrarse de estar grabando esa entrevista. Al menos, Grace y Jerry devorarían cada palabra cuando la vieran. Además, las frases más expresivas de Gerard Bennington proporcionarían un contrapunto cómico muy necesario en la producción.

—¿Cómo se enteró usted de la muerte de la señora Wakeling? —le preguntó.

—¿Cómo habría podido no enterarme? Un hombre al borde de la histeria cruzo el vestíbulo corriendo y gritando: «¡Ha caído una mujer desde la azotea!». Fue muy dramático. Por supuesto, la mitad de los asistentes intentó salir del museo a toda prisa, como si estuviéramos en una especie de ataque terrorista o algo así. Pero la policía obligó a todo el mundo a quedarse hasta conocer el estado de las cosas, acordonar la escena del crimen y todo eso.

—Pero no interrogaron a todo el mundo, ¿verdad?

—¡Qué va! Eso habría sido imposible. Por ejemplo, no hablaron conmigo, puesto que no sabía nada. Fue mi amiga Sarah Jessica la que me contó que quien había caído era la pobre Virginia, y me lo dijo cuando estábamos saliendo por la puerta.

—¿Conocía personalmente a la señora Wakeling?

—La verdad es que no. La vi en la gala del año anterior y, por supuesto, era lo bastante importante para que yo supiera de quién se trataba. Pero no quedábamos para tomar el té ni nada parecido.

—¿Sabía usted que aquella noche saltó una alarma en la galería, poco antes de que ella muriera?

Una expresión de interés cruzó su rostro.

—No, es la primera vez que lo oigo. ¿Cree que guarda relación con esa pulsera desaparecida?

—De momento, solo es una teoría.

—Pues me parece divina —dijo entusiasmado—. Me pregunto si podría guardar relación con lo que le ocurrió a Virginia. —Se frotó las manos—. Estoy deseando saber qué averiguan. Por supuesto, doy por sentado que están investigando atentamente a Ivan. Eso es inevitable.

—¿Le conoce en persona?

—Nunca nos hemos visto.

Laurie comprendió que Bennington era el tipo de persona que llamaba a todo el mundo por su nombre de pila, incluso a los extraños.

—Qué historia tan buena, ¿verdad? «Viuda mayor conoce a entrenador personal cachas.» Menudo escándalo. Toda la gente que conozco dice que fue él quien lo hizo. ¿Quién si no querría hacerle daño a una mujer tan refinada y generosa? Aunque hay algo que no comprendo, y disculpe si le parezco zafio, pero ¿no tendría que haber esperado a casarse con ella? No estoy seguro de que ese tipo tenga muchas luces, no sé si me entiende.

Laurie vio que sacudía la cabeza vigorosamente y exclamaba:

—¡Ay, eso ha sido espantoso! Por favor, no utilice en su programa nada de lo que acabo de decir. ¡Prométamelo! No quisiera que nadie pensase que no estoy horrorizado por lo que le sucedió a Virginia. A veces soy muy malicioso, pero solo por hacer la gracia.

—Lo comprendo —le aseguró Laurie.

—Cuando pasa algo así, te das cuenta de que los ricos y famosos son personas como las demás. Todo el mundo tiene secretos. Nadie es perfecto. ¿A que tengo razón?

—Le aseguro que he aprendido eso en mi trabajo, señor Bennington.

—Llámeme Gerard. Ahí tiene a los Wakeling, tan perfectos ellos: listos, con éxito, a cuál más guapo... Pero tuvieron un pequeño rifirrafe aquella noche.

Laurie enderezó la espalda al oír esas palabras. Marco Nelson, el guardia de seguridad que vio a Virginia subir a la azotea, declaró que parecía disgustada, como si hubiera discutido con algún asistente a la gala. Pero ningún otro testigo la había visto pelearse con nadie aquella noche.

—¿Virginia discutía con su familia? —preguntó Laurie.

—No, ella no. Fueron sus hijos. Bueno, supongo que uno de ellos era su hijo y el otro era el yerno. Los vi en la sala del templo poco antes de que nos sentáramos a cenar. Estaban en un lado de la sala. No oí lo que decían, pero me di cuenta de que la conversación era intensa. Y luego vi que la hija, Anna, se fijaba en ellos mientras se dirigía hacia su mesa. Vio claramente la misma dinámica que había intuido yo y echó a andar hacia ellos. Soy muy curioso; lo siento, reconozco que soy hasta fisgón. Así que fui también en aquella dirección para ver si ocurría algo interesante.

El hombre hizo una pausa para aumentar el suspense.

—¿Y?

—Fue una gran decepción. Ella les dijo que ya habían discutido bastante por un día y que no debían hablar de algo tan morboso en público.

—Es la primera noticia que tengo.

—Seguramente fui el único que se percató. La mayoría de los invitados se dedican a mirar boquiabiertos a los famosos. A mí me gusta observar a la gente sin que se dé cuenta. Es mucho más interesante.

—¿Y le dijo algo de esto a la policía?

—¡Qué va! Si alguien hubiera llamado a la policía cada vez que me peleaba con uno de mis seis hermanos, todos los agentes de Nueva York serían millonarios de tanto que habrían ganado en horas extras.

Laurie no había averiguado nada sobre la pulsera desaparecida de la muestra, pero la entrevista con Gerard Bennington había valido la pena. La noche que asesinaron a Virginia Wakeling, su hijo Carter y su yerno, Peter Browning, estuvieron discutiendo. El señor Bennington había oído a Anna calificar la conversación entre su marido y su hermano de «morbosa». Quizá el tema fuesen sus sombrías preocupaciones acerca de la posibilidad de que la matriarca de la familia cambiase su testamento.

Eso hacía que fuese todavía más importante hablar con el guardia de seguridad que fue la persona de contacto de Virginia durante la fiesta. Cuando Bennington se marchó, Laurie envió un breve mensaje de texto a Charlotte para saber qué había sucedido con su sugerencia de la víspera:

«¿Has podido hablar con Marco Nelson?».

Su móvil sonó pocos minutos después de que regresara a su despacho.

«Debemos de tener una conexión psíquica. Acabo de colgar el teléfono. Estará aquí mañana a las nueve de la mañana. ¡Espero que te vaya bien!»

Acababa de confirmárselo a Charlotte cuando Ryan Nichols llamó con los nudillos en su puerta abierta.

—¿Podemos marcharnos ya?

Laurie miró su reloj. Eran las once y media. Tenían que salir a la una para reunirse con la antigua asistente personal de Virginia, Penny Rawling.

—Faltan dos horas para nuestra cita.

—Lo sé, pero su apartamento está a solo dos manzanas de Locanda Verde. He reservado mesa para comer. ¿Te apetece venir?

El primer impulso de Laurie fue rehusar la invitación y evitarse así incluso tener que compartir un trayecto en coche con Ryan. Sin embargo, le encantaba la comida de allí, y una reserva en el restaurante de Robert De Niro era casi tan difícil de conseguir como unas entradas para el musical *Hamilton*.

—Claro, suena genial —dijo, cogiendo su abrigo.

Le gustase o no, tenía que aceptar la situación con Ryan. Independientemente de lo que ocurriera entre Alex y ella en el futuro, estaba claro que él nunca regresaría al programa.

42

Al llegar a la dirección que Penny Rawling les había indicado, Laurie y Ryan se sorprendieron al ver uno de esos modernos edificios de apartamentos que estaban apareciendo en las estrechas calles adoquinadas del barrio de Tribeca. Penny tenía solo treinta años. No cabía duda de que había progresado mucho en los tres transcurridos desde que dejó de ser la asistente personal de Virginia Wakeling.

—Las vistas son increíbles —dijo Laurie cuando acabaron las presentaciones.

El apartamento de Penny era amplio, con techos altos y una pared de ventanales que daban al río Hudson. La nieve seguía cubriendo las orillas del lado de Nueva Jersey.

—Lo mejor son los atardeceres de verano en la terraza —respondió Penny—. Tomen asiento, por favor. Ryan, no me imaginaba que vendría usted también. Le he visto en televisión. Esto es muy emocionante.

Laurie estaba acostumbrada a que los espectadores malinterpretaran las funciones que desempeñaba cada uno en su programa. Todos daban por sentado que el rostro que aparecía en pantalla era el de la persona que hacía el trabajo pesado. Ella misma se había aprovechado más de una vez de esa confusión. La gente solía subestimar su sonrisa agradable y su actitud modesta.

Laurie no había visto ninguna fotografía de Penny, así que era la primera vez que la veía. La mujer tenía el pelo oscuro, casi negro, los ojos de un azul transparente y la piel clara. Poseía una belleza natural. Laurie se preguntó quién sería el novio misterioso que, según Ivan, debía de tener en el momento del asesinato.

Ryan le dio las gracias a Penny por buscar un hueco en mitad de la jornada para reunirse con ellos.

—¿A qué dijo usted que se dedicaba? —inquirió.

Laurie supuso que su presentador se estaría preguntando lo mismo que ella: ¿cómo podía permitirse Penny ese apartamento?

—Trabajo en el sector inmobiliario —contestó Penny con vaguedad.

—Pues debe de irle muy bien —comentó Ryan—. No queremos hacerle perder el tiempo, así que será mejor que vayamos al grano. Hemos tenido una larga conversación con Ivan Gray y hay un par de cosas que no nos cuadran. La policía tuvo la impresión de que usted sospechaba de las motivaciones de Ivan para salir con la señora Wakeling, pero Ivan nos jura que les vio juntos y sabía que estaban realmente enamorados. ¿Cuál es la verdad?

—Las dos cosas son ciertas. Creo que Ivan no se habría molestado en darle ni la hora a una mujer que le sacase veinte años si hubiese sido de clase media. Me imagino que tenía ciertos parámetros para una pareja y que uno de ellos debía de ser la seguridad económica. Pero también creo que se querían.

—Hace usted que el amor suene muy... comercial —observó Ryan.

—Mírelo desde este punto de vista: tengo muchas amigas que solo están dispuestas a salir con hombres que tengan un buen empleo y unos ingresos estables. ¿Tan distinto es? Si Virginia hubiese sido el hombre e Ivan la mujer, a nadie le habría extrañado la relación.

—Pero la familia Wakeling no lo veía así —dijo Laurie.

Penny negó con la cabeza.

—Sus hijos pensaban que se estaba comportando como una estúpida. Nunca olvidaré el día que Anna le dijo a su madre: «Fue papá quien trabajó para ganar ese dinero. Si viera cómo lo gastas, se quedaría destrozado».

Penny exhaló un suspiro.

—Me dieron ganas de intervenir y recordarle a Anna que a ella se lo habían regalado todo por el simple hecho de nacer, pero Virginia no necesitaba mi ayuda para defenderse. Dijo: «Anna, tú sabes muy bien el mal genio que tenía tu padre a veces. Por fin me estoy divirtiendo. Esta es mi segunda oportunidad en la vida». Pensé que Anna iba a salir de la habitación hecha una furia. La cosa acabó en una enorme discusión sobre el derecho de Anna a juzgar las decisiones de su madre. Fue como si a ambas se les olvidase que yo estaba allí.

Laurie pensó que, de momento, Anna no había dicho nada que contradijese directamente sus declaraciones ante la policía. No obstante, parecía estar dando una imagen más rica en matices de las relaciones entre los Wakeling.

—¿Mencionó usted a la policía esa discusión en concreto? —preguntó.

Penny miró hacia el techo como si hiciera memoria.

—No lo recuerdo. Seguramente no. Virginia acababa de morir. No había ningún motivo para sacar a relucir los trapos sucios de la familia.

—A no ser que guardaran relación con el crimen —sugirió Ryan.

—Pero estoy segura de que no. Los Wakeling discutían como cualquier familia, quizá más, ya que estaba la empresa de por medio, pero se mostraban absolutamente leales entre sí. La mera idea de Anna o Carter matando a su madre me resulta inimaginable.

—Pero ¿sí puede imaginarse a Ivan haciendo lo mismo? —quiso saber Laurie.

—La verdad es que no. Aunque, estadísticamente, ¿no son los maridos y novios los sospechosos habituales? Y se quedó todo ese dinero para su gimnasio.

—Según Ivan, Virginia se lo dio como inversión —dijo Ryan—. ¿No tendría que saberlo usted?

—No. Yo no tenía nada que ver con las finanzas, aparte de hacerle la compra y recoger su ropa de la tintorería.

—¿Y sus planes de casarse? —preguntó Laurie—. Sus hijos parecen pensar que nunca habría llegado a hacerlo.

Penny contestó de inmediato:

—Yo sí creo que iba a casarse con él. Me imagino que simplemente estaba esperando un poco para ver si Anna y Carter llegaban a aceptarle y a desearles lo mejor.

Laurie vio que Penny reflexionaba, como si no supiese si decir algo más.

—Sería comprensible que hace tres años se hubiera callado algunas cosas por lealtad a su jefa —dijo Laurie—, pero, ahora que su asesinato sigue sin resolver, es muy importante que lo sepamos todo.

—Bueno, sé que podía estar planteándose cambiar su testamento —dijo Penny en tono vacilante.

Era la primera vez que una persona distinta de Ivan mencionaba esa posibilidad.

—¿Y qué le hace pensar eso? —se apresuró a preguntar Ryan.

—A veces encontraba papeles hechos una bola en la papelera de su despacho. Había nombres de personas y diversas organizaciones benéficas con números. Casi todas tenían un importe en dólares indicado junto a su nombre, cincuenta mil por aquí, doscientos mil por allá... Pero, por lo general, Ivan aparecía en primer lugar, con un porcentaje anotado en lugar de un importe en dólares, la mitad, la tercera parte, la cuarta parte... Eso me hizo pensar que ella daba por sentado que se casarían.

—No guardaría por casualidad esas notas que encontraba en la papelera, ¿verdad? —preguntó Laurie.

—Pues no —respondió Penny.

—¿Y la familia de Virginia? —preguntó Ryan.

Penny frunció el ceño.

—Me pareció que no les dejaba casi nada. Recuerdo que una versión indicaba doscientos mil, pero otra solo cincuenta mil. Eso es mucho dinero para la mayoría de la gente, y supongo que les habría dejado la empresa de todos modos, pero para personas como Anna y Carter es una minucia. Creo que estaba pensando en dejar la mayor parte de su fortuna, aparte de la empresa inmobiliaria, a organizaciones benéficas. Los hijos habrían tenido que mantener la empresa en funcionamiento por su cuenta.

Aquello encajaba con lo que Ivan les había explicado.

—¿Por qué no se lo ha contado a nadie hasta ahora?

Por primera vez, Penny desvió la mirada para consultar su reloj mientras contestaba:

—No creí que fuese importante. Solo eran breves notas en la basura, como las que yo garabateo sobre vacaciones que seguramente nunca haré. Si ella hubiese estado decidida, habría llamado a un abogado para hacerlo oficial. Además, no quería causarle problemas a la familia, por ejemplo, si Ivan trataba de cuestionar el testamento o algo así. Quería que recibieran lo que era suyo.

Laurie sospechaba que Penny no quería que nadie supiera que fisgoneaba en las notas privadas de su jefa, pero Ryan estaba pensando en otra posibilidad:

—Y recibir usted lo que le correspondía, ¿verdad? También heredó, ¿no es así?

Laurie habría preferido que Ryan no entrase en territorio hostil tan deprisa. Hasta el momento, Penny se había mostrado sumamente colaboradora.

—Setenta y cinco mil dólares —confirmó—. Me sentí muy agradecida. Eso era lo que ganaba en dos años trabajando como asistente suya.

—Y esas breves notas que encontró... ¿estaba pensando

en eliminar también su parte de la herencia? —preguntó él, insistente.

—No... no me acuerdo.

—Y, sin embargo, recuerda muy bien lo que Ivan y sus hijos podrían haber heredado —le reprochó Ryan.

Laurie decidió interrumpir al presentador. Intuía que faltaban muy pocas preguntas para que Penny les pidiera que se marchasen. Solo hacía falta mirarla para saber que no poseía la fuerza suficiente para haber empujado ella sola a Virginia desde aquella azotea. Si estaba implicada en el crimen, y de momento no había motivos para sospecharlo, tuvo que haber contado con la colaboración de un cómplice.

—¿Recuerda a Tiffany Simon de la gala? —preguntó Laurie—. Acudió con Tom Wakeling, el sobrino de Virginia.

—¡Ah, sí! —exclamó Penny—. Virginia dijo que pegaba mucho con Tom. Mi jefa se puso de parte de Bob cuando él y su hermano Kenneth se pelearon, y no apreciaba mucho al hijo. Decía que su sobrino era igual que el padre, que quería toda la recompensa sin hacer el trabajo.

—Ese sobrino trabaja ahora en Wakeling Development. Según me han dicho, le va bastante bien —dijo Laurie.

Un destello de resentimiento cruzó el rostro de Penny.

—Le han enchufado, claro. Seguramente agotó a sus primos aprovechando que Bob y Virginia ya no estaban.

—Tiffany Simon cree que usted salía con alguien en aquel momento. ¿Quizá alguien que asistió a la gala?

Penny negó con la cabeza y, una vez más, miró su reloj.

—¿Tal vez incluso con algún hombre cercano a Virginia? —insistió Laurie.

—Eso es absurdo. Los amigos de Virginia me triplicaban la edad.

—Su hijo Carter, no —dijo Ryan—. Ni su yerno, Peter Browning.

—¿Están sugiriendo que pude tener un lío con el marido

de Anna? Me alegro mucho de haber querido ayudarles —dijo ella en tono sarcástico.

—Solo intentamos explorar todas las posibilidades —explicó Laurie—. Ivan nos contó que la había oído hablar por teléfono con un novio. Si supiéramos quién era esa persona, podríamos estar seguros de que no guardó ninguna relación con el asesinato de Virginia. No queremos dejar piedra sin remover.

Penny se levantó y se dirigió hacia la puerta.

—Voy muy justa de tiempo, así que me temo que tengo que volver al trabajo.

Laurie lo intentó por última vez:

—Lamento que la hayamos ofendido. Solo necesito saber una cosa: ¿habló con Anna, Carter o Peter, o con cualquier otra persona, de esas notas que encontró? Si sabían que la señora Wakeling iba a cambiar su testamento...

Una expresión de pánico cruzó el rostro de Penny, que, de pronto, pareció aún más deseosa de poner fin a la conversación.

—Les he dicho todo lo que sé. Les deseo buena suerte con la producción, pero no volveré a hablar con ustedes.

43

Laurie y Ryan repasaron la entrevista de Penny en el coche, durante el trayecto de regreso a la oficina.

—¿Te has fijado en cuántas veces ha mirado su reloj? Esperaba a alguien que no quería que viéramos.

Laurie había pensado lo mismo.

—¿Y cómo ha pagado ese apartamento? —preguntó Ryan—. Los setenta y cinco mil dólares de la herencia de Virginia no le habrán llegado ni para la entrada. Aunque viva de alquiler, ese piso tiene que costar por lo menos seis mil al mes. ¿Y cuando le he preguntado por su trabajo? Casi no ha contestado. ¿Sector inmobiliario? Eso es como si nosotros dijéramos «medios de comunicación». No significa nada.

Laurie procuró no irritarse al oír que metía el trabajo de los dos en el mismo saco.

—Quizá viva con su novio —sugirió—. No llevaba anillo de casada.

Empezó a buscar la dirección de Penny en su móvil para tratar de averiguar el valor del apartamento o quién era el propietario.

—Bueno, he resuelto parte del misterio —anunció Laurie, levantando su móvil—. El apartamento aparece en internet como «vendido». Pedían cuatro millones por él.

Ryan soltó un silbido.

—Así que Penny recibió una cantidad de dinero muy superior a la que le dejó el testamento de Virginia.

—No. Estoy mirando el anuncio original de la inmobiliaria. La agente se llama Hannah Perkins. Aparece su teléfono fijo, su móvil y su dirección de correo electrónico. Y, por si falla todo lo demás, también da el número de su asistente. ¿Quieres adivinar el nombre de la asistente?

Ryan abrió unos ojos como platos.

—¿Penny?

—Has acertado. No sale el apellido, pero el número de teléfono coincide.

—¿El piso no es suyo sino de un cliente? ¿Por qué iba a fingir eso?

Laurie reflexionó, intentando ponerse en el lugar de Penny.

—Porque es ambiciosa. No quería que supiéramos que su situación actual no es mejor que la que tenía hace tres años.

—Le ha sentado muy mal que le dijeras que el sobrino, Tom, tiene ahora un buen empleo en Wakeling Development.

—Exacto.

—Así que, si averiguó que Virginia iba a eliminarla del testamento en lugar de darle la clase de puesto a la que creía tener derecho, quizá se enfadó lo suficiente para hacer algo al respecto.

Laurie negó con la cabeza.

—No, no puedo imaginármelo. Setenta y cinco mil dólares es mucho, pero no te cambia la vida. Y la muerte de Virginia significaba quedarse sin trabajo. También significaba perder el acceso a un mundo del que ansiaba formar parte. Dudo de que su actual jefa le dejara apuntarse a la gala del Met, por ejemplo. Si miente...

—Desde luego que miente —dijo Ryan.

Laurie se sorprendió a sí misma coincidiendo con él una vez más.

—Ivan creía que Penny mantenía una relación secreta. Por otra parte, Tiffany Simon tuvo la sensación de que tenía puestos los ojos en alguien de la familia. Encaja. Si Penny se veía a escondidas con Carter o con Peter, pudo mencionar aquellas notas acerca del testamento sin darse cuenta del daño que podía hacer. Cuando he sacado el tema, se ha asustado. Creo que nunca se le había ocurrido que la familia pudiera estar implicada.

—Si lo está, es posible que Penny fuese la causante del asesinato de Virginia, y todo por fisgonear en su basura. Ojalá supiéramos con certeza qué ponía en esas notas.

—Sabemos lo que Virginia escribió en su propio testamento —dijo Laurie, pensando en voz alta.

—Cierto. Vi una copia en esa carpeta grande que te dio la policía.

Irritada, Laurie quiso decirle a Ryan que no le había dejado acabar:

—Lo que intento decir es que el testamento era suyo y que se había redactado solo para ella, poco después de que falleciese su marido.

A Laurie se le empañaron los ojos al recordar que ella también tuvo que redactar su propio testamento más de un año después del asesinato de Greg. Aquel simple acto había vuelto a evocar su desaparición. Leo decía que él había sentido lo mismo al rehacer su testamento a instancias de su abogado tras el fallecimiento de su madre.

Ryan siguió su razonamiento:

—El testamento original redactado en vida de Robert Wakeling debió de reflejar lo que los dos decidieron conjuntamente por si les ocurría algo al mismo tiempo.

—Deberíamos compararlo con el testamento de Virginia. Es una posibilidad muy remota, pero quizá nos dé alguna indicación acerca de si lo revisó y cómo lo hizo.

—Me parece buena idea.

—Me parece que prefiero no ponerme en contacto con los Wakeling para pedir una copia —dijo Laurie.

—No hay problema. Llamaré al tribunal testamentario en

cuanto lleguemos a la oficina. Es información a disposición del público una vez que la herencia se valida.

—¿Estás dispuesto a hacerlo?

Laurie esperaba que Ryan considerara que una tarea tan insignificante resultaba poco digna de él.

—Considéralo hecho. Esto es una labor de equipo, ¿no?

Cuando regresaron a los estudios, estuvieron a punto de tropezarse al salir del ascensor con Brett Young, que llevaba una pequeña bolsa con tres palos de golf. Laurie sabía que su jefe, además de viajar cada invierno a Scottsdale y a las Bahamas para mejorar su swing, recibía lecciones de golf *indoor* en Chelsea Piers.

—Parece que hoy toca una sesión de juego corto —dijo Ryan, alargando la palma de la mano para retener las puertas del ascensor mientras charlaba con el jefe.

Laurie ignoraba por completo cómo podía saber eso Ryan con solo ver lo que ella estaba viendo, pero supuso que tendría algo que ver con la ausencia de fundas bonitas y suaves que cubrieran los palos de Brett.

—Solo arena, borde y green —dijo Brett.

A Laurie tanto le habría dado que hablara en persa, pero Ryan, en su calidad de sobrino de uno de los mejores amigos de Brett, solía jugar al golf con él.

—Mi hándicap sería varios golpes más bajo si practicara en invierno.

—Pues vamos —dijo Brett, indicándole a Ryan con un gesto que volviera a entrar en el ascensor.

Ryan dio un paso hacia él, pero se detuvo y dijo:

—Es que necesito conseguir un documento para nuestro programa.

—Laurie puede hacerlo. ¿No es así, campeona?

El timbre del ascensor empezaba a sonar, pero Brett estaba plantado firmemente entre las puertas.

Laurie se quedó sin habla al ver que Ryan se apartaba de su lado para marcharse con Brett.

—Por cierto —añadió Brett—, ha habido que retirar el programa especial de San Valentín porque Brandon y Lani anuncian su divorcio mañana en *People*.

Laurie reconoció el nombre de los famosos de tercera categoría que se casaron solo dos años antes, tras conocerse en un programa de citas de la cadena.

—En su lugar irá tu próximo especial, *Amor mortal*. ¡Me ha parecido un buen título! —exclamó mientras las puertas se cerraban por fin.

Cuando Laurie llegó a su despacho, empezó a consultar cuál era el proceso necesario para pedir una copia de un testamento validado. De pronto, decidió que aquella «campeona» no pensaba hacerlo. Cogió el teléfono y le dejó un mensaje a Ryan, recordándole que se había comprometido a realizar la tarea. Revisar el testamento conjunto de los Wakeling, redactado más de siete años atrás, era un intento a ciegas. No iba a perder el tiempo haciendo un encargo que le correspondía a Ryan, y menos ahora que su amiguito Brett había establecido una fecha arbitraria para la emisión del programa.

Tenía trabajo de verdad.

44

Margaret Lawson, la mujer que iba a comprar el apartamento de Tribeca que Penny había tratado de hacer pasar por suyo, llegó antes de lo previsto, menos de cinco minutos después de que Laurie y Ryan se marchasen.

Agradeciendo a su buena estrella que no la hubiesen sorprendido en una mentira tan descarada, Penny aguardó con paciencia mientras la clienta repasaba los cambios que pensaba hacer en la distribución cuando se reuniese con su contratista.

—Tómese su tiempo —le dijo Penny—. Como decía mi madre, más vale prevenir que curar.

—Con lo que cobra ese tipo, quiero estar segura de que lo tiene todo muy claro —replicó la compradora en tono sombrío.

Penny sintió una punzada de envidia. Margaret Lawson tenía solo cinco años más que ella, pero ya era toda una banquera de éxito. No solo podía permitirse comprar ese apartamento, sino también remodelar a su gusto sus espléndidos cuartos de baño. «Algún día —se juró Penny—, tendré un apartamento tan precioso como este y una casa en la playa de East Hampton, justo a la orilla del mar.»

Cuando telefoneó a la productora de *Bajo sospecha*, en realidad no creía tener nada importante que decir. Simplemente le gustaba la idea de ver su cara en televisión, con la frase «Penny Rawling, agente de la propiedad inmobiliaria de Nueva York» escrita sobre la pantalla. Pensaba mostrarse encantadora y elocuente. Hablaría con calidez de todo lo que le había contado la familia Wakeling y de la confianza que Virginia había depositado en ella. Parecería el tipo de persona que asiste a la gala del Met, el tipo de profesional al que alguien bien situado confiaría la venta de una propiedad.

Y que él no quisiera que hablara con los productores fue la guinda del pastel. Penny seguía sin poder creerse que tuviera la desfachatez de telefonearla después de casi tres años solo para impedir que hablara en un programa de televisión. Después de haberla dejado como lo hizo, era la última persona con derecho a pedirle nada.

Pero la entrevista con los productores no salió como Penny esperaba. Pensó que solo serían unas cuantas preguntas acerca de Ivan y la fiesta de aquella noche. No esperaba que le preguntasen por sus asuntos, y menos por su relación con él. «Quizá debería haber dicho la verdad —pensó—, pero eso habría estropeado la imagen que intento proyectar para mi aparición en televisión. Quiero que me vean como "Penny, la agente inmobiliaria de éxito", no como "Penny, la chica a la que dejó el tío con el que salía en secreto a espaldas de su jefa".»

No vio qué problema había en negar la relación, porque no tenía nada que ver con el asesinato de la pobre Virginia. Pero luego habían seguido exigiéndole respuestas acerca de su novio, acerca de la familia, acerca de aquellas bolitas de papel de la papelera.

Penny no paraba de repetirse la última pregunta de Laurie Moran: «¿Habló con Anna, Carter o Peter, o con cualquier otra persona, de esas notas que encontró? Si sabían que la señora Wakeling iba a cambiar su testamento...».

Cuando Margaret Lawson acabó por fin con sus planes de reforma, Penny buscó su número en el móvil. Como se había puesto en contacto con ella la semana anterior, seguía apareciendo en su lista de llamadas.

Él cogió el teléfono después de que sonara dos veces.

—Me sorprende que me llames —dijo—. ¿Va todo bien?

—Me llamaron de ese programa, como tú dijiste.

No vio ningún motivo para decirle que era ella quien les había contactado.

—Te dije que no hablaras con ellos.

—¿Acaso te da miedo lo que pueda decirles? —preguntó Penny.

—Claro que no —dijo él—. Pero... nadie sabía lo nuestro. ¿No crees que eso podría complicar las cosas?

Penny sintió que regresaban todos aquellos viejos resentimientos. Claro que nadie sabía lo suyo. Él le había prohibido contarlo, alegando que complicaría su trabajo para Virginia, que podía complicar las relaciones familiares, que su situación personal ya era bastante complicada. Pero en realidad la situación nunca fue complicada. La verdad era que él se avergonzaba de ella. Penny pensó que, después de verla socializar con éxito con todas aquellas personas elegantes en el baile del Met, la vería con otros ojos. La vería, por fin, como a una igual.

Sin embargo, él la había ignorado durante toda la noche. Entonces murió Virginia y la situación fue a peor. Ella no le importaba.

—¿Es lo único que ocultas? —inquirió Penny ahora—. ¿Nuestra relación?

—Yo no oculto nada.

—Te hablé de esas notas que encontré, las notas acerca de su testamento.

Se produjo un largo silencio al otro lado de la línea. Penny miró la pantalla del móvil para asegurarse de que no se había cortado la comunicación.

—No sé de qué hablas, Penny.

¿Lo decía en serio? ¿De verdad iba a negarlo?

—¿Qué? ¿Crees que te estoy grabando o algo así? Dios mío. Por favor, dime que no lo hiciste. ¿La mataste porque te hablé de esas notas?

—Perdona, pero pareces una loca —dijo él—. Si le cuentas a ese programa alguna historia absurda sobre esas notas de las que hablas, yo les contaré que Ivan quería despedirte porque no trabajabas lo suficiente. Que te escaqueabas para tratar de que tuviéramos una relación. Que solo salimos un par de veces y te obsesionaste conmigo. ¿Es eso lo que quieres?

—¿Me estás amenazando? —quiso saber Penny.

—Solo estoy diciendo la verdad. Podría demandarte por difamación y tenerte años en los juzgados. Quizá te vendría bien buscar ayuda profesional, Penny. Me pareces inestable.

La línea se cortó. Penny miró fijamente la pantalla, preguntándose si podía confiar en alguien.

45

El día siguiente a las nueve de la mañana, Laurie esperaba con Charlotte en una de las salas de reuniones de las oficinas de Ladyform. Cuando llegó Marco Nelson, el antiguo guardia de seguridad del Met, Charlotte dijo que era directora de operaciones de la compañía en Nueva York y presentó a Laurie simplemente por su nombre de pila. Marco medía casi metro noventa y pesaba unos noventa kilos. El corte de su traje gris oscuro resaltaba su porte atlético. No era tan corpulento como Ivan, pero sí lo bastante fuerte para haber arrojado a Virginia desde una azotea.

Charlotte comenzó resumiendo las necesidades de seguridad de la empresa: un técnico que revisara los sistemas de datos y comprobara que estuviesen protegidos de la piratería informática y demás delitos cibernéticos, y los guardias de seguridad necesarios para desfiles de moda y otros eventos del sector. Marco traía una serie de folletos impresos en papel satinado que presentaban los servicios prestados por su compañía, el Grupo Armstrong.

—¿Quién es Armstrong? —preguntó Charlotte.

Marco explicó con una sonrisa:

—No existe ningún Armstrong. Simplemente, me sonó mejor que «Grupo Nelson».

—Entonces ¿es usted el jefe? —preguntó Charlotte.

—Técnicamente sí, aunque el nuestro es un trabajo en equipo.

—Fue un antiguo compañero suyo quien me dio su nombre. Sean Duncan.

—¡Ah, sí! Sean es un tío estupendo. Cuando yo trabajaba en el museo, él ocupaba el puesto de auxiliar del jefe de seguridad. Merecía ese ascenso. ¿Son ustedes amigos?

—No. La verdad es que fue Laurie quien habló con él acerca de otro asunto relacionado con el museo.

Laurie interpretó esas palabras como una señal para intervenir:

—Por lo que me contó Sean, el suyo parecía el puesto de trabajo ideal. ¿Por qué se marchó de allí?

—Francamente, ganaría mucho más protegiendo sus desfiles de moda que trabajando para el museo, aunque les ofrezco una de las mejores tarifas del sector.

—¿No fue por la investigación sobre los robos de su novia en la tienda de regalos del museo?

Marco pareció molesto, pero consideró que la pregunta formaba parte del habitual procedimiento de investigación por parte de un nuevo cliente de seguridad.

—¿Se lo dijo alguien del museo? Eso fue un completo disparate. Si dijera lo que tengo en la punta de la lengua, soltaría alguna grosería. Me marché por un solo motivo: quería ganar más dinero.

—¿Su novia no robaba? —preguntó Laurie.

Nelson hizo una mueca al ver que la oportunidad de conseguir un cliente nuevo se iba al traste.

—Por desgracia, sí que lo hacía, aunque yo no tenía la menor idea. Supongo que aprovechaba para robar durante mi turno porque debía de creer equivocadamente que, si la sorprendía, no sería muy duro con ella. Tenía un bolsillo secreto dentro del bolso. Quizá podría haber sido más minucioso al registrarla, pero el protocolo solo exigía una rápida inspección visual de las pertenencias de los empleados. En caso de que me hubiera puesto a rebuscar en los bolsos y a palpar los laterales en busca de compartimientos secretos, habría estado infringiendo nuestros propios procedimientos. Si no hubiera estado saliendo con ella, nadie me habría acusado de nada. Así que cambié de empleo y adopté una nueva norma: nunca mezclar el trabajo con el placer —acabó diciendo con una risita.

Laurie hubo de admitir que era la mejor explicación que habría podido ofrecer dadas las circunstancias.

—La verdad es que no trabajo para Ladyform, señor Nelson —dijo—. Soy la productora del programa *Bajo sospecha*. El asunto que me llevó a reunirme con Sean Duncan fue el asesinato de Virginia Wakeling.

Él sacudió la cabeza al comprender que le habían engañado.

—No es muy honrado hacerme venir hasta aquí con una excusa.

Empezó a levantarse de la silla, pero Charlotte le detuvo diciendo:

—Lo cierto es que necesito seguridad. Y me ha impresionado su presentación, así como su explicación sobre lo que ocurrió en el museo.

Nelson volvió a sentarse rápidamente.

—Mataron a una mujer —dijo Laurie—, y usted fue la última persona que la vio con vida, aparte de su asesino... o asesinos. Hay un motivo por el que quería hablar con usted. —Sacó de su bolso las dos fotografías del vestido de Jacqueline Kennedy—. Mire, esa pulsera estaba allí antes de que se inaugurara la exposición, pero había desaparecido para cuando mataron a Virginia Wakeling.

Él observó las fotos con atención.

—Mi exnovia robaba joyas de la tienda de regalos, no de las galerías. Lo que hacía estaba mal, pero no era lo mismo que atracar un museo. —Se detuvo de pronto y entornó los ojos, como si buscara los detalles de un recuerdo que acababa de volver a su mente—. La alarma —dijo—. Esa noche se activó una alarma silenciosa en la exposición. Recibí una alerta de nuestro departamento de expediciones. Fui uno de los guardias que respondieron. ¿Cree que fue por la desaparición de esta pulsera?

—Hasta que sepamos qué sucedió con ella, es una posibilidad. ¿Recuerda si aún estaba al principio de la velada?

—¿Un detalle tan pequeño? No, dudo de que ninguno de nosotros se hubiese fijado, salvo la comisaria, supongo. Era la exposición de Cynthia Vance.

—¿Se dio cuenta ella de que faltase algo esa noche?

—No, porque ese fue el año que tuvo que perderse la gala. Que yo sepa, la primera vez en toda su carrera. Tuvo mononucleosis y estuvo de baja un mes. Cuando llegamos a las galerías no vimos a nadie, y nada parecía fuera de sitio. Supusimos que la habría activado uno de los operarios externos que estaban trabajando en las cámaras.

—¿Sigue Cynthia Vance trabajando en el museo? —preguntó Laurie.

—Supongo. Es de las que mueren al pie del cañón.

Laurie se dijo que debía ponerse en contacto con Cynthia Vance lo antes posible. Nadie había tenido en cuenta la posibilidad de que la pulsera guardase relación con el asesinato de Virginia, pero estaría bien atar ese cabo suelto.

—Declaró usted ante la policía que Virginia estaba disgustada cuando subió a la azotea, como si hubiera discutido con alguien. Hemos sabido por un testigo que a su hijo y a su yerno se les había visto discutir en la sala del templo. ¿Es posible que tuviera un enfrentamiento con alguno de ellos?

—No tengo la menor idea de quién era la persona con la que habló. En aquel momento ya me resultó difícil explicarle a la policía por qué me daba la impresión de que había tenido un rifirrafe de alguna clase. Si he de ser franco, ella no dijo eso en ningún momento. Solo dijo que quería estar sola y que necesitaba aire fresco. Pero se volvía a mirar hacia la fiesta con una expresión de mala cara. Desde luego, tuve la impresión de que estaba molesta con alguien y quería alejarse un rato. En una ocasión me había dicho que la azotea era uno de sus lugares favoritos de la ciudad. No se me pasó por la cabeza que pudiera estar en peligro allí. Le advertí que haría frío y dijo que solo pretendía quedarse unos pocos minutos.

Laurie hizo varias preguntas más, pero estaba claro que Marco les había contado cuanto sabía.

—Le agradezco mucho que haya hablado conmigo —dijo—, sobre todo teniendo en cuenta cómo le hemos traído aquí esta mañana.

Él levantó ambas palmas.

—No les guardo rencor. En mi sector, comprendo que hay que hacer lo necesario para conseguir el resultado correcto. Y tanto si es ahora como en el futuro, espero que me tenga en cuenta para sus necesidades de seguridad, señora Pierce.

Charlotte prometió que le llamaría, y Laurie la creyó.

Cuando Marco se disponía a marcharse, se volvió un momento y dijo:

—Le deseo buena suerte con el programa, Laurie. Siempre me he arrepentido de no haber subido a la azotea con la señora Wakeling. A veces me despierto en plena noche y la veo caer.

46

Laurie acudió una vez más al Museo Metropolitano. Tras la entrevista con Marco Nelson, había telefoneado a Sean Duncan, el jefe de seguridad. Duncan, que evitó hacer comentarios negativos acerca de Marco, confirmó que la novia de este había utilizado un bolsillo oculto en el interior de su bolso para robar mercancía de la tienda y que el museo no tuvo ninguna prueba que implicase a Marco. Según Duncan, si de él hubiera dependido, el departamento de seguridad habría llevado aquel asunto de otra forma. Sin embargo, el jefe anterior le sugirió a Marco que lo mejor para todos era que se marchase, algo que el joven ya se estaba planteando.

Duncan confirmó que la comisaria de la muestra, Cynthia Vance, seguía trabajando en el Met y le dio su teléfono. Cuando Laurie explicó por qué llamaba, Cynthia quiso verla enseguida.

Ahora Laurie se hallaba en el restaurante de personal del Met, disfrutando de un café y de unas vistas envidiables de Central Park. Cynthia Vance le sonrió con calidez desde el otro lado de la mesa. Era una mujer enérgica de unos sesenta años, pelo rizado de color caoba, cara redonda y gafas adornadas con estrás.

—La pulsera —empezó a decir, juntando las palmas de las

manos para dar más énfasis a sus palabras—. ¡Qué mal me sentó que la perdiéramos!

—¿Cuándo se dieron cuenta?

—Al terminar la exposición, y la culpa fue de la mononucleosis. Estuve de baja unas cuantas semanas; de hecho, más de un mes. Lo cierto es que la mononucleosis es espantosa para cualquiera, y a mi edad más aún. El momento no pudo ser peor. Menos mal que lo tenía todo planeado al milímetro y que casi todo el trabajo estaba hecho. Pensé que tenía un buen resfriado e intenté acabar, pero dos días antes de la inauguración desperté como si un camión me hubiese pasado por encima. Cuando el médico dijo que era mononucleosis, el director me ordenó quedarme en casa para no contagiar a cientos de asistentes. Tuve que supervisar el resto del trabajo por Skype. Obligué a mi pobre personal a recorrer las galerías con iPads, explorando cada centímetro para que yo pudiera inspeccionar hasta el último detalle. Es la única gala que me he perdido. Todavía no he encontrado una ocasión para estrenar mi vestido inspirado en Mamie Eisenhower. Muy retro.

—Al volver al trabajo, ¿no se dio cuenta de que faltaba la pulsera?

—¡Ah, sí, la pulsera! A lo que iba: cuando regresé, habían transcurrido varias semanas desde la última vez que vi mi exposición. Todas las piezas eran preciosas y estaba orgullosa de la labor que habíamos realizado para contar la fascinante evolución del papel de la primera dama de Estados Unidos. Sin embargo, francamente, tuve que ponerme al día después de perder un mes de trabajo y tal vez no supervisé los detalles tan bien como lo habría hecho si no hubiese llevado tanto retraso. Tras el desmontaje de la muestra, me puse a hacer inventario de todas las piezas para devolvérselas a los propietarios. Y por más que me esforcé, no pude encontrar la puñetera pulsera.

—Parece difícil pasar por alto una desaparición así.

—Le aseguro, Laurie, que me lo tomo muy en serio. Sin embargo, en este museo tenemos cientos de miles de artículos, algunos de ellos minúsculos: una punta de flecha, una bala o, como en este caso, una pulserita. Los objetos se reparan, se trasladan, se prestan a otros museos y, de vez en cuando, se extravían. Me quedé hecha polvo, pero, por suerte, la administradora del patrimonio de los Kennedy se mostró muy comprensiva. Verá usted: el collar de perlas que nos prestaron para la exposición era auténtico, pero la pulsera talismán era de bisutería. Me encantaba la idea de emparejar un collar clásico con una de las piezas baratas de fantasía que Jackie solía llevar. Se le daba muy bien combinar la alta moda con complementos económicos. Así que supongo que, si teníamos que perder algo, podría haber sido mucho peor. Es la pesadilla de todo comisario, ¿sabe?

—¿No repasaron las grabaciones de seguridad para tratar de averiguar cuándo desapareció?

—Solo conservamos las grabaciones durante una semana y, para cuando me percaté de que había desaparecido, ya era demasiado tarde. La verdad, hasta que usted ha llamado, no se me había pasado por la cabeza en ningún momento la posibilidad de que hubieran robado la pulsera.

—No dejo de pensar en la alarma que se activó durante la gala aquella noche.

—Ahora que me lo ha explicado todo, lo comprendo, pero, créame, esa pulsera era uno de los objetos menos valiosos que podría robar una persona de una muestra de este museo y justo la clase de artículo pequeño que podría perderse en mitad del jaleo que conlleva desmontar una gran exposición. Yo no me gano la vida resolviendo misterios, pero no me calentaría mucho la cabeza por este en concreto.

Tenía razón. Sin duda, si alguien estaba dispuesto a correr el riesgo de verse sorprendido robando en el museo más grande del país, seleccionaría algo más valioso que una simple pulsera que no se distinguía de cualquier baratija fácil de conseguir en el centro comercial de la zona. Laurie podía tachar a Marco Nelson y la pulsera talismán de su lista de teorías.

Rehusó que el camarero le rellenara la taza de café y pidió la cuenta, pero Cynthia insistió en invitarla.

—Después de todo el apoyo que nos prestó Virginia a lo largo de los años, es lo mínimo que puedo hacer por alguien que intenta resolver su asesinato. Esperaba que uno de sus hijos aceptara ocupar el puesto de su madre en la junta, pero me parece que Anna está demasiado ocupada con la empresa familiar para dedicarse a la filantropía tanto como su madre.

—Veo que solo menciona a Anna —dijo Laurie.

La sonrisa de la comisaria se hizo aún más amplia y sus ojos lanzaron un destello de complicidad.

—¿Conoce a Carter, el hijo?

Laurie asintió con la cabeza.

—Toda la familia colabora con la producción.

—Hace solo unos minutos que la conozco, pero sospecho que es lo bastante observadora para haber captado el carácter de cada uno de sus miembros.

—Anna parece decidida, una líder natural. Y su marido, Peter, da la impresión de ser una persona muy competente.

Cynthia asintió con la cabeza. La insinuación sobre el hijo de Virginia, Carter, resultaba clara.

—¿Sigue soltero Carter? —preguntó Cynthia—. Virginia esperaba que conociera a la mujer adecuada y sentase la cabeza. Ella quería que tuviera hijos pronto para que pudieran crecer a la vez que sus primos. Sus propios hijos no tuvieron una relación cercana con su primo debido a un antiguo conflicto entre Bob y su hermano.

—Carter no se ha casado —confirmó Laurie—. Lo cierto es que no me imaginaba que Virginia y usted tuvieran la confianza suficiente para hablar de asuntos personales.

—La verdad es que no nos relacionábamos fuera del museo, pero venía a visitarnos con frecuencia. Se interesaba de verdad por el trabajo y no solo por las fiestas, como hacen algunos donantes. Además, quería a sus hijos y hablaba de ellos constantemente.

—¿Y también hablaba de Ivan?

—Pues sí, y toda la cara le resplandecía de felicidad. Es difícil imaginar que alguien quisiera matarla, pero espero que no fuese Ivan. Creo que ella le amaba profundamente. No soporto imaginármela comprendiendo en el último instante que él iba a hacer eso...

La mujer se llevó una mano al corazón.

—Estamos estudiando todas las posibilidades.

—Le deseo buena suerte. Salude de mi parte a los Wakeling, por favor. Y también a Penny, si es que continúa con ellos. Yo confiaba en que fuese la mujer adecuada para Carter.

La mención repentina de la asistente de Virginia cogió a Laurie por sorpresa.

—¿Por qué lo dice?

—Penny pasaba tanto tiempo con la familia que era como si casi formase parte de ella.

—Pero ¿Carter y ella se interesaban el uno por el otro?

Cynthia levantó las cejas.

—Eso espero, porque una vez los vi besarse.

—¿En qué momento ocurrió eso?

—¿Cuándo fue? ¡Ah, sí! Empezaba a encontrarme mal, así que tuvo que ser más o menos una semana antes de la gala. Virginia había venido para participar en una visita especial para miembros de la junta y donantes de alto nivel. Penny estaba con ella, y su familia tenía que acudir después para comer todos juntos. Salí a la calle a fumar un cigarrillo; un hábito horrible, lo sé, y además estaba enferma. Y me encontré con Penny dándole un piquito a Carter, que llegaba en ese momento, mientras Virginia estaba en el servicio. Ahora que lo pienso, esa fue la última vez que los vi.

Por primera vez desde que Ryan llegó a su despacho hablando de Ivan Gray, Lauric tuvo la sensación de haber descubierto un dato nuevo que podía cambiar todo el caso.

Llamó a Jerry en cuanto salió a la calle:

—Organiza un calendario de producción. Creo que ya estamos listos para empezar a grabar.

47

Laurie se hallaba delante de la pizarra blanca de su despacho con el rotulador en la mano, sintiéndose como una entrenadora en unos vestuarios, mientras Ryan, Jerry y Grace permanecían sentados ante la mesa de reuniones.

—Como siempre, hemos de mantener una mente abierta, pero tenemos dos sospechosos principales: Ivan Gray y Carter Wakeling.

Rodeó con un círculo ambos nombres. Jerry había hecho una labor fenomenal en los últimos cinco días. Ya tenían un calendario de producción completo. Esa reunión de equipo estaba destinada a repasar los últimos detalles y asegurarse de que Ryan estuviese preparado para las entrevistas.

—Los indicios contra Ivan corresponden esencialmente a la misma información que llevó a la policía a sospechar de él desde el principio.

El sentido jurídico de Ryan, formado en Harvard, resultó evidente mientras enumeraba los detalles a toda prisa: la diferencia de edad entre Virginia y él, su motivación económica para mantener una relación con ella y, sobre todo, la ausencia de pruebas que demostrasen que Virginia estaba enterada del traspaso de medio millón de dólares procedentes de su cuenta a la del gimnasio de Ivan. Aunque Ryan dominaba los hechos, Laurie dedujo de su tono displicente que no se tomaba en serio los indicios en contra de su entrenador personal. Sin embargo, decidió reservarse su opinión.

—La información nueva de que disponemos se refiere a Carter —dijo Laurie mientras Grace tomaba notas a un ritmo frenético, como si fuera una estudiante en la primera fila de un aula—. Para que esta teoría funcione, tenemos que comprobar tres puntos nuevos. Ivan ha dicho siempre que Virginia estaba pensando en cambiar su testamento, reduciendo en gran medida la herencia de sus hijos. Ahora Penny, la asistente de Virginia, lo ha confirmado.

—Ojalá hubiéramos grabado esa entrevista —comentó Jerry.

—Creo que Penny acabará colaborando si Ryan consigue que Carter reconozca que se veían —dijo Laurie—. Me parece que ese es el secreto que Penny intenta ocultar. Una vez que salga a la luz, es posible que quiera contar su versión de la historia. Y eso nos lleva a la segunda novedad, o sea, la relación entre Carter y Penny. Y conocemos el tercer punto gracias a la declaración de Gerard Bennington, que vio discutir a Carter y a su cuñado Peter poco antes del asesinato.

Mientras relacionaba entre sí los tres indicios, Ryan parecía un fiscal pronunciando su alegato final:

—Virginia iba a modificar su testamento. Penny se enteró y se lo contó al hijo, Carter, que podía perder millones. Carter le insistió a Peter, que no solo era su cuñado sino también el asesor legal de Virginia, para que le diera detalles y no los consiguió. Uno, dos y tres. Ansiaba evitar que su madre cambiara el testamento, aunque para ello tuviera que matarla.

De momento, seguían especulando acerca de lo sucedido durante ese tercer paso. ¿Confirmó Peter que se iba a cambiar el testamento? ¿Se negó a intervenir?

—¿Y el testamento original de antes de que muriera Robert Wakeling? ¿Lo hemos recibido ya del tribunal testamentario? —preguntó Laurie.

Aunque era un intento a ciegas, Laurie seguía queriendo comparar el testamento de Virginia con el que su marido y ella habían redactado juntos en vida de él.

—Supongo que lo recibiremos mañana —contestó Ryan—. Ya me he encargado.

Laurie tuvo la sensación de que, en realidad, Ryan no se había encargado, pero se acordaría de hacerlo ahora.

—Por cierto, ¿estamos seguros de que nos conviene entrevistar juntos a Anna y a Peter? —preguntó.

Había sido decisión suya, pero se la estaba replanteando.

Para sorpresa de Laurie, Ryan, que al principio no estaba de acuerdo, respaldó su primera idea:

—Creo que fue buena idea —dijo—. Me parece que tienes razón.

—¿Queréis que vaya a buscar una grabadora? —bromeó Jerry—. Esto es un acontecimiento sin precedentes.

Aunque Ryan sonrió, Laurie se percató de que el comentario le había irritado.

—Dijiste que el señor Bennington afirmó claramente que la conversación entre Carter y Peter era acalorada, lo suficiente para que Anna les dijese que se calmaran. Y todos estuvisteis de acuerdo en que Anna y Peter parecen una pareja muy bien avenida. Si les entrevistamos por separado, ninguno de ellos se apartará de la declaración que hayan preparado de antemano. Sin embargo, si están juntos, cuando les digamos lo que sabemos, existe una posibilidad de que surja algo nuevo.

—Jerry, ¿está todo a punto para filmar mañana?

Solo tendrían acceso al interior del museo durante un día, así que el plan era entrevistar a Ivan, Gerard Bennington y Marco Nelson allí, además de conseguir imágenes de la propia azotea. Marco había accedido a participar ante la cámara después de que Laurie le asegurase que no había ninguna necesidad de mencionar las circunstancias en las que se produjo su marcha del museo.

—Todo listo al cien por cien —contestó Jerry—. He trabajado con esa comisaria tan estupenda, Cynthia Vance. Están pintando un rinconcito de una pequeña galería donde pondremos los vestidos de Gerard. Luego empalmaremos las imágenes con el material de la muestra que se filmó antes de que se inaugurara. Después de un hacer un corta y pega, parecerá que estuvimos allí de verdad.

—Increíble —dijo Laurie.

Cuando se disponían a marcharse, Grace se ofreció a mecanografiar sus notas y pasárselas a todo el equipo. Laurie le dio las gracias por tomar la iniciativa y a continuación le pidió a Ryan que se quedara un momento. Grace cerró la puerta a sus espaldas. Como siempre, sabía lo que Laurie estaba pensando.

—Sé que crees que Ivan es inocente —dijo Laurie.

—Porque lo es. He pasado mucho tiempo con ese tipo. No es un asesino.

—Vale, pero somos un programa informativo. Tenemos que ser objetivos.

—Si no recuerdo mal, nuestro último caso se refirió a una mujer relacionada con una de tus mejores amigas.

El último episodio del programa había cuestionado las pruebas contra Casey, que ya había sido condenada por matar a su prometido. Casey tuvo conocimiento del programa porque su prima trabajaba para Charlotte.

—Cierto —contestó Laurie—, pero desde el principio les dije a ella y a todos los demás que iría allá donde nos condujeran los indicios. Como recordarás, sometimos a Casey a un interrogatorio agotador.

—Me lo tomaré como un cumplido —dijo él.

—¿Estás dispuesto a hacer lo mismo con Ivan Gray? Si no eres demasiado duro con tu entrenador de boxeo, el público lo verá. Eso podría poner en tela de juicio toda nuestra serie.

Laurie llevaba años trabajando para ganarse una reputación de productora creíble con sólidos valores periodísticos, a pesar de la etiqueta de *reality show* que definía el programa *Bajo sospecha*.

—Voy a hacer mi trabajo, Laurie. Porque ¿sabes una cosa? Cuando se descubra que el culpable fue Carter Wakeling, quiero que todo el mundo sepa que fuimos justos.

Ella asintió con la cabeza.

—Entonces pensamos lo mismo.

«Al menos eso espero», añadió Laurie para sus adentros.

Solo llevaba unos minutos a solas en su despacho cuando se sorprendió mirando el teléfono apoyado en su mesa. Quería llamar a Alex.

Una vez más, se recordó a sí misma que había jurado no regresar al círculo vicioso que había alejado al abogado en noviembre. Alex le había exigido que contestara a una sencilla pregunta: «¿Qué soy para ti?».

Miró fijamente el teléfono, preguntándose por qué tenía tantas ganas de hablar con él. No era por el caso. De hecho, la reunión de ese día había sido seguramente la más larga que había tenido sin pensar ni una vez en Alex desde que se conocieron. No era por un evento con Leo o Timmy. No era una queja acerca de Brett o Ryan.

Si le llamara, ¿qué querría decirle?

Y entonces se dio cuenta de que el tema de conversación ni siquiera importaba. Podían hablar de política, música, televisión, de la nieve o del color del jersey que llevaba puesto ese día. Solo quería oír su voz. Quería verle. Se conformaría incluso con hablar con él por teléfono. Le echaba de menos, simplemente porque había sido una gran parte de su vida y ahora había desaparecido.

Estaba preparada.

Cogió el teléfono y marcó el número de su teléfono móvil

de memoria. Con cada tono, sintió que el alma se le caía un poco más a los pies. Le visualizaba mirando la pantalla, esperando a que saltase el buzón de voz.

«Ha llamado a Alex Buckley. Deje un mensaje, por favor.»

Estaba a punto de colgar cuando decidió que no lo haría, que ya habían esperado suficiente. Estaba harta de pulsar el botón de pausa de esa parte de su vida.

—Alex. ¿O debería decir «su señoría»? Soy Laurie. Llámame cuando puedas, por favor.

Después de colgar, observó la fotografía enmarcada de Greg, Timmy y ella misma que descansaba sobre su mesa. «Qué feliz se me veía entonces —pensó—. Quiero volver a ser igual de feliz, Greg. Tú querrías que lo fuese. Este hombre te caería bien. Es bueno y decente, y me quiere. O al menos me quería.

»Por favor, que no sea demasiado tarde.»

48

Jerry no exageraba cuando dijo que a la comisaria y a él se les había ocurrido un plan para lograr que un pequeño rincón del museo pareciera la extensa muestra «La moda de las primeras damas». Laurie miró el plató y vio un par de vestidos en maniquíes delante de una mampara verde y dos sillas para Ryan e Ivan. Sin embargo, al observar la escena en la pantalla situada junto al cámara, la pared que estaba detrás de ellos daba la impresión de formar parte de la exposición original. «Es la magia de la cámara», había dicho Jerry.

En lugar de llevar la ropa de gimnasia que Ivan acostumbraba usar, el entrenador había elegido para la entrevista un traje gris oscuro hecho a medida y una conservadora corbata a rayas. Por primera vez, Laurie pudo entender que una mujer cultivada como Virginia le encontrase atractivo.

Ryan había repasado con Ivan el origen de su relación con Virginia y el encuentro entre ambos en una exposición de arte. Después de cenar varias veces juntos, empezaron a salir con frecuencia. Cuando ella le compró un Porsche por su cumpleaños, solo llevaban saliendo siete meses. Eligieron el anillo de compromiso de Virginia en el aniversario de su primera cita.

—Yo nos consideraba comprometidos —dijo Ivan—. Simplemente, ella no estaba preparada para anunciarlo todavía.

—¿Qué fue del anillo? —preguntó Ryan.

La pregunta tomó a Laurie por sorpresa. A ella no se le había ocurrido formularla, y que Ryan lo hiciese indicaba que, tal como había prometido, no pensaba tratar a su entrenador y amigo con una consideración especial.

—Lo devolví a la joyería más o menos un mes después de la muerte de Virginia. Ver el estuche en el cajón de mi cómoda me recordaba lo que había perdido.

—¿Y la joyería le devolvió el dinero?

—Sí, a mi tarjeta de crédito. Se mostraron muy comprensivos.

—Pero ¿no era Virginia la que pagaba la factura de su tarjeta de crédito en la época en que usted adquirió el anillo?

Ivan se removió en su asiento.

—Sé que da mala impresión, pero, francamente, no tenía ningún sentido que conservase ese anillo, y sabía que la familia no lo querría. Para empezar, si ella no lo llevaba era por las paranoias de sus hijos. Y para cuando lo devolví, iban diciendo por ahí que yo era un asesino. Pensé que Virginia querría que lo devolviese e invirtiera el dinero en mi gimnasio, Punch.

—Aparte del medio millón de dólares que ya le había adelantado.

Laurie comprendió que Ivan esperaba una entrevista más agradable.

—Ella creía en mi visión. Y acertó. Ahora habría podido devolverle el préstamo multiplicado por seis.

—Virginia no era la primera mujer mayor y rica con que salía —afirmó Ryan—. Conoció a muchas clientas así trabajando como entrenador personal.

—Hubo otras, pero nada serio. No como lo de Virginia.

—¿Cómo describiría la actitud de la familia Wakeling la noche de la gala?

—Cordial —dijo, eligiendo sus palabras con cuidado—. Cortés, aunque algo forzada. Le dijeron a su madre que no creían que yo debiera acompañarla a un evento de tanta categoría. No obstante, fue la noche que vi a Virginia más cómoda con su familia y conmigo. Creí que empezaban a aceptarme, y luego murió.

—¿Qué hizo que el ambiente fuese menos gélido esa noche?

—Siento decirlo, pero creo que fue porque la familia tuvo ocasión de rechazar a otra persona esa noche. Su primo, Tom, se las había arreglado para conseguir una invitación a la gala.

—Ivan explicó el lugar que ocupaba Tom en el árbol familiar y la mala sangre entre Robert Wakeling y su hermano, que perduró más allá de la muerte de ambos—. Virginia y sus hijos no paraban de decir que a Tom nunca le habrían dejado cruzar la puerta de no haber sido por su apellido. No se sentó con nosotros, pero se acercó varias veces. Evidentemente, trataba de congraciarse con la familia. Iba acompañado de una chica un poco alocada que estaba un tanto borracha y divagaba diciendo que su abuela, una antigua cabaretera, tuvo una apasionada aventura amorosa con un famoso político y merecía tener un vestido suyo en la exposición. Ginny dijo que era el mejor espectáculo que le había proporcionado ese lado de la familia Wakeling en treinta y cinco años. —Sonrió con tristeza al recordarlo—. Creo que la familia se divertía tanto riéndose a costa de Tom que yo parecía poca cosa en comparación.

—Pero usted no es poca cosa, ¿verdad?

—No sé qué quiere decir con eso.

—Virginia Wakeling medía un metro sesenta y dos y pesaba menos de cincuenta kilos. Usted habría podido levantarla fácilmente por encima de su cabeza, ¿no es así?

—Por supuesto, pero eso no significa nada. La mayoría de los hombres, y muchas de las mujeres a las que entreno, podrían levantar a una persona tan menuda como Virginia. Y es evidente que alguien lo hizo, porque yo nunca jamás le habría hecho daño.

A partir de ahí, Ryan regresó al tema del dinero, exponiendo una comparación detallada de los gastos de Ivan en los meses previos al asesinato de Virginia respecto a sus ingresos. El resultado estaba muy claro: vivía de su novia, mucho más rica que él.

—Virginia les comentó a sus hijos que solamente le ayudaba a usted de vez en cuando con algo de dinero para sus gastos —dijo Ryan—, y sin embargo le transfirió una cifra aproximada de quinientos mil dólares para que pudiera abrir su negocio. ¿Tiene algún contrato que demuestre que existía un acuerdo entre ustedes?

Ivan negó con la cabeza.

—No estaba formalizado. Una vez que estuviéramos casados, habría sido irrelevante. Íbamos a incluirlo como parte de un acuerdo prenupcial, que yo estaba encantado de firmar.

—De hecho —dijo Ryan—, usted no tiene ninguna prueba que demuestre que Virginia le dio ese dinero por su propia voluntad, ¿no?

—No, pero tampoco hay ninguna prueba de que yo lo robase, y no tengo por qué demostrar mi inocencia. Oiga, ¿me fue útil personalmente que Virginia fuera rica y se mostrara generosa conmigo? Por supuesto. Pero, una vez que me enamoré de ella, podría haberlo perdido todo y yo habría seguido queriendo casarme. He traído una cosa y quisiera leerla con su permiso.

—Adelante —dijo Ryan.

Miró a Laurie, que asintió con la cabeza. Siempre editaban más tarde.

—«Una vez me dijiste que Bob había sido tu alma gemela. En ese momento, pensé que querías decirme que no esperara nada serio o duradero. Sin embargo, luego me dijiste que yo era tu segunda oportunidad para ser feliz y supe que me habías abierto el corazón. Quiero estar contigo siempre, mientras nos quede un soplo de vida.» Estas son las palabras que pronuncié cuando le pedí que se casara conmigo. Sabía que ella no iba a empezar una nueva vida conmigo, era yo quien iba a incorporarse a una vida que ya estaba llena antes de que yo llegase.

A Laurie se le hizo un nudo en la garganta al recordar a Alex. Cuando estaba con Greg, pensó, le consideraba mi alma gemela. No pensaba borrar la vida que había compartido con Greg, pero quizá pudiese disfrutar de una segunda oportunidad.

49

El resto del día transcurrió sin contratiempos. A pesar de las estrictas limitaciones de tiempo establecidas por el museo, lograron filmar el punto en el que se creía que Virginia había sido arrojada desde la azotea, además de las entrevistas con Gerard Bennington y Marco Nelson. Laurie estaba segura de que la descripción por parte de Gerard de la discusión entre Carter y Peter en la fiesta, seguida de la explicación de Marco en la que afirmaba que una Virginia muy nerviosa le pidió intimidad, serían dos de los momentos más dramáticos del programa.

Cuando acabaron de filmar, su teléfono móvil llevaba varias horas apagado. Sabía que Timmy telefonearía a su abuelo en caso de emergencia, pero aun así estaba impaciente por asegurarse de que todo fuera bien.

Repasó en la pantalla la lista de mensajes de voz. No había nada de Timmy ni de Leo. Sus ojos se clavaron inmediatamente en el nombre de Alex. La mano casi le temblaba al pulsar el botón de reproducción del mensaje.

—Laurie, fue estupendo oír tu voz. Siento mucho el retraso. Ayer me pasé todo el día en el Capitolio, reunido con senadores del Comité Judicial, y luego cené con los funcionarios de la Casa Blanca que me preparan para las reuniones con los senadores. Cuando terminé, era demasiado tarde para devolverte la llamada. Y, bueno, ahora no sé qué decir. —Hubo una pausa—. Me alegro de que me telefonearas. Dame un toque cuando estés libre.

Fue a meter su móvil otra vez en el bolso y se dio cuenta de que no quería esperar ni un instante más. Buscó una zona tranquila de la azotea, lejos del jefe de eléctricos y los maquinistas, que estaban guardando el material de iluminación y las cámaras, y volvió a marcar el número de Alex.

Contestó después de medio tono.

—Laurie —la saludó. Parecía contento, tal vez un poco nervioso.

—¿Cómo va la campaña de seducción en Washington?

—Fatal. Me siento como si participase en un concurso de belleza para abogados. Me llevan de un despacho a otro para que repita con una sonrisa las respuestas sensatas que tanto he practicado. Tengo un descanso de media hora y siento tentaciones de salir corriendo cuando nadie me mire. Estoy deseando volver mañana a la normalidad.

—Entonces ¿vuelves esta noche?

—A primera hora de la mañana.

—¿Estás libre mañana por la noche?

—No tengo planes. ¿Es por lo del concierto de Timmy? Lo mencionó cuando nos vimos la semana pasada en el Madison Square Garden.

—No, eso es el jueves.

—Los Knicks no juegan mañana en casa; si así fuera, os invitaría a todos a verlos. Sé cuánto les gusta a Leo y a Timmy ir al estadio.

—No. Ni deportes, ni conciertos. Me gustaría invitarte a cenar, los dos solos. Si te apetece.

Casi le oyó sonreír al otro lado de la línea, y su propio corazón pareció a punto de salírsele del pecho.

—Es la mejor invitación que he recibido en mucho tiempo, Laurie —dijo Alex, entusiasmado.

50

Cuando Laurie apareció en los estudios a la mañana siguiente, Grace la recibió con un silbido.

—¡Vaya! ¡Qué guapa estás, Laurie! ¿Tienes pensado ponerte hoy delante de las cámaras con Ryan?

Laurie era consciente de ser una mujer atractiva, pero lo suyo no eran las gruesas capas de maquillaje ni los peinados recargados. Sin embargo, ese día se había esforzado un poco más en su rutina matinal para superar su habitual melena secada al aire y su leve toque de rímel. Era consciente de que el vestido envolvente verde le sentaba como un guante y resaltaba las motas de color de sus ojos castaños.

—Digamos simplemente que tengo planes para después del trabajo —dijo Laurie.

Grace dio una suave palmada.

—¡Oh! ¿Es quien yo creo? ¿Rima con Malex Duckley?

—No le gustaría nada que le llamaras así.

—Me quiere. No tanto como te quiere a ti, pero...

—Muy bien. Creo que, de momento, ya basta. No te lances en paracaídas, Grace.

—¿Yo? ¿En paracaídas? No, gracias. Las alturas y yo no nos llevamos bien.

—¿Dónde está Jerry? —preguntó Laurie, asomando la cabeza a su despacho vacío.

—Ha ido a Greenwich para asegurarse de que todo el material esté preparado.

Ese día tenían previsto entrevistar a Anna Wakeling y a su marido, Peter Browning, en la casa que la familia poseía en Greenwich, Connecticut.

«Mejor para mí —pensó Laurie—. Cuanto antes acabemos, antes podré volver a la ciudad para cenar con Alex.»

El conductor detuvo el vehículo en la curva del largo camino de acceso en forma de U. Laurie y Ryan bajaron para contemplar lo que solo podía describirse como una mansión. La casa de los Wakeling era una espléndida residencia de estilo georgiano con una fachada de piedra por la que trepaba una hiedra cuidadosamente podada. Los jardines de la finca habrían sido dignos rivales de los de Versalles.

—No es cutre, no —susurró Ryan.

Anna Wakeling abrió la puerta, pero se distrajo con algo que ocurría dentro de la casa.

—Tengan cuidado con el suelo. —Pareció molesta cuando se volvió para saludar a Laurie—. Pase. Cuando acordamos esto, no me imaginé que fuese a haber tantas cámaras. Deberíamos haberlo hecho en la oficina.

—Ver dónde vivió su madre ayudará a los espectadores a hacerse una imagen de ella —dijo Laurie—. Cuantas más personas vean el programa, más posibilidades tendremos de que aparezca información nueva acerca del asesinato de su madre.

—Y mejores serán los índices de audiencia, ¿no es así? —replicó Anna en tono cortante—. Lo siento. Es que estoy de mal humor. Lo entiendo. Yo también soy una mujer de negocios.

—¿Tienen alguna duda usted y Peter antes de empezar? —preguntó Ryan.

—Ni una sola —dijo ella con firmeza—. Pregúntenos lo que quiera, señor Nichols. Mi marido y yo somos como dos libros abiertos.

51

Grabaron la entrevista en un salón bien iluminado y decorado en un estilo rústico francés. Peter y Anna se sentaron uno junto a otro en un mullido sofá de dos plazas, cogidos de las manos.

—Esta era la habitación favorita de mi madre —empezó diciendo Anna en tono nostálgico—. Se pasaba las horas aquí sentada con un libro mientras mi padre trabajaba en el estudio.

Ryan adoptó una actitud amable durante la mayor parte de la entrevista, dejando que Anna y Peter expresaran sus quejas contra el joven admirador de su madre. Le describieron como inculto, tosco y con prisas por casarse con Virginia por dinero. A Laurie le preocupaba que la creencia de Ryan en la inocencia de Ivan influyese en su forma de tratar a los participantes en el programa, pero se mostró justo e incluso comprensivo con las dudas que expresaron los hermanos acerca del entrenador.

—Peter, Ivan dice que su suegra y él habían hablado de un acuerdo prenupcial. ¿No aplacó eso algunas de sus preocupaciones?

—Además de ser yerno de Virginia, yo era su asesor legal, por lo que me es imposible divulgar nada de lo que me dijo.

—Pero Ivan no era su cliente. ¿No es cierto que él acudió específicamente a usted, como asesor de confianza de Virginia, para dejar claro que estaba dispuesto a firmar cualquier documento que tranquilizase a la familia acerca de sus intenciones?

Anna interrumpió:

—No se trata solo del acuerdo prenupcial, que únicamente se habría aplicado en caso de divorcio. Lo que más nos preocupaba era que gastara el dinero de nuestra madre mientras estuvieran casados. ¡Ella le compró un coche deportivo cuando apenas le conocía! Fue vergonzoso. Si hubiera sido su marido, habría tenido acceso a mucho más.

—Entonces, cree que su madre tenía pensado casarse con él —dijo Ryan.

—No, jamás lo habría hecho. Y, de todos modos, ¿qué importa eso ahora?

—Entiendo que cree que Ivan mató a su madre porque ella descubrió que le robaba e iba a denunciarle ante las autoridades. Si realmente pensaba casarse con Ivan, ¿no resulta más creíble que le diera el capital inicial para montar su negocio?

—Me niego a creer que mi madre fuese capaz de actuar de forma tan negligente —le espetó Anna.

—¿Por qué dice que su actuación fue «negligente»? Al fin y al cabo, el negocio de Ivan ha prosperado. Es uno de los gimnasios más populares de Manhattan.

—Pero ella no podía saberlo en ese momento —contestó Anna, enfurruñada.

—O quizá sí podía, si vio un aspecto de Ivan que Peter y usted no vieron. ¿No les parece que es posible que confiara en sus capacidades?

Ni Anna ni Peter respondieron, pero la implicación era clara: si Virginia le había dado ese dinero a Ivan voluntariamente, él no tenía ningún motivo para matarla. Ryan cambió de dirección:

—¿No es cierto que estuvieron muy preocupados por las finanzas de su madre hasta la noche de la gala?

—No sé si yo diría tanto, pero, tal como le he dicho, pensábamos que se estaba mostrando excesivamente generosa con ese hombre.

—De hecho, la víspera de su muerte, usted dijo: «Fue papá quien trabajó para ganar ese dinero. Si viera cómo lo gastas, se quedaría destrozado».

Ryan leía de sus notas. Tanto Anna como Penny habían recordado el comentario.

—Fueron palabras feas —reconoció Anna—, pero no dejaba de ser cierto.

—También me comentó usted que se alegraba de haber pasado un último día juntas y en paz después de esa terrible discusión.

Ella asintió con tristeza.

—Pero no fue un día de paz absoluta en su familia, ¿verdad?

Anna y Peter cambiaron una mirada confusa.

—¿No es cierto, Peter, que usted y su cuñado, Carter, tuvieron una discusión antes de la cena en la gala?

Peter parpadeó, y Laurie se percató de que apretaba brevemente la mano de su esposa.

—Anna —dijo Ryan—, la discusión fue tan encendida que usted se acercó a Peter y a su hermano para pedirles que se callasen. Les dijo que ya habían discutido bastante por un día y que no debían comentar algo «tan morboso» en público. Tenemos un testigo de la conversación. Fue en la sala del templo, por si eso le ayuda a hacer memoria.

Anna se removió en su asiento, descruzó las piernas y volvió a cruzarlas.

—El tema morboso era el testamento de su madre, ¿no es así? —insistió Ryan—. Ella tenía previsto cambiarlo, y la familia estaba preocupada.

—Eso no es cierto —dijo Anna por fin—. Nuestra madre era muy generosa, tanto con su familia como con las entidades benéficas a las que prestaba su apoyo. Nada iba a cambiar eso.

—Pero ese fue el tema de la conversación entre Peter y Carter, ¿verdad?

Anna y su marido volvieron a mirarse, y Laurie se estaba preguntando si habrían cometido un error al grabarles juntos. Si Anna se ponía en pie ahora, Peter la seguiría, y la entrevista habría terminado.

Ryan insistió una vez más:

—Carter acudió a Peter porque era el asesor legal de confianza de su madre y le preguntó por el testamento. Carter sabía que pensaba cambiarlo. Peter respetó las confidencias de Virginia y no dijo nada. ¿No era ese el motivo de la discusión?

Ryan había entrado en un territorio nuevo e inexplorado al especular sobre la causa de la discusión entre los dos hombres. Laurie comprendió que su teoría era correcta cuando vio la expresión inquieta de Peter. El abogado quería decir algo más.

—Él no sabía nada —contestó Peter por fin—. No dejaba de preguntarme si Virginia me había hablado de algún cambio. Yo consideraba el tema vulgar y egoísta, así que trataba de evitarlo. Él seguía insistiendo, y fue entonces cuando intervino Anna.

—¿Sabían que Carter tenía en esa época una relación con la asistente de su madre, Penny Rawling?

Sus expresiones de sorpresa dejaron muy claro que desconocían esa circunstancia.

—Penny leía pequeñas notas que su madre tiraba a la papelera de su despacho hechas una bola —dijo Ryan. Anna sacudió la cabeza con aire de reprobación—. Algunas de las notas se referían a cambios en su testamento. En muchas de ellas, Carter y usted iban a heredar las acciones de su madre en la compañía, Anna, pero casi todos los demás activos iban a estar destinados a entidades benéficas.

Anna abrió la boca, pero ningún sonido salió de ella.

—Penny le dio ese dato a Carter —reveló Ryan—. Por eso intentaba sacarle información a Peter.

Volvieron a mirarse, pero esta vez fue distinto. Ya no estaban preocupados por el tono de las preguntas de Ryan. Estaban viendo algo desde un punto de vista diferente. Estaban asustados.

—Pensé que eran obsesiones mías —dijo Anna en voz baja. Ryan esperó a que se explicase—. Mi madre habló con él, más o menos un mes antes de morir. Le preocupaba que se sintiera «con derecho». —Anna había soltado la mano de su marido por primera vez desde el comienzo de la entrevista y había entrecomillado las dos últimas palabras con los dedos—. Ella veía que yo trabajaba mucho más. Mi madre le dijo a Carter: «Me temo que, de no ser por el dinero de la familia, habrías salido igual que tu primo Tom». No me malinterpreten: Tom es estupendo y está haciendo un trabajo fabuloso para la compañía, pero, en aquel momento, que mi madre comparase a Carter con nuestro primo no era ningún cumplido. Tom cambiaba constantemente de trabajo, de novia alocada, jugaba... Aunque todo eso pertenece ya al pasado. Así que, cuando Carter le preguntó a Peter por el testamento de mamá, le dije que estaba paranoico. Pensé que mi madre solo intentaba conseguir que Carter madurase un poco. No quiero creer que él...

Anna hizo una pausa y volvió a coger la mano de Peter.

—¿Que él? —preguntó Ryan—. ¿Qué cree que hizo su hermano?

—Tengo que decírselo —susurró ella.

Aguardó a que Peter le hiciera un gesto de asentimiento, y Laurie comprendió que el poder dentro de aquel matrimonio estaba mejor repartido de lo que parecía.

—¿Quieren saber por qué discutimos mi madre y yo la víspera del crimen? Mi hermano había preguntado por el testamento, diciendo que le preocupaba que lo modificara y nos dejase sin un céntimo. Eso me hizo pensar en todo el dinero que se estaba gastando en Ivan, así que le hice saber que no lo aprobaba. Mi madre dejó claro que era una mujer adulta y que tenía derecho a hacer lo que quisiera. Pero Carter no abandonó el tema. En cuanto nos vio en la gala, quiso saber si nuestra madre me había asegurado que fuese a mantener el dinero dentro de la familia. Y luego siguió acosando a Peter, exigiéndole que le soltara un sermón sobre lo absurdo que era regalar el dinero. Entonces me acerqué y le dije que ya estaba bien, que nos encontrábamos en un lugar público.

—¿Y qué dijo él? —preguntó Ryan.

—Que teníamos... —empezó a decir Anna.

Peter la interrumpió con un gesto, y Laurie tuvo la certeza de que el abogado que había en él iba a cortar la conversación. Sin embargo, acabó la frase de su esposa:

—Que teníamos que detenerla. Que teníamos que impedir a toda costa que cambiara su testamento.

Anna parpadeó y los ojos se le llenaron de lágrimas. Peter la rodeó con el brazo e hizo un gesto hacia la cámara para indicar que habían terminado.

52

Laurie volvió a la ciudad después de grabar y logró llegar al Union Square Cafe diez minutos antes de la hora de su reserva. Esa noche no quería en modo alguno hacer esperar a Alex.

Estaba sentada en un taburete de la barra, cerca de la entrada, cuando le vio salir por la puerta trasera del Mercedes negro sin esperar a que Ramon se la abriera. Observó cómo se alisaba la chaqueta en la acera y comprobaba su peinado en el reflejo del cristal antes de entrar.

Laurie se preguntó si era posible que se hubiera vuelto todavía más atractivo en los últimos dos meses y medio, y decidió que sí.

Se había preparado para un reencuentro incómodo, pero, tan pronto como se saludaron con un breve abrazo y un beso, se sintió como si se hubieran visto el día anterior. De hecho, fue mejor. Fue como si hubieran alcanzado un acuerdo implícito y los obstáculos que pudieran haber existido antes ya no se interpusieran en su camino.

La recepcionista tenía la mesa preparada al fondo del restaurante y lejos de las ventanas, tal como Laurie había solicitado. Antes de que se conocieran, Alex era ya una figura pública por haber conseguido la absolución de sus clientes en varios juicios de gran repercusión mediática, y su participación en los tres primeros episodios de *Bajo sospecha* no había hecho sino aumentar su fama. Ahora que habían propuesto su nombre para ocupar un puesto de juez federal, Laurie no quería que su cena se viese interrumpida por la presencia de un montón de extraños pidiéndole autógrafos y selfis.

—Bueno, cuéntame lo de Washington —dijo, una vez que estuvieron sentados.

—Lo haré. Te lo contaré todo; tanto, que nunca querrás oír ni una palabra más sobre el Comité Judicial del Senado. Pero antes quiero que me pongas tú al día. Por favor, dime que no voy a tener que retirar mi candidatura para defenderte de la acusación de estar envenenando lentamente al joven señor Nichols.

La última vez que hablaron, Ryan no paraba de cuestionar la autoridad de ella, que le consideraba insufrible. Laurie sonrió.

—Digamos que sigue esforzándose por ser el favorito de Brett y que tiene un ego del tamaño de una catedral, pero al menos no es estúpido.

—¡Vaya, menudo aval! —exclamó Alex irónicamente.

Sus ojos se iluminaron cuando le sonrió desde el otro lado de la mesa.

—Lo cierto es que va mejorando —reconoció ella a regañadientes—. Sigue siendo el peor presentador que hemos tenido, desde luego, pero creo que se está desenvolviendo bien.

El otro presentador de *Bajo sospecha* había sido Alex, pensó Laurie, y nadie podría estar nunca a su altura.

«Estamos hablando como si los dos últimos meses no hubieran existido —pensó Laurie, contenta—. Madre mía, cuánto le he echado de menos.»

—Acepto el cumplido. —Alex echaba un vistazo a la carta—. Todo tiene una pinta deliciosa. ¿Has estado aquí desde que volvieron a abrir?

El primer restaurante de Danny Meyer seguía siendo uno de los favoritos de Laurie, pero no había podido acudir a él desde que se trasladó a otro sitio. En ese momento se dio cuenta de que había estado esperando a poder ir con Alex.

—Es la primera vez que vengo desde entonces. ¿Y tú?

—Yo también. —Dejó la carta sobre la mesa—. Confiaba en venir contigo.

—Y aquí estamos.

Les habían retirado los aperitivos cuando Laurie insistió en que Alex le hablase por fin de su proceso de confirmación para el puesto de juez federal.

—Los políticos existen en un universo paralelo. Allí estaba yo, disfrutando de mi carrera profesional como abogado penalista. Me habría sentido satisfecho trabajando mientras tuviera clientes. Sin embargo, ahora que se han reunido los senadores para dar el visto bueno a mi nombramiento, todo el mundo me ve como un posible magistrado del Tribunal Supremo. Intentan saber si soy un «construccionista estricto» o un «realista legal». Yo digo que solo soy un abogado que interpreta la legislación y la aplica a los hechos, que es lo que se supone que deben hacer los jueces de instrucción. Me siento como un balón en un partido entre los Giants y los Eagles.

—Pero ¿va todo bien? —preguntó ella—. No puedo imaginarme a un candidato mejor.

—Pues ellos sí que pueden, créeme. Pero me aseguran en la Casa Blanca que no prevén ningún problema. Mientras tanto, para ponerte al día en otro frente, Ramon ha decidido ser vegano. Vio una dieta en la tele. Cree que ha engordado mucho en Navidad. Es un milagro que no intente convencerme a mí.

—Que se ponga a hacer yoga como el año pasado, cuando trató de presionarte para que le acompañaras —dijo Laurie, riendo al recordarlo.

Cuando el médico descubrió que Alex tenía la tensión al límite, Ramon se comportó como si le hubieran diagnosticado un grave problema cardiaco.

—No te rías —dijo Alex, aunque a él también se le escapaba alguna que otra risita—. En el trayecto hasta aquí ha puesto sonidos relajantes en el coche. Dice que le preocupa que el viaje a Washington haya sido demasiado estresante para mí.

—Qué bonito. Te quiere como si fueras de su familia.

—A mí me ocurre lo mismo. De hecho, tengo que rellenar unos formularios con el nombre de cualquier persona que desempeñe una función importante en mi vida, aunque no pertenezca formalmente a mi familia. Mi único pariente biológico es Andrew, por supuesto, pero no tengo ninguna duda de que incluiré a Ramon.

Por su forma de mirarla, Laurie comprendió que había otra persona cuyo nombre debía constar en aquella lista. Sin embargo, en ese momento llegó el camarero con los primeros platos y Alex se puso a hablar de un escándalo que iba a destaparse en la oficina del alcalde. Mientras avanzaba la velada, hablaron un poco de todo: los restaurantes nuevos que habían probado, los libros que estaban leyendo, sus peores citas de juventud... Cuando el camarero preguntó por segunda vez si necesitaban algo más, Laurie se dio cuenta de que eran la última pareja del restaurante. Miró su reloj. Llevaban allí casi cuatro horas, y esas cuatro horas habían transcurrido demasiado rápido.

Alex pidió la cuenta. Sin embargo, cuando la trajo el camarero con cara de alivio, fue Laurie quien quiso pagar.

—Te invité yo, ¿recuerdas?

—De acuerdo —dijo Alex—, pero la próxima vez me toca a mí.

—Lo estoy deseando.

—¿Mañana es demasiado pronto?

—Me parece que no es lo bastante pronto —dijo Laurie, que no podía dejar de sonreír.

Alex se ofreció a acompañar a Laurie a su casa, donde Leo estaba cuidando de Timmy. Ramon se alegró mucho al verla y bajó varias veces el volumen de la música relajante para preguntar cómo les iba a ella y a Timmy. Cuando ya casi habían llegado, Alex le pasó el brazo por los hombros. La velada no había requerido ningún esfuerzo, para usar las palabras de Alex. Laurie ya no estudiaba la relación entre los dos como un proyecto que fuese necesario gestionar. No se había parado a preguntarse cada pocos minutos hacia dónde iba todo aquello.

Alex la había presionado para que decidiese qué era para ella. Laurie tenía por fin su respuesta. No era sencillamente un compañero de trabajo ni alguien que le caía bien; no era el amigo de su padre ni el colega de Timmy. Tampoco era su novio.

Había sido Ivan Gray, nada menos, quien la había ayudado a entenderlo todo al leer su proposición de matrimonio para Virginia: «Me dijiste que yo era tu segunda oportunidad para ser feliz y supe que me habías abierto el corazón. Quiero estar contigo siempre, mientras nos quede un soplo de vida».

Alex era el siguiente capítulo de su vida. Estaba segura de que eso era lo que Greg habría deseado para ella. Y ahora no le cabía la menor duda de que era justo lo que ella misma quería y necesitaba.

53

Peter Browning abrió los ojos y, por un momento, se sintió confuso. A los pocos instantes, recordó que Anna y él habían decidido pasar la noche en la casa de Greenwich tras la grabación del día anterior y que Marie estaba cuidando de los niños en el apartamento. Anna necesitaba disfrutar de un poco de tranquilidad en la que fue residencia principal de sus padres. Allí ambos podrían poner en orden sus ideas acerca de la entrevista que acababan de conceder al programa *Bajo sospecha*.

Ahora Peter vio a la luz del reloj de la mesilla de noche que su esposa tenía los ojos bien abiertos. Anna miraba fijamente el techo. La pantalla del despertador indicaba las 4.32.

Se volvió hacia ella y le pasó el brazo por la cintura.

—Lo siento —susurró ella—. ¿Te he despertado dando vueltas?

—No —dijo él, aunque estaba seguro de que si había abierto los ojos era por causa de ella. A veces pensaba que compartían una conexión telepática. Incluso dormido, notaba si su esposa estaba inquieta—. ¿Cuánto rato llevas despierta?

—Varias horas. He vuelto a tener esa horrible pesadilla.

Peter sabía de cuál hablaba. Anna la había tenido innumerables veces desde que asesinaron a Virginia, pero de todas formas repitió la sucesión de acontecimientos:

—La he visto en esa azotea con su precioso vestido. Contemplaba el horizonte sobre Central Park South y estaba nevando. Entonces se ha vuelto, ha mirado por encima del hombro y ha dicho: «¿Ivan?», como siempre. Sin embargo, esta vez no era Ivan quien estaba detrás de ella.

Se enjugó una lágrima y Peter la estrechó contra sí.

—¡Chsss! Solo ha sido un sueño, nena.

No dejó que siguiera describiendo la pesadilla. Antes de acostarse, habían hablado largo y tendido de las preocupaciones de Anna acerca de su hermano Carter.

—¿Y si no ha sido solo un sueño? He visto toda la escena. Él la siguió escaleras arriba para soltarle una arenga sobre el testamento. Tú viste lo obsesionado que estaba. No dejaba el tema, ni siquiera en la gala. En mi sueño, mi madre se mostraba tan desafiante ante él como se mostró conmigo cuando saqué el tema el día anterior. Sin embargo, aunque yo abandoné el asunto, Carter siguió insistiendo, insistiendo e insistiendo, hasta que le dije que él no se había ganado ningún derecho a tener ese dinero. Y entonces Carter... perdió los estribos. En mi sueño, estaba de pie junto a la cornisa, mirándola en el suelo, y caía de rodillas sollozando.

—Solo es tu imaginación, Anna. En realidad no lo has visto.

—Pero ahora puedo imaginármelo. ¿Debería llamarle antes de su entrevista?

Estaba previsto que el equipo de *Bajo sospecha* grabase a Carter en las oficinas de Wakeling Development a las doce del mediodía.

—Deja que tu hermano cuide de sí mismo por una vez —dijo Peter—. Hace tres años tu madre le dijo que tenía que crecer, y no ha cambiado lo más mínimo. Mira cuánto ha madurado Tom en ese tiempo, mientras que Carter continúa comportándose como un crío.

—Tienes toda la razón —dijo Anna en tono decidido—. Si mató a nuestra madre, puede que el programa lo descubra. Y por lo menos sabremos la verdad.

54

Laurie miró su reloj. Eran las doce y cuarto, y la sala de reuniones de Wakeling Development estaba repleta de luces y cámaras, a punto para la llegada del testigo estrella.

Ryan se levantó al ver que se abría la puerta. Era Jerry, que regresaba de salir a buscar a Carter Wakeling.

—¿Se sabe algo? —preguntó Laurie.

Habían pasado las primeras horas de la mañana grabando imágenes del barrio de Long Island City que había convertido a Robert Wakeling en uno de los promotores inmobiliarios de mayor éxito de la ciudad de Nueva York. Habían llegado a las oficinas de la compañía casi dos horas antes para preparar la entrevista, y Emma, la secretaria de Carter, los había acompañado a esa sala de reuniones con vistas a Manhattan y al East River. Todavía no había aparecido ningún miembro de la familia Wakeling, y Carter llevaba diez minutos de retraso para una entrevista que Laurie consideraba la más importante de la producción. Estaba previsto que se presentase veinte minutos antes de la hora fijada para maquillarse.

Jerry negó con la cabeza.

—De todas formas, me he hecho amigo de Emma. Dice que Carter estaba aquí cuando hemos llegado, pero que luego se ha marchado a Manhattan a buscar a su hermana y a su cuñado. Al parecer, tanto Anna como Peter han llamado a primera hora de la mañana para cancelar las reuniones que tenían programadas para hoy. Cuando Carter ha intentado hablar con ellos, no le han cogido el teléfono.

A Laurie no le extrañó que Jerry hubiese logrado obtener información reservada sobre el paradero de Carter. Poseía una habilidad especial para arrancar confidencias a desconocidos.

—Entonces ¿ha ido hasta su apartamento a buscarlos? —preguntó Laurie—. Se me hace raro.

— Emma también lo encuentra extraño —dijo Jerry—. Al parecer, ha intentado tranquilizar a Carter diciéndole que Anna y Peter habían hablado personalmente con sus respectivas secretarias hacía pocas horas, pero dice que nunca le había visto tan preocupado.

—Preocupado por sí mismo —dijo Ryan, moviendo su silla hasta apoyar los pies en el borde de la mesa de reuniones—. Seguramente está deseando enterarse de lo que Anna y Peter dijeron ayer durante su entrevista en Greenwich.

Laurie se mostró de acuerdo. Había visto el destello de miedo en los ojos de Anna la tarde del día anterior, cuando comprendió que su hermano tenía una razón objetiva para creer que su madre se disponía a reducir su herencia. Laurie dijo:

—En mi opinión, una vez que Anna supo que Penny Rawling se había estado comunicando con Carter, se permitió por fin contemplar la posibilidad de que su hermano mayor hubiese matado a su madre. Me da la impresión de que Anna y Peter han cancelado sus reuniones de hoy para no tener que ver a Carter antes de su entrevista.

Dejaban que se valiese por sí mismo delante de las cámaras.

Laurie reflexionó unos momentos, se volvió hacia el director de fotografía y le dijo:

—Oye, Nick, vamos a comenzar con una imagen de la puerta tomada desde aquella cámara. —Indicó con un gesto la cámara situada junto a Nick, al otro extremo de la sala—. Desde ahí se abarca la mayor parte de la sala, ¿verdad?

El hombre echó un vistazo a la pantalla digital y levantó el pulgar.

—Bien. Quiero que empecemos a grabar en cuanto aparezca Carter. Esto puede ser interesante.

55

A punto de dar la una de la tarde, justo cuando Nick se quejaba de que le rugían las tripas, se abrió la puerta de la sala de reuniones sin previo aviso. En el umbral, Carter Wakeling, muy nervioso, se apartó de la frente los rubios cabellos alborotados.

—Lo siento, me he encontrado con un atasco en el puente —explicó—. Me temo que vamos a tener que cambiar la fecha de la entrevista, señora Moran.

Laurie juntó las palmas de las manos, haciendo un esfuerzo para parecer comprensiva.

—El tráfico del mediodía es una pesadilla. Por suerte, Carter, creo que no tardaremos mucho. Usted y Ryan pueden empezar ahora mismo. Intentaremos acabar en pocos minutos para que pueda volver a su trabajo.

—Me temo que no me es posible. Peter y Anna están fuera hoy, así que tengo un montón de cosas por hacer.

Laurie miró a Jerry, que sacudió la cabeza sutilmente. Tal como ella sospechaba, Jerry se había hecho tan amigo de Emma, la secretaria, que conocía al dedillo la disponibilidad de Carter durante el resto del día.

—Hace tres horas que tengo aquí a todo mi equipo, Carter. Le ruego que tome asiento para que podamos tacharle de la lista de testigos que necesitamos poner ante la cámara. No hace falta que se maquille ni nada parecido. Hoy en día hacen milagros con la edición —dijo, añadiendo una sonrisa tranquilizadora.

—¡No se trata de mi aspecto! —le espetó él—. Es que hoy no puedo ocuparme de esto. Como le he dicho, habrá que cambiar la fecha de la entrevista.

Laurie volvió a insistir:

—A lo mejor puede sustituirle su primo Tom durante un rato —sugirió.

—¡Eso no puede ser! ¡No es uno de los directivos!

Ahora el rostro de Carter estaba encendido de ira. Su expresión le recordó a Laurie la cara que ponía Timmy de pequeño cuando tenía una de sus escasas rabietas.

—Tenemos un calendario de producción muy apretado —replicó Laurie con firmeza—. No le garantizo que podamos hacerle la entrevista en otro momento.

—No se ofenda, pero ese es su problema, no el mío.

—Pero estamos intentando llamar la atención hacia el asesinato de su madre con la esperanza de identificar al asesino. Me imaginaba que usted tendría interés en hacer alguna aportación.

—Ya sé quién mató a mi madre: ¡Ivan Gray!

Laurie se percató de que Nick reajustaba la cámara. Sabía que estaba grabando todo aquello y que el acuerdo que Carter había firmado les permitiría utilizar las imágenes.

Carraspeó y le lanzó una ojeada a Ryan, que seguía sentado en un extremo de la mesa, aunque por lo menos había apoyado los pies en el suelo. Tardó un instante en captar la insinuación, pero, cuando lo hizo, se puso de pie.

—Sabemos que Penny Rawling le habló de los planes que tenía su madre de cambiar su testamento —le soltó Ryan.

Carter abrió la boca, pero no dijo nada.

—Usted salía con la asistente de su madre —continuó diciendo Ryan—. No quería que el resto de la familia lo supiera, pero ansiaba desesperadamente que Anna y Peter le ayudaran a impedir que su madre siguiera adelante con sus planes.

—¿Es eso lo que les dijeron Peter y Anna? —preguntó Carter—. ¿Y Penny? ¿Qué más dijeron sobre mí?

Seguía a punto de estallar de cólera, pero ahora también parecía aterrado. Laurie comprendió que el tiempo que Carter había pasado preguntándose lo que otros les habían contado le había creado un estado de paranoia. Podía imaginarse cuál fue su estado mental tres años atrás, cuando su madre le sermoneó acerca de la necesidad de «madurar», justo después de enterarse por Penny de sus planes de reducir de forma considerable su herencia y la de Anna. Se preguntó si le había gritado a Virginia tal como estaba gritando en ese momento.

Ryan no aflojaba en su interrogatorio. Dio dos pasos hacia Carter. Laurie esperó que no estuviese bloqueando el ángulo de la cámara.

—Aquella noche, en la gala, tuvo una discusión encendida con Peter justo antes de cenar. Les dijo a Peter y a Anna que entre todos tenían que impedir que su madre cambiase el testamento. A toda costa.

—¡Ese dinero no era más suyo que nuestro! —siseó Carter—. Mi padre se dedicó en cuerpo y alma a esta empresa. Quería que el apellido Wakeling se uniera a la categoría de los Rockefeller y los Vanderbilt. Ese debía ser nuestro legado. Y ella se disponía a tirarlo todo por la borda. ¡Claro que pensé que debíamos detenerla! ¡Lo que iba a hacer era una estupidez!

Estaba casi sin aliento cuando acabó de vociferar. La sala quedó en silencio y Carter miró de pronto a Nick, detrás de la cámara.

—¿Está en marcha eso? —dijo, señalando la cámara—. ¡Apáguelo ahora mismo!

Se abalanzó hacia Nick con los brazos estirados. Laurie intentó agarrarle, pero se movía demasiado rápido. Ryan, que estaba situado entre Carter y Nick, dio un salto hacia delante para bloquear el avance de Carter.

Este echó atrás el puño derecho. El puñetazo aterrizó directamente en la mandíbula izquierda de Ryan, que lanzó un gancho contra la barbilla de Carter. El impacto proyectó su cabeza hacia atrás y le hizo perder el equilibrio. Avanzó dando trompicones hacia la mesa de reuniones, donde Ryan le sujetó los brazos a la espalda.

—Cálmese, hombre —le ordenó Ryan—. No va a hacerse con esa película, y solo está consiguiendo quedar aún peor.

Laurie vio que la tensión empezaba a abandonar el cuerpo de Carter mientras se resignaba a la situación. Ryan lo soltó poco a poco y mantuvo las manos delante de sí en posición protectora hasta que Carter retrocedió hacia la puerta, frotándose la barbilla.

—¡Si creen que habría sido capaz de matar a mi propia madre, es que están mal de la cabeza! —gritó, furioso. Acto seguido, levantó el dedo corazón y añadió—: Tendrán noticias de nuestros abogados. ¡Ivan Gray es un asesino! ¿Son demasiado imbéciles para entenderlo?

Les volvió la espalda y dio un portazo al marcharse.

En cuanto se fue, Laurie y Jerry se precipitaron hacia Ryan.

—¿Estás bien? —preguntó Laurie.

—Sí, estoy perfectamente —dijo él, y movió la mandíbula para asegurarse—. No me esperaba ese puñetazo, la verdad, pero le he dejado bien apañado luego, ¿no os parece?

—¡Desde luego! —exclamó Laurie.

«Por más veces que haya deseado pegarle a Ryan, me alegro mucho de que no le hayan hecho daño.»

El equipo lo desmontó todo rápidamente y se apresuró a salir del edificio.

Cuando Nick y el resto del equipo se disponían a subir a su furgoneta, Ryan se les acercó corriendo.

—Lo tenéis todo, ¿verdad? —preguntó, entusiasmado—. A Carter gritándome y dándome un puñetazo, y a mí devolviéndoselo. Será el momento más impactante del programa.

Nick alzó el pulgar a modo de respuesta y cerró la puerta de la furgoneta.

—Increíble —dijo Ryan como si hablara consigo mismo mientras subía al todoterreno que les esperaba para llevarlos de regreso a la oficina—. Al público le va a encantar.

—Es evidente que su ego ha salido ileso —susurró Jerry, instalándose en el asiento junto a Laurie.

56

Laurie dio un paso atrás para admirar la obra expuesta en la pizarra blanca. Jerry y ella llevaban dos horas trabajando sin descanso.

—Esto tiene que ser un récord —anunció—. ¿Es posible?

—Más que posible. —Jerry se levantó de la mesa de reuniones y alzó la mano derecha para chocarla con la de su jefa—. ¡Hemos terminado de grabar!

Habían dibujado el guion gráfico de todo el episodio escena por escena. Gracias a la sofisticación de la principal fiesta anual del Museo Metropolitano y la intriga del caso, Laurie estaba convencida de que sería un éxito. Además, habían descubierto nuevas pruebas acerca de la intención de Virginia de reducir la herencia de su familia y sabían que su hijo Carter se había inquietado mucho al conocer sus planes. Aun así, Laurie prefería buscar otras vías de investigación.

Sabía que era poco realista contar con resolver todos los casos, pero no podía evitar sentirse decepcionada. Si se detenían ahora, Ivan Gray continuaría viviendo bajo sospecha, y ahora también lo haría Carter Wakeling. Incluso Anna y Peter estaban implicados en cierta medida, porque nunca hablaron con nadie de las preocupaciones de Carter sobre el testamento. No habían ayudado conscientemente a un asesino, pero habían antepuesto la reputación de la familia a la investigación.

—Haré una primera edición —dijo Jerry—. ¿Salimos a tomar algo para celebrarlo cuando acabemos de trabajar?

—¿Te importa que lo dejemos para la semana que viene? Esta noche ya tengo un compromiso.

Sonrió al recordar que vería de nuevo a Alex. Mientras tanto, tenía que hacer una llamada.

Su padre contestó después de dos tonos.

—Hola, papá. ¿Puedo darte la lata con una pregunta de trabajo?

—Para ti, siempre tengo tiempo. Ya lo sabes.

Laurie, Timmy y Leo compartían ubicaciones a través de sus teléfonos móviles. Antes de llamar, Laurie había comprobado que Leo hubiese vuelto ya a casa tras recoger a Timmy en el colegio. Estaba encantado de cuidar de su nieto por segunda noche consecutiva y se alegró mucho al saber que lo haría para que Laurie pudiera volver a salir con Alex.

—La buena noticia es que hoy hemos logrado poner nervioso a Carter Wakeling. Se ha presentado a su entrevista una hora tarde y ha intentado echarse atrás. Cuando le hemos dicho lo que sabíamos de su relación con Penny y los planes de su madre para la herencia, se ha cabreado y le ha dado un golpe a Ryan. Ha sido un puñetazo muy fuerte. Estaba realmente descontrolado.

—¡Si estaba tan alterado, podría haberte atacado a ti!

—Ya me doy cuenta. Habría podido pegarme a mí o a cualquier otra persona. Hoy he visto un aspecto de él inestable y aterrador. Exigía saber qué nos habían contado Anna, Peter y Penny.

—Mi principal preocupación eres tú —se apresuró a decir Leo—, pero estoy de acuerdo en que los demás también corrían peligro.

—Papá, no sé qué hacer. No me decido. Por un lado, quiero mantener ocultas las novedades que surjan en nuestra investigación hasta que se emita el episodio. Por otro, nunca me perdonaría a mí misma si alguien sufriera algún daño porque yo no revelé una posible amenaza.

—Créeme —le aconsejó Leo—, tu programa recibiría mucha publicidad negativa si ocurriera algo malo por el hecho de que tú no hubieras revelado los indicios que tienes. Y podría ser que la policía nunca volviera a colaborar contigo.

No hizo falta que añadiera otra consideración: Laurie sabía muy bien que la reputación de Leo en las fuerzas del orden le había ayudado a establecer unas buenas relaciones de trabajo con la policía y que, a cambio, tenía la responsabilidad de mostrarse más comunicativa que otros periodistas.

—¿Puedo hacer una sugerencia? —preguntó Leo—. ¿Y si llamo a Johnny Hon y le hago saber lo que has averiguado? Puede sopesar la nueva información en el contexto de toda la investigación y decidir qué hacer a partir de ahí. Me parece un hombre digno de confianza.

Laurie no tardó mucho en admitir que la sugerencia de incluir al detective Hon era sensata. Dudaba de que fuese a filtrar nada a otros medios de comunicación. Además, lo más importante era la seguridad de los posibles testigos. Si Carter era un asesino que temía ser descubierto, podía resultar peligroso.

—Me parece bien, papá. Ya me contarás cómo va. Y gracias.

—De nada. Lo único que te pido a cambio es que lo pases bien esta noche.

Laurie cortó la comunicación. Le sería fácil cumplir esa promesa.

Tras colgar el teléfono, tuvo tiempo por fin para revisar el correo postal que aguardaba en la bandeja de su escritorio desde esa mañana. Encontró un sobre marrón a su nombre, enviado por el tribunal testamentario. Cortó el sello con el abrecartas mientras iba hasta la puerta de su despacho y le pedía a Grace que comprobara si Ryan estaba libre. Había sido él quien había solicitado una copia del testamento de

Robert Wakeling para compararlo con el de Virginia. Su experiencia legal resultaría práctica durante el análisis.

Grace sacudió la cabeza.

—Cuando he ido a utilizar la fotocopiadora, le he visto meterse en el ascensor. Supongo que estaba deseando contarle a Ivan su combate de boxeo improvisado con Carter Wakeling.

Laurie puso los ojos en blanco. Ryan había logrado aparentar objetividad ante la cámara, pero fuera de imagen mostraba una lealtad a toda prueba hacia Ivan.

57

Laurie regresó a la mesa de reuniones de su despacho y abrió el sobre. Tal como esperaba, contenía el testamento conjunto de Robert y Virginia Wakeling, que se había validado a la muerte de Robert.

Acto seguido, abrió el expediente que había recibido de manos de Johnny Hon y sacó una copia del testamento de Virginia. Laurie ya estaba familiarizada con su herencia. También conocía el reparto de activos que tuvo lugar cuando falleció Robert: la mitad de las acciones de la compañía fue a parar a manos de Virginia, cada uno de los hijos heredó un veinticinco por cien y el resto pasó a ser propiedad de la viuda.

Lo que despertó la curiosidad de Laurie fueron las páginas siguientes del testamento conjunto, que hacían referencia a lo que habría sucedido en el improbable caso de que Robert y Virginia fallecieran al mismo tiempo.

Laurie había sacado una libreta para anotar cualquier discrepancia que pudiera existir entre el testamento de Virginia y el testamento conjunto por si los dos fallecían al mismo tiempo. Existían grandes semejanzas entre ambos documentos, algo que no sorprendió a Laurie. Cuando Greg y ella hicieron testamento justo después de que naciera Timmy, los términos fueron sencillos: si uno de ellos faltaba, el otro lo heredaba todo; si fallecían simultáneamente, se establecía que

Leo y unos amigos de la familia se ocuparan de Timmy. Cuando Laurie se quedó viuda de forma inesperada, su abogado cogió el «testamento alternativo», redactado para cubrir la posibilidad de que Greg y ella faltasen a la vez, y lo utilizó como base para su propio testamento individual.

Ahora que estaba comparando el testamento de Virginia con el que había firmado con su marido, vio que se había adoptado el mismo método. El testamento de Virginia reproducía los términos del testamento conjunto por si ambos morían a la vez.

Laurie estaba repasando las cifras por segunda vez cuando advirtió una diferencia significativa. En el testamento conjunto, el sobrino de Robert, Tom, habría heredado doscientos cincuenta mil dólares en metálico en caso de que su tío y Virginia faltaran al mismo tiempo. Dado que Robert había fallecido antes que su esposa, esa condición nunca entró en vigor, y Virginia lo heredó casi todo. Sin embargo, aunque el testamento de Virginia tendía a reproducir los términos del testamento conjunto, había hecho un cambio: cuando ella muriese, la parte de Tom se reduciría, pasando de doscientos cincuenta mil dólares a cincuenta mil.

Laura anotó las dos cifras una junto a otra en su cuaderno, preguntándose qué significaba el cambio. Como Virginia poseía doscientos millones de dólares más la mitad del valor de la compañía cuando la asesinaron, el cambio representaba un pequeño porcentaje del dinero que estaba en juego. Por otra parte, la mayoría de las personas consideraría significativos los dos importes, y la reducción del ochenta por ciento en la parte del sobrino suponía una modificación relevante. Aquella era la única corrección que había hecho la difunta, y parecía evidente que debía de haber tenido algún motivo.

Laurie cerró los ojos, tratando de imaginar qué se sentiría al ser una persona con tanta riqueza en juego. Cuando los abrió, creía firmemente que, de haber sido Virginia, el único motivo por el que habría reducido la herencia de un sobrino y la de nadie más habría sido que no confiara en su forma de manejar el dinero. Una vez más, pensó en lo que Anna había contado sobre las discusiones que Virginia tuvo con sus hijos antes de que la mataran. Le dijo a Carter que debía madurar, que seguía acostándose con quien quería y trabajando muy poco en la empresa. Según Anna, su madre le dijo a Carter: «Me temo que, de no ser por el dinero de la familia, habrías salido igual que tu primo Tom».

Laurie había eliminado a Tom de la lista de sospechosos después de confirmar su coartada con Tiffany, pero quería estar absolutamente segura de no estar pasando por alto nada antes de finalizar el especial.

Fue hasta su mesa, cogió el teléfono y marcó el número de móvil de Anna Wakeling. Anna respondió con voz aprensiva:

—¿Qué ha ocurrido hoy? Por favor, dígame que no fue mi hermano quien lo hizo.

—No ha ido muy bien. No lo ha confesado, pero ha estado a la defensiva.

—¿Sabe lo que Peter y yo les dijimos?

—Sí. Lo siento, Anna, pero forma parte del proceso que utilizamos. ¿Cree tener motivos para temer a su hermano?

—No. Bueno, al menos eso espero. Ojalá pudiera estar segura. Ya ha sido bastante difícil vivir sin que el caso se cerrara, pero siempre me dije a mí misma que solo era cuestión de tiempo que la policía presentara una acusación contra Ivan. Ahora no sé qué pensar.

Laurie sabía que cualquier palabra de consuelo que pudiera decir sonaría hueca.

—Solo puedo decirle que estamos haciendo todo lo que podemos para llegar a la verdad. Con ese fin, esperaba poder plantearle una pregunta más acerca de su primo Tom. —Explicó lo que había averiguado sobre la pequeña herencia que Tom había recibido de Virginia—. Su padre tenía previsto dejarle a Tom un cuarto de millón de dólares.

—Mi padre estaba enfrentado con su hermano desde hacía mucho tiempo, pero Tom era su debilidad. Creo que le reprochaba a mi tío que Tom hubiera estado tan disperso en sus años de juventud. Mi madre se mostraba menos comprensiva. Le parecía que Tom siempre extendía la mano cuando se trataba de nuestra familia. No puedo decir que me sorprenda que cambiase lo que mi padre tenía previsto. Es cierto que los cincuenta mil dólares que heredó Tom representaban mucho dinero para él, dada su situación hace tres años, pero Carter y yo seguíamos sintiéndonos culpables. Por eso decidimos darle un puesto de trabajo en la empresa cuando lo pidió. Todos hemos pasado página.

«Su situación hace tres años.» Anna había mencionado anteriormente la falta de un empleo regular y el gusto por el juego de Tom.

—Siento preguntarle esto, Anna, después de las dudas que planteamos acerca de Carter, pero ¿cree que hay alguna posibilidad de que lo hiciera Tom?

—No, pero decía lo mismo sobre Carter hasta ayer. Recuerdo que él y su acompañante estaban curioseando por la galería de retratos. Aquella mujer era un poco excéntrica, pero no veo por qué iba a mentirle a la policía por él. ¿Ha hablado con ella?

—Pues sí —dijo Laurie—. Confirmó que estuvo con Tom durante todo el tiempo.

—Bueno, al menos no tengo que sospechar de él —dijo Anna tristemente, aún preocupada por su hermano—. Prométame que, si averigua algo sobre Carter en uno u otro sentido, me lo hará saber.

—Así lo haré —prometió Laurie.

58

El detective Johnny Hon colgó el teléfono y pensó en lo que le acababa de contar Leo Farley. Anna Wakeling y su marido, Peter, nunca le habían hablado a la policía de la insistencia de Carter, pocas horas antes del crimen, acerca de la necesidad de evitar que su madre modificara el testamento. En realidad, era la primera vez que alguien aparte de Ivan Grey mencionaba la posibilidad de que Virginia tuviera esos planes.

Si Hon hubiera conocido ese dato en cualquier otra circunstancia, seguramente habría adoptado las medidas oportunas para volver a interrogar de inmediato a todos los testigos pertinentes. Pero Leo Farley le había aconsejado dejar que su hija Laurie continuara investigando por su cuenta de momento. Como ella no trabajaba para el gobierno, no tenía que cumplir con normas como la obligación de informar a los testigos de sus derechos y podía persuadirles para que revelaran una información que tal vez no quisieran declarar ante la policía. Hon debía reconocer que Laurie había logrado hacer progresos en solo dos semanas, después de que el caso permaneciera abierto durante casi tres años.

Por otra parte, a Hon le preocupaba el estado mental de Carter. Un hombre tan inestable como para golpear al presentador de un programa de la televisión nacional podía intentar vengarse e incluso atacar a cualquier testigo que pudiera implicarle.

Tamborileó con los dedos contra su mesa de aglomerado, sopesando sus opciones. Según Leo, Carter estaba en las oficinas de Wakeling Development desde primera hora de la tarde. Buscó en Google la dirección del edificio de Long Island City y cogió su abrigo del respaldo de la silla. Por lo que pudiera pasar, intentaría localizar a Carter cuando saliera de la oficina y le seguiría desde allí.

59

—Mamá, me alegro mucho de que papá y tú estéis en casa.

Vanessa botó en el sofá junto a Anna. Era la tercera vez que la niña mencionaba que les había echado de menos la noche anterior, cuando Peter y ella se quedaron en la finca que la familia tenía en Connecticut. En cambio, su hermano mayor, Robbie, se había puesto a jugar con sus videojuegos al llegar a casa, nada afectado por la ausencia de sus padres.

—Te he echado de menos, cariño —dijo Anna, dándole a su hija un breve abrazo.

Al cabo de un instante, Vanessa volvió corriendo a la cocina para ayudar a Kara a guardar la compra. A Anna le habría gustado que Robert y Virginia vivieran el tiempo suficiente para ver lo cariñosos y felices que eran sus nietos.

Miró su reloj. Eran las cinco. Su primo Tom debía de estar todavía sentado ante su mesa. Siempre era uno de los primeros en llegar y el último en marcharse.

Como era de esperar, cogió el teléfono de su despacho después de dos tonos.

—¿Os habéis divertido Peter y tú haciendo novillos?

Al llamar esa mañana para despejar su agenda, Anna le había pedido a Tom que la sustituyera en una inspección de obras de un proyecto que estaban comenzando en Astoria. Le había dicho que Peter y ella necesitaban un día personal, sin mencionar que estaba intentando evitar a Carter. Ahora que había vuelto a la ciudad, sus inquietudes acerca de su hermano parecían un breve ataque de locura. Ivan Gray mató a su madre. Estaba segura de ello y no iba a dejar que un programa de televisión volviera a manipularla.

—Yo no diría exactamente que nos hemos divertido. Esa gente de *Bajo sospecha* ha estado en las oficinas para entrevistar a Carter. Tras hablar con ellos ayer, me ha encantado poder evitarles.

—Esta tarde Carter parecía disgustado —dijo Tom—. Le he preguntado qué le pasaba, pero se ha ido a su despacho rezongando entre dientes. Me pregunto si los productores del programa le habrán puesto nervioso.

Anna estaba demasiado agotada para comentar la montaña rusa de emociones que experimentaba desde aquella primera llamada telefónica de Laurie Moran.

—Seguramente estará enfadado conmigo por decidir que sería mejor para la reputación de la familia colaborar con el programa. Han sido mucho más indiscretos de lo que me imaginaba. No dejan piedra sin remover. ¿Puedes creerte que me preguntaron incluso por esa mujer estrafalaria que llevaste a la fiesta aquella noche?

—Tiffany.

—La misma. Me preguntaron incluso por ti.

—¡Qué raro! Esa productora habló conmigo una sola vez y no he vuelto a tener noticias suyas.

—Ojalá todos tuviéramos esa suerte —dijo Anna—. Bueno, solo llamaba para ver si ha habido algún problema en la inspección de obras de hoy.

—Ninguno en absoluto —declaró Tom con firmeza.

—Gracias, Tom. De verdad. A veces no sé qué haría en el trabajo sin ti.

En realidad, pensó que Tom aportaba más a Wakeling

Development que su propio hermano, pero desechó el pensamiento. Seguía estando avergonzada por contemplar siquiera la posibilidad de que Carter estuviese implicado en el asesinato de su madre.

—No hay de qué, Anna. No te preocupes por nada.

60

Penny reconoció el número. Era la segunda vez que él la llamaba en una semana después de casi tres años de silencio.

—¿Diga? —dijo, tratando de aparentar indiferencia.

—Hola, Penny. Soy Carter Wakeling.

Hablaba en voz baja, de modo pausado.

Penny rectificó la posición de la chaqueta que llevaba sobre el vestido. No se acordaba de cuándo fue la última vez que Carter se dirigió a ella con tanta formalidad.

—¿Por qué me llamas? — preguntó, haciendo un esfuerzo por adoptar un tono impersonal.

—¿Hablaste con los de *Bajo sospecha*?

Penny sintió tentaciones de negarlo, pero supuso que a él no le costaría mucho averiguarlo.

Escogiendo sus palabras con cuidado, respondió:

—Fue una breve charla. Creo que querían contar con una aportación de la antigua asistente de Virginia.

Pronunció las últimas palabras como si fueran veneno.

—Tengo entendido que les hablaste de las notas y el testamento de mi madre.

¿Qué percibía en su voz? ¿Rabia contra ella?

—Es verdad. No había ningún motivo para no hacerlo —respondió la joven.

¿O sí lo había?

Hubo un silencio prolongado. Luego Carter dijo:

—Tengo que verte. ¿Dónde estás? Pasaré a buscarte.

Penny quería saber lo que Carter deseaba decirle, pero no pensaba meterse a solas con él en un coche.

—Quedamos dentro de una hora a tomar un café en el restaurante Le Grainne Cafe. Está en la Novena Avenida, en el barrio de Chelsea.

Carter se apresuró a acceder. Cuando colgaron, Penny se dio cuenta de que había algo distinto en la voz de él, algo que sugería que estaba intentando controlarse. ¿Por qué? ¿Era posible que fuera él quien siguió a su madre hasta la azotea aquella noche?

61

Laurie estaba ante su mesa, navegando por internet, cuando recibió un mensaje de texto de su padre:

«He llamado a Hon y le he puesto al corriente. Creo que ha agradecido que le mantuviera informado. Me parece que ha adoptado una actitud de tipo "esperemos a ver qué pasa". Crucemos los dedos».

Ella tecleó un rápido «¡Gracias!» y pulsó la tecla de enviar. «Papá ha hecho tanto por mi programa que se merece salir en los créditos como asesor —se dijo—, pero insiste en que lo último que desea es tener que aguantar a Brett Young.»

Volvió a centrar su atención en la pantalla del ordenador. Estaba mirando las publicaciones que Tom Wakeling había colgado en Facebook tres años atrás. Pocas horas antes de que asesinaran a su tía Virginia, había publicado un selfi tomado en la alfombra roja de la gala del Met. «De esmoquin, pasando un rato con los demás famosos», decía el texto.

El hecho de que Virginia hubiera ignorado el deseo de su marido de dejarle una cuantiosa herencia a su sobrino seguía incomodando a Laurie. Virginia se había planteado dejarlo todo salvo la empresa a entidades benéficas, pero esa decisión de reducir únicamente la herencia de Tom se le antojaba diferente. No era filosófica. Era personal, específica para su sobrino.

Ahora que Laurie estaba obteniendo información acerca del «antiguo Tom» gracias a sus anteriores publicaciones en las redes sociales, empezaba a entender por qué Virginia pudo no querer confiarle una suma de dinero considerable. Por lo que Laurie podía deducir de Facebook, parecía que Tom acudía a los casinos de Atlantic City y Connecticut al menos dos veces al mes. Recordó que Anna había mencionado la afición de Tom al juego. Tal vez tuviese deudas de juego. Los cincuenta mil dólares que heredó a la muerte de su tía no eran mucho en comparación con la fortuna de los Wakeling, pero pudieron ser suficientes para sacarle de un apuro. Y, una vez que sus primos tuvieron el control exclusivo de la compañía, estuvieron dispuestos a ofrecerle un empleo, que ahora desempeñaba como persona de confianza.

El sonido del teléfono la arrancó de sus pensamientos. El nombre de Alex aparecía en la pantalla.

—Hola, señoría, estoy deseando que llegue la cena de esta noche.

—Yo también. Por eso te llamaba. Tenemos una reserva a las siete en Marea si te parece bien.

Como Laurie había planeado la velada del día anterior, Alex insistió en ocuparse de esa noche.

—Mejor que bien.

Era el restaurante en el que habían cenado a solas por primera vez.

—¿Quieres que te pase a buscar?

—No sé muy bien de dónde vendré. Iba a intentar pasarme por casa para ver a Timmy si me daba tiempo, pero puede que salga directamente de aquí. —Ya eran las cinco de la tarde—. Me he enredado con las antiguas publicaciones de un testigo en las redes sociales. Hay algo que me preocupa, y no consigo quitármelo de la cabeza.

—¡Vaya, eso no es nada propio de ti! —exclamó él entre risas—. ¿Quieres que cambie la reserva para más tarde?

—En absoluto. Pero mejor quedamos allí.

Laurie pensó que aquella conversación le recordaría una vez más a Alex que tener una relación con ella era mucho más complicado que salir con cualquier mujer sin una carrera profesional exigente y un hijo pequeño.

—Me parece bien —dijo él.

—Estoy deseando verte.

Una vez que colgó el teléfono, los pensamientos de Laurie volvieron a centrarse en Tom Wakeling. Por enésima vez se repitió que había llegado el momento de quitárselo de la cabeza. Tiffany estaba absolutamente segura de que Tom pasó con ella toda la noche. Tal como Anna había comentado, Tiffany era excéntrica, pero no tenía ningún motivo para mentir por un hombre con el que solo había salido dos veces, tres años atrás.

En ese preciso momento, Laurie comprendió que la explicación para la alarma que saltó aquella noche quizá hubiera estado delante de sus narices durante todo el tiempo. ¿Cuántas veces habían mencionado Ivan y los Wakeling las anécdotas absurdas que estuvo contando Tiffany la noche de la gala? Había estado divagando sobre su abuela, la cabaretera que supuestamente tuvo una aventura con el presidente Kennedy y, según ella, merecía tener un vestido propio expuesto entre los trajes de las primeras damas.

¿Tuvo Tiffany un motivo para mentir que no fuese proteger a Tom? Si ella había robado la pulsera y hecho saltar la alarma, se estaba protegiendo a sí misma. Podía ser que Tom no tuviera coartada para el momento del crimen. Era probable o, al menos, posible.

«Pero ¿cómo me las arreglo para que Tiffany admita eso?», se preguntó Laurie.

Entonces se le ocurrió una idea para conseguir que se sincerara. Llamó al número de su casa y Tiffany contestó después de dos tonos.

—Soy Laurie Moran, de *Bajo sospecha*. Solo quería agradecer una vez más su participación y hacerle saber que emitiremos el episodio el día de San Valentín. Quería enviarle una bolsa promocional de los estudios como una pequeña muestra de nuestra gratitud. ¿Cuál es su dirección para que pueda enviársela?

Dada la naturaleza del negocio de bodas de Tiffany, Laurie estaba casi segura de que debía de trabajar desde su casa.

Tiffany recitó una dirección de Queens, que Laurie tecleó inmediatamente en Google Maps.

—No es nada del otro mundo —dijo Laurie, prolongando la charla insustancial mientras pulsaba Street View en el ordenador para echar un vistazo a la dirección—. Solo unos cuantos souvenirs de nuestros distintos programas.

—Es usted muy amable.

Laurie contemplaba en la pantalla la casa de ladrillo de estilo Tudor.

—Se lo enviaremos enseguida —dijo—. Conozco esa zona de Queens. ¿Forest Hills? Un barrio precioso.

—En realidad es la casa de mi abuela Molly, donde me crio. Volví cuando necesitó ayuda, pero ahora vive en una residencia. En cualquier caso, sigue pareciéndome mi casa.

Laurie agradeció otra vez la ayuda de Tiffany. Su siguiente llamada fue para Charlotte.

—¿Qué tal? —la saludó Charlotte—. Precisamente estaba pensando en llamarte. ¿Tienes tiempo para ir a tomar algo después del trabajo? Me muero de ganas de saber cómo te fue anoche con Alex.

—Todo salió perfecto. De hecho, vamos a salir también esta noche, así que tendremos que quedar otro día.

Cada vez tenía más cosas pendientes.

—Es una pena, pero me alegro mucho por ti. Has estado haciéndote la valiente, pero me di cuenta de que le echabas de menos.

—No tengo tiempo para esas copas, pero me gustaría que vinieras conmigo un par de horas si tienes tiempo. Es otro favor para el programa.

—La última vez que me pediste colaboración también salí ganando yo. Voy a encargarle a Marco Nelson la seguridad para nuestro desfile de moda de primavera.

—Me alegro mucho —dijo Laurie—. Me sentía culpable por haberle hecho perder el tiempo cuando le pedimos que acudiera a tu oficina.

—Pues ya puedes sentirte mejor, porque le hiciste un favor.

—La verdad, Charlotte, es que esta tarea requerirá algo más que unas cuantas mentiras inocentes. Necesito que te hagas pasar por otra persona. La testigo no es peligrosa; es más una cabeza hueca que una amenaza. Necesito que responda a algunas preguntas. Pero si no te sientes cómoda participando, lo entiendo perfectamente.

—No seas tonta. Suena emocionante. Me encanta ayudarte a hacer de detective. ¿Dónde quedamos?

—Cojo un taxi y nos vemos delante de tu oficina dentro de diez minutos.

—Vaya, eso es ya mismo, pero me las arreglaré.

—Perdona las prisas, pero la persona a la que tenemos que ver está en casa ahora mismo, así que debemos apresurarnos.

Laurie colgó, preguntándose si averiguaría la verdad acerca de Tiffany a tiempo de ir a cenar con Alex. Confió en que así fuese.

Alex se quedó mirando el borrador que llevaba casi dos semanas trasladando de un sitio a otro. Un auxiliar del Comité Judicial del Senado le había telefoneado esa mañana para advertirle que su nombramiento podía retrasarse si no iniciaban enseguida las comprobaciones necesarias. Había prometido enviar el documento en la mañana del día siguiente.

Había rellenado todos los apartados excepto una pregunta: «Facilite la información biográfica de todas las personas que desempeñen una función similar o comparable con las indicadas en las partes (a) y (b) del presente documento, independientemente de su filiación legal o de las definiciones formales de familia (como parejas, personas que convivan con usted a tiempo parcial, personas dependientes desde el punto de vista económico [adoptadas o no], etc.)».

Alex hizo girar la silla, agitó el ratón del ordenador para reactivarlo y abrió el documento en el ordenador.

Tecleó el nombre de tres personas: Laurie Moran, Timothy Moran y Leo Farley. Se sabía de memoria la fecha de nacimiento de Laurie y Timmy, y buscó la de Leo en internet. Solamente había compartido una cena con Laurie tras varias semanas de silencio, pero, si tenía que contestar a la pregunta ya, apostaba por un futuro con la mujer a la que amaba.

Johnny Hon estaba sentado al volante de su Impala. Se hallaba frente a las oficinas de Wakeling Development. Había buscado las matrículas de los coches aparcados en las plazas reservadas junto a la entrada. El Range Rover negro con matrícula personalizada «WAKE2» era propiedad de Carter Wakeling.

Miró su reloj. Eran las cinco y tres minutos. El hijo de Virginia Wakeling no le había parecido a Hon el hombre más trabajador del mundo cuando conoció a la familia durante la investigación. No creía que se quedara en la oficina mucho tiempo más.

En efecto, salió dos minutos después y arrancó el motor del coche. Aunque había ganado varios kilos en los tres años transcurridos desde que Hon le vio por última vez, seguía pareciendo más joven de lo que era. También parecía inquieto.

Cuando Carter salió del aparcamiento, Hon le siguió a media manzana de distancia.

64

Laurie le dio al taxista la dirección de la oficina de Charlotte. Seguidamente, tocó la pantalla del móvil para llamar a Sean Duncan, el jefe de seguridad del Met.

Se sintió aliviada al oír su voz.

—Buenas tardes. Temía que hubiera salido a las cinco.

—Eso nunca ocurre, la verdad.

—Quisiera hacerle una pregunta. Dos de los invitados a la gala del Met dijeron que habían subido a la galería de retratos de la segunda planta y que estaban allí en el momento en que mataron a Virginia.

—Es muy posible. A los invitados les cuesta seguir las normas durante esa fiesta. No se imagina cuántos famosos creen que pueden ponerse a fumar tabaco y otras cosas en mitad de la fiesta.

Laurie recordó las palabras de Tiffany: «Nos colamos en la segunda planta. No había nadie. Era increíble. Lo recorrimos todo».

—Usted dijo que casi todas las cámaras estaban desconectadas porque aprovechan esa noche para probar y actualizar el equipo de las secciones cerradas del museo.

—Así es.

—Una de las personas que se colaron declaró que su acompañante y ella recorrieron toda la segunda planta y no se encontraron con nadie. ¿Resulta posible?

—Sería poco probable. Seguramente teníamos a alguien allí arriba trabajando en las cámaras mientras el equipo estaba desconectado. No a un montón de trabajadores, desde luego. Supongo que es posible que alguien pudiera subir sin ser detectado, pero habría tenido que esforzarse mucho: esconderse en las esquinas y esa clase de cosas.

—No es así como lo describió esa mujer. Dejó muy claro que estuvieron paseando por las galerías, totalmente solos.

—No puede ser. Si hubieran explorado toda la planta, se habrían tropezado con varios trabajadores.

—Entiendo.

—Da la sensación de que están haciendo progresos.

—Eso espero.

Laurie le dio las gracias de nuevo y puso fin a la llamada.

Estaba convencida desde el principio de que la alarma activada la noche del crimen tenía que guardar alguna relación con este. La policía creía que el asesino o un cómplice había hecho saltar la alarma para crear una distracción mientras ese mismo asesino seguía a Virginia hasta la azotea. Pero Laurie nunca había entendido por qué alguien que intentara crear una distracción iba a escoger un punto situado en el centro de la exposición de moda del que sería difícil alejarse.

Ahora empezaba a darse cuenta de lo que pudo haber sucedido aquella noche.

La impulsiva y excéntrica Tiffany entró en la exposición de moda y cogió la pulsera talismán de la muestra de Jackie Kennedy, haciendo saltar la alarma. Cuando llegaron los policías, no por el robo, sino por el asesinato de Virginia, empezaron a interrogar a los invitados para saber dónde habían estado. Tiffany debió de contarle a Tom que había robado la pulsera y le pidió que la encubriera declarando que habían estado juntos todo el tiempo en la galería de retratos. Entrar allí suponía una transgresión de las normas que debían cumplir los invitados, pero confesar una infracción tan leve la protegería de toda sospecha si alguien se percataba del robo de la pulsera.

Laurie supuso que resultaba concebible que Tom estuviera dispuesto a mentir para proteger a una mujer a la que apenas conocía, aunque pudo tener un motivo muy distinto.

El taxi se detuvo. Charlotte subió y se sentó junto a ella. Se había preparado para el frío envolviéndose en un grueso abrigo azul marino.

—Bueno, ¿cuál es el plan? —preguntó.

Laurie se lo explicó con todo detalle de camino hacia Queens.

65

Tiffany Simon revisaba la lista de tareas correspondiente a la ceremonia nupcial que estaba planificando para el día siguiente, la cual se celebraría en el parque de bomberos de Brooklyn en el que trabajaba el novio. La pareja estaba formada por Luke y Laura, lo que le recordó a Tiffany cuánto le gustaban a su abuela sus «historias». Molly siempre decía que ningún idilio de culebrón podría superar jamás el de Luke y Laura en la serie de los ochenta *Hospital general*.

Tiffany acababa de preparar el guion de la ceremonia cuando sonó el timbre. Miró a través de la mirilla y vio a una mujer de treinta y tantos años vestida con un elegante abrigo azul marino.

—¿Quién es? —preguntó a través de la puerta cerrada.

—Estoy buscando a Molly. Me llamo Jane Martin y trabajo como investigadora en una editorial.

Tiffany abrió la puerta.

—Molly es mi abuela. Esta es su casa, pero ahora vive en una residencia.

—¿Puedo pasar? Estoy haciendo unas comprobaciones para un libro que vamos a publicar. Tenemos problemas para verificar una de las afirmaciones del autor. Se refiere a su abuela.

Tiffany se apartó para acoger a la mujer en la casa.

—¡Vaya, esto es increíble! —dijo esta, mirando asombrada a su alrededor, tal como hacía casi todo el mundo al entrar por primera vez en aquel salón.

—La casa está llena de recuerdos de la increíble vida de mi abuela —se jactó Tiffany.

Las paredes estaban decoradas con fotos de la abuela Molly acompañada por varios famosos y también con imágenes de sus espectáculos de cabaret. Al menos una docena de sus trajes favoritos decoraba la sala, por no mencionar las versiones en miniatura que lucían varias muñecas colocadas sobre sillas y mesitas bajas.

—¡A mi abuela le hará mucha ilusión saber que han venido a verla de una editorial!

—Ojalá pudiera decirle que vamos a dedicarle un libro entero a ella, pero el proyecto en cuestión es una biografía presidencial. El autor ha recopilado una serie de datos inéditos sobre diversos presidentes. Como puede figurarse, no es fácil verificar los acontecimientos años después de que se produjeran.

—Estoy encantada de ayudar si puedo. ¿Es sobre las aventuras que tuvo con presidentes?

—Oh, así que está enterada.

—Mi abuela era tan guapa que se enamoraron perdidamente de ella muchos hombres, incluidos tres presidentes.

—¿Tres? ¡Debía de ser preciosa!

—Sí que lo era —se pavoneó Tiffany.

Charlotte esperaba que su siguiente pregunta sonara natural:

—¿Tenía su abuela alguna preferencia?

—Su preferido era John Kennedy, por supuesto. Ya se imaginará por qué. Él también era guapísimo. En un acto benéfico celebrado en el cabaret, uno de los presentadores se le acercó y le dijo que quería presentarle al presidente. Una cosa llevó a otra, y mi abuela y el presidente comenzaron una relación. Naturalmente, ella sabía que no duraría, pero él le regaló una preciosa pulsera talismán por su cumpleaños. Le dijo a mi abuela: «Eres mi talismán». ¿Puede imaginarse cómo se sintió?

»Por supuesto, ya sabemos lo que pasó. Mi abuela nunca le olvidó, y luego, años después, alguien entró en su camerino y le robó unas joyas, incluida la pulsera. Solía decirme que le tenía un cariño especial, que le recordaba a él y que se le partió el corazón al perderla.

—Debía de ser muy joven en esa época —sugirió la supuesta señora Martin.

—Sí que lo era. Y era tan hermosa que un príncipe árabe le propuso matrimonio. También lo hizo el duque de Wellington. Y eso fue después de tres presidentes.

«Debía de estar muy ocupada», pensó Charlotte.

—¿Cuándo se casó su abuela?

—No se casó hasta los cuarenta años, pero, por desgracia, mi abuelo no valía nada. Ella tuvo que criar sola a mi madre. Años después, mis padres murieron en un accidente de tráfico y también me crio a mí. Me encantaba escuchar las anécdotas que me contaba sobre su maravillosa y emocionante vida. Ahora está en un asilo, y sé que no tardaré mucho en perderla. Lo único que quiero es que sea lo más feliz posible.

—Esa es una actitud estupenda, Tiffany.

—Gracias a mi abuela, vivo cada día de mi vida como si fuera el último. Entonces ¿aparecerán en su libro las anécdotas de mi abuela?

Charlotte se sintió culpable al decir:

—Yo solo recopilo las anécdotas y se las paso al escritor. Si no me he explicado bien, lo siento.

—Si no sale en el libro, tal vez sea lo mejor —respondió Tiffany con un hondo suspiro—. La emoción podría ser demasiado para ella.

—Hábleme un poco más de esa pulsera que le regaló el presidente Kennedy.

66

Cuando Penny llegó al bistrot francés que había elegido para el encuentro, Carter la estaba esperando. A diferencia de las ocasiones en que había elegido una mesa al fondo del restaurante para evitar cualquier posibilidad de tropezarse con sus parientes y amigos, esta vez se había sentado a una mesa situada junto a la entrada.

Al verla, se levantó de un salto y le dio un fuerte abrazo.

—¡Penny, no te puedes imaginar cuánto te he echado de menos!

Toda la rabia y la pena que había sentido Penny a lo largo de los años salió a la superficie. El camarero estaba junto a la mesa.

—Un café solo, por favor —pidió ella.

Cuando el hombre se alejó, Penny dijo en voz baja y gélida:

—Carter, ¿a qué juegas ahora? Tienes la cara dura de decirme que me has echado de menos cuando hace tres años me dejaste de forma inesperada y nunca me devolviste las llamadas. Decidiste que no era lo bastante buena para formar parte de la familia Wakeling. No te importó un pimiento hacerme daño. He tenido mucho tiempo para pensar. La verdad es que soy yo la que debería haberte dejado. Ivan me decía que no prestaba la atención suficiente a mis tareas cuando trabajaba para tu madre. Tenía razón. Hubo un montón de veces que llegué tarde o me marché demasiado pronto. Y casi siempre fue para verte a ti.

—Lo siento, Penny.

—Ya puedes sentirlo. Por si nunca se te ha pasado por la cabeza, te diré que me hiciste un gran favor. Eres un vago. Te quejabas porque tenías celos de tu hermana. Ella siempre trabajó mucho, cosa que tú no hacías.

Carter sacudía la cabeza.

—No te tomas en serio lo que te estoy diciendo —dijo Penny—. Pues que sepas que estoy trabajando mucho y voy a tener éxito. Por último, voy a decirte otra cosa: he llegado a la conclusión de que tu familia y tú no sois lo bastante buenos para mí. ¿Qué te parece?

Se produjo una pausa prolongada.

—Ahora te toca escuchar a ti —susurró Carter con sequedad.

Penny empezó a llorar y cogió unas servilletas de papel para evitar que se le corriera el rímel.

—No me interesa nada de lo que puedas decir.

Echó la silla hacia atrás y empezó a levantarse. De pronto, Carter alargó las manos por encima de la mesa y la agarró de las muñecas para obligarla a sentarse de nuevo. Penny hizo una mueca de dolor.

—Empezaré diciendo que tienes toda la razón. Llevo toda la vida compadeciéndome de mí mismo. Al principio, mi padre me llevaba con él cuando tenía reuniones para hablar de proyectos. Pero yo me aburría. Iba porque tenía que hacerlo. No me gustaba que me dijeran a qué me iba a dedicar durante el resto de mi vida. No trabajaba mucho porque no quería. Ahora, después de hacer el ridículo durante esa entrevista, me he mirado de frente por fin. Todo lo que acabas de decir es cierto, pero voy a cambiar. Tengo cuarenta y un años y no voy a perder ni un minuto más. Por primera vez, voy a trabajar duro en la empresa porque es lo que deseo. Y hay otra cosa que deseo y necesito de verdad.

»Durante los últimos tres años, te he echado de menos cada minuto de cada día. Te quiero, Penny. Sé que no lo merezco, pero, por favor, dame una oportunidad para volver a empezar contigo.

Penny supo que su propia expresión le daba la respuesta.

—Carter, tengo un pequeño problema —dijo.

—¿Qué es?

—No puedo beberme el café mientras me estrujas las muñecas —dijo Penny, y ambos se echaron a reír.

67

Laurie aguardó en una esquina de Queens mientras Charlotte hablaba con Tiffany haciéndose pasar por investigadora de una editorial. No pudieron ser más de veinte minutos, pero le pareció que habían pasado varias horas hasta que vio que Charlotte caminaba hacia ella.

—¿Cómo ha ido? —preguntó Laurie—. ¿Ha dicho algo de la pulsera?

—Lo primero es lo primero —dijo Charlotte—. Esa casa es como un viaje al país de la fantasía. Está llena de trajes que la abuela llevó en sus días de cabaret y de muñecas vestidas con su ropa.

—¿Has podido grabarla?

Charlotte reprodujo el principio de la grabación para comprobar el sonido. Era absolutamente nítido. Tocó la pantalla del móvil y dijo:

—Te lo envío ahora mismo por correo electrónico.

—Eres la mejor. ¿Qué ha dicho de la pulsera?

—Laurie, esa cabaretera vivía en su propio mundo, y Tiffany creció escuchando sus historias. Es evidente que todas o la mayoría de esas historias eran totalmente inventadas. Según Tiffany, su abuela estuvo con tres presidentes, un príncipe árabe, el duque de Wellington y vete a saber quién más.

—¿Ha hablado de John Kennedy?

—¡Ah, era el favorito de su abuela, y ha sido ahí donde ha surgido el tema de la pulsera! Según Tiffany, él le regaló una pulsera talismán idéntica a otra que le regaló a Jackie, la que estaba expuesta en el Met. Supuestamente, le dijo a la abuela que ella era su talismán. Tiffany me ha dicho que era el símbolo más preciado del amor de JFK. Un ladrón entró en su camerino y se la robó junto con otras joyas. Esa pérdida le rompió el corazón a la abuela, que ahora vive en una residencia. Está muy enferma y continúa hablando de la pulsera.

—Charlotte, eso lo confirma todo. Tiffany pudo cogerla para dársela a su abuela. Y luego, cuando comprendió que necesitaba una coartada, le pidió a Tom Wakeling que mintiera por ella. Es la pieza que faltaba y que me estaba volviendo loca. Voy a llamar a la puerta de Tiffany y a tratar de convencerla para que diga la verdad.

—Quizá debería acompañarte.

—No, ya me las arreglaré. Es mejor que hable con ella a solas. Además, ya te he entretenido bastante.

Se acercaba un taxi. Laurie lo paró, esperó a que Charlotte se hubiera acomodado en el asiento trasero y echó a andar hacia la casa de Tiffany.

Tiffany se sorprendió mucho al encontrarse a Laurie en el porche.

—¿Ha venido por el obsequio que iba a enviar? No hacía falta que lo trajera en persona.

—Me temo que vengo por otra cosa, Tiffany. ¿Puedo pasar?

68

Cuando Tiffany la invitó a entrar, lo primero que pensó Laurie fue que Charlotte no había exagerado al describir la casa. Estaba repleta de recuerdos.

—Tengo que empezar disculpándome —dijo Laurie—. La mujer que ha estado aquí no trabaja en ninguna editorial. Me la he inventado.

Tiffany lanzó un grito ahogado.

—¡Eso es horrible!

Laurie levantó una mano.

—Lo siento mucho. He tenido mis razones y puedo explicárselas más tarde, pero esto es urgente. Sé que fue usted quien hizo saltar la alarma en la exposición de moda la noche de la gala. Lo que menos me preocupa es esa pulsera talismán. Estoy tratando de encontrar a un asesino.

—¿Cómo ha sabido...?

—Ahora no tengo tiempo de contárselo, Tiffany. Ojalá hubiera podido hacerlo de otra forma. Usted creyó que Tom le hacía un favor al proporcionarle una coartada aquella noche, pero estoy casi segura de que en realidad estaba encubriéndole a él. Creo que fue él quien mató a Virginia Wakeling.

Tiffany palideció al asimilar las palabras de Laurie.

—No puede ser.

—Lo sé. Cuesta creerlo.

—En cuanto a la pulsera, sé que no era valiosa —dijo Tiffany con lágrimas en los ojos—. Es que, cuando la vi, supe que a mi abuela le haría mucha ilusión tenerla.

—Lo comprendo, pero ahora tiene la oportunidad de arreglarlo —dijo Laurie—. ¿Está usted dispuesta a confirmar ante la policía y ante la cámara que en realidad no estuvo con Tom Wakeling en la segunda planta?

—Me detendrán. ¡Sé que me van a detener!

—No. Conozco al detective que se encarga de la investigación del homicidio y estoy segura de que le ofrecerán inmunidad si testifica. Ahora cuénteme exactamente lo que sucedió.

—Aquella noche, cuando oí el alboroto, me asusté mucho —balbuceó Tiffany, nerviosa—. Me apresuré a volver a la fiesta sin que me pillaran. Pero a esas alturas ya habían llegado los policías y empezaron a hacer preguntas. Estaba muerta de miedo. Le conté a Tom lo que había hecho. Él se ofreció a proporcionarme una coartada. Es verdad que nos colamos en la galería de retratos poco después de la cena y que nos reímos de los cuadros. Nos escondimos cuando oímos que venía alguien... Eran trabajadores. Tom sugirió que bajáramos por separado para reducir las posibilidades de que alguien se fijara en nosotros. Entonces fui a coger la pulsera. Me sentí muy agradecida cuando él accedió a decir que habíamos estado juntos todo el tiempo. Jamás se me pasó por la cabeza que tuviera otro motivo. ¡Madre mía! ¿Cree usted en serio que Tom mató a aquella pobre mujer?

—Gracias a su colaboración, Tiffany, estamos mucho más cerca de la verdad. Solucionaré el tema con la policía y vendré mañana con un equipo de cámara. Mientras tanto, cierre bien la puerta y asegúrese de llamar al 911 si Tom se pone en contacto con usted.

El rostro de Tiffany expresó temor.

—Solo se lo digo por si acaso —le aseguró Laurie—. No tiene la menor idea de que sospecho de él.

Una vez más, le dio las gracias a Tiffany de todo corazón y esperó a oír el pestillo a su espalda antes de alejarse.

69

Johnny Hon continuaba sentado al volante. Había seguido a Carter Wakeling en dirección a Manhattan y, por la autovía FDR, hasta Chelsea. Vio que aparcaba en la calle Veintiuno, entre la Octava y la Novena Avenida, y caminaba hasta un restaurante situado en una esquina.

Menos de un minuto más tarde, una mujer entró en el local. Desde su coche aparcado, Hon la observó a través de unos prismáticos y reconoció a Penny Rawling, con su figura esbelta y sus rasgos clásicos. Por el cabello negro, la piel blanca y los radiantes ojos azules, uno de los detectives la había apodado Blancanieves.

Cuando vio que Penny se sentaba a la mesa de Carter Wakeling, colocó una identificación oficial en el coche y la siguió al interior, donde escogió una mesa en un rincón que le permitiera observarles sin ser visto. Les había interrogado hacía tres años y no quería que le reconociesen.

Leo le había contado que Penny era uno de los testigos que habían proporcionado información nueva susceptible de implicar a Carter en la muerte de Virginia. La joven afirmaba haberle contado que su madre tenía previsto reducir considerablemente la cuantía de su herencia.

De forma inesperada, Penny bajó la cabeza, se echó a llorar y sacó unas servilletas de papel de un dispensador de acero que estaba sobre la mesa para secarse la cara. Al cabo de un instante, Carter se inclinó hacia delante y la agarró por las muñecas.

Desde el otro lado de la sala, Hon no podía saber con certeza qué estaba ocurriendo entre los dos, pero ahora estaba algo más que preocupado. Estaba alerta. Le parecía que Carter podía estar presionando o amenazando a Penny para que no testificase. La mujer se sentía lo bastante asustada como para llorar en público. Si continuaba llorando y a Carter le entraba el pánico, este podía llegar más lejos con tal de silenciarla.

Pero entonces los dos empezaron a sonreír. Carter soltó las muñecas de Penny y resultó obvio que, sucediese lo que sucediese entre ambos, ella se sentía a gusto.

Johnny Hon pidió la cuenta y volvió a su coche. Su instinto le decía que Carter Wakeling no era un asesino, pero había visto criminales que parecían tan inocentes como niños de coro. No pensaba perderle de vista. Si se subía al coche o a un taxi con Penny Rawling al salir del restaurante, Hon les seguiría muy de cerca.

70

Al salir de casa de Tiffany, Laurie miró la hora y pulsó la tecla de enviar de su teléfono móvil.

El audio de la conversación entre Charlotte y Tiffany viajaba de camino hacia Jerry. A continuación, trató de llamarle. Eran las siete menos cuarto de la tarde. A menudo trabajaba hasta mucho más tarde, pero estaba deseando celebrar la finalización del guion gráfico del episodio. Al oír que el teléfono sonaba por cuarta vez, imaginó a Jerry y a Grace tomando unos cócteles en Tanner Smith's, el bar de la época de la ley seca que solían frecuentar cuando ella no les acompañaba.

Escuchó el familiar mensaje de Jerry y luego dejó el suyo:

—Llámame en cuanto oigas esto. Sé quién mató a Virginia. Tenemos que reunirnos mañana a primera hora para hablar de nuestros próximos movimientos. Debo conseguir un trato de inmunidad para una testigo y necesito que Ryan entreviste al menos a una persona más.

Cuando colgó el teléfono, faltaban doce minutos para las siete, hora a la que había quedado con Alex en Central Park South. El trayecto hasta Queens había durado tres cuartos de hora. El regreso sería más rápido, pero se encontraría con un atasco en el puente.

Decidió que la mejor opción era el metro. La línea F llevaba hacia allí casi en línea recta. Aun así, llegaría tarde. No obstante, sabía que él lo entendería. La noche anterior, en la cena, se habían sentido totalmente cómodos el uno con el otro, como si por fin estuvieran en la misma onda. Esta vez se estaban lanzando de cabeza.

Buscó el contacto de Alex en el móvil y se dispuso a enviarle un mensaje de texto. Todavía no había empezado a teclear cuando oyó unas pisadas a su espalda.

71

Al bajarse del coche, Tom Wakeling vio a una mujer desconocida saliendo de la casa donde había recogido a Tiffany en sus dos citas, tres años atrás. La extraña llevaba un abrigo azul marino. Observó cómo caminaba hacia la esquina. Se le aceleró el pulso al distinguir a Laurie Moran, que la estaba esperando.

Las dos mujeres mantuvieron una breve conversación y luego Laurie entró sola en la casa de Tiffany. Llevaba dentro más de cinco minutos. Tom no tenía la menor idea de lo que debía hacer.

Había establecido un plan tan pronto como su prima Anna le contó que los del programa de televisión habían estado preguntando por Tiffany. Llevaba en el bolsillo una bolsa llena de analgésicos y tenía pensado hacer que la muerte de Tiffany pareciera una sobredosis. También llevaba una pistola y la utilizaría para obligarla a tragarse las píldoras. Aquella mujer era tan excéntrica que la policía la consideraría una lamentable víctima más de la crisis de adicción a los opiáceos que asolaba el país. Ahora que todo iba bien en su vida, no podía correr el riesgo de que Tiffany se retractara de su declaración ante la policía. Lo de estar juntos en la segunda planta le había ahorrado una indagación más profunda tras aquella horrible noche en la azotea con su tía Virginia.

Ahora se hallaba en la acera, ante la casa de Tiffany, fingiendo telefonear. Un enorme pino situado entre las dos casas le protegía de las miradas ajenas. Aun así, disimulaba vigilando la puerta con simples ojeadas ocasionales. Vio que Laurie se despedía de Tiffany y echaba a andar. Le preocupaba que pudiera percatarse de su presencia, pero estaba distraída con el móvil.

Se encontraba lo bastante cerca para oír su voz cuando habló: «Llámame en cuanto oigas esto. Sé quién mató a Virginia. Tenemos que reunirnos mañana a primera hora para hablar de nuestros próximos movimientos. Debo conseguir un trato de inmunidad para una testigo y necesito que Ryan entreviste al menos a una persona más».

Tom maldijo su mala suerte. Hasta ese día estaba en racha. Tras el incidente en la azotea del museo, Tiffany le había contado de forma inesperada que había robado una pulsera mientras los dos estaban separados. Tiffany le juró que no era valiosa, pero esa confesión confirmó la impresión de Tom: aquella chica estaba loca. Al mismo tiempo, no daba crédito a su buena fortuna. En un instante, tenía una coartada para el momento del crimen. El dinero que le dejó su tía resultó ser una miseria, cincuenta mil dólares, pero fue suficiente para saldar sus deudas de juego. Y luego, a diferencia de sus tíos Bob y Virginia, sus primos le habían dado la oportunidad de demostrar su valía con un puesto de trabajo en la empresa. Aquella noche espantosa había dado un vuelco a su vida.

Sin embargo, ahora toda la buena suerte se le había acabado. Si hubiera llegado allí solo un poco antes, su plan podría haber funcionado. Pero ahora era demasiado tarde. Resultaba evidente que habían presionado a Tiffany para que cambiara su declaración, y esa gente de *Bajo sospecha* se disponía a estudiarle con lupa. Anna había dicho que eran implacables.

Iban a atraparle. A no ser que encontrara un modo de matar a Tiffany y a Laurie Moran.

Con gestos furtivos y rápidos, se situó detrás de Laurie y sacó la Glock que se había colocado a la espalda, bajo la cinturilla del pantalón. Ella no oyó sus pasos hasta que le tuvo justo detrás. Cuando se volvió, Tom le estaba apuntando con el arma.

—Cierra la boca y haz lo que te diga —susurró, sosteniendo la pistola a la altura de su propia cintura, dentro del abrigo abierto—. Vamos a dar un paseo.

No se dio cuenta de que el teléfono resbalaba de la mano de Laurie mientras la forzaba a regresar a la casa de Tiffany.

72

Laurie buscaba en vano una forma de escapar. Tom la agarraba del brazo y la conducía de nuevo hacia la casa de Tiffany. Con la mano libre, sostenía un arma que apuntaba directamente contra su costado.

Se aproximaba por la acera un extraño, la única persona visible en la calle aparte de ellos, y estaba tocando su teléfono móvil. El brazo de Tom sujetó con más fuerza el de ella. Laurie habría querido gritar pidiendo ayuda, pero sabía que Tom los mataría a los dos. Al pasar junto al desconocido, le lanzó una mirada implorante, pero estaba distraído con su pantalla.

Cuando el extraño siguió adelante, alejándose cada vez más, sintió que la abandonaba toda esperanza.

Tom la obligó a avanzar hacia el porche delantero de la casa de Tiffany, tal como ella esperaba.

—¡Llama! —exigió.

Laurie recordaba haber oído al marcharse el sonido del pestillo a su espalda. Le había advertido a Tiffany que llamara a la policía si Tom intentaba ponerse en contacto con ella. Mientras la chica no abriese la puerta, estaría a salvo.

Miró a Tom fijamente, con aire desafiante.

—¡Hazlo! —siseó él.

Laurie imaginó a su padre teniendo que decirle a Timmy que otro disparo había acabado con la vida de su madre. Su hijo se quedaría huérfano. Sin embargo, si entraba en la casa, Tom no solo la mataría a ella, sino también a Tiffany. Al menos, si Laurie permanecía en el porche, Tiffany estaría a salvo.

No se movió. Solo esperaba que Timmy supiera que había pensado en él en sus últimos momentos y que trataba de salvar la vida de una mujer.

Tom la fulminó con la mirada, llamó a la puerta y se apartó hacia un lado para que Tiffany no le viera por la mirilla. Laurie oyó unas pisadas que se aproximaban a la puerta.

—¡Tiffany, no! —chilló—. ¡No...!

Demasiado tarde. Se abrió la puerta y Tom empujó a Laurie al interior de la casa mientras apuntaba a ambas con la pistola.

—¿Seguro que no quiere nada de beber mientras espera?

Alex miró su reloj. Llevaba un cuarto de hora sentado a solas en Marea, pero había llegado demasiado pronto. Solo eran las siete y cinco.

Tras la maravillosa cena de la noche anterior, estaba seguro de que Laurie no tardaría en llegar.

—De acuerdo, tráigame un martini con Bombay Sapphire y unas aceitunas, por favor.

Mientras aguardaba, respondería los correos electrónicos pendientes a través del móvil.

74

Tom Wakeling caminaba frenético por el salón de Tiffany, señalando los objetos expuestos.

—¿Cuánto vale esa tiara? ¿Y esa foto firmada con Frank Sinatra?

Tiffany abrió mucho los ojos. Temblaba de terror.

—No tengo la menor idea —contestó—. Estas cosas significaban muchísimo para mi abuela, pero no creo que sean valiosas.

—¿Y la pulsera que robaste en el museo? Esa pieza tiene que valer una fortuna.

—¡No es así, te lo prometo! —Tiffany estalló en sollozos—. Aquella noche te decía la verdad. Era una baratija. Se la di a mi abuela.

—¿Qué dinero o joyas auténticas tienes aquí? —inquirió Tom.

—Hay doscientos dólares en mi monedero. Mis joyas están en el tocador, en el piso de arriba. Es todo bisutería.

Laurie trataba de mantener la calma, pero, por dentro, estaba aún más aterrada que Tiffany. Sabía algo que Tiffany ignoraba: Tom no buscaba dinero. Le iba cada vez mejor en Wakeling Development. Cualesquiera que fuesen sus planes, no tenían nada que ver con aquellas chucherías. Laurie comprendió que iba a fingir un robo que se había complicado.

Daría la impresión de que alguien había saqueado la casa en busca de objetos de valor, se había llevado un par de objetos y las había matado a las dos.

—Tu plan no funcionará —murmuró Laurie.

—¡Cierra la boca! —le espetó él.

—Escúchame. Ha estado aquí otra mujer —dijo Laurie—. Tiene una grabación de Tiffany hablando de la pulsera y de dónde estaba en el momento del crimen. La policía sabrá que Tiffany mintió al decir que estaba contigo cuando Virginia subió a la azotea. Si nos haces daño, sumarán dos y dos.

—¿La mujer alta de abrigo azul?

—Sí.

—¿Quién es?

—Jane Martin —dijo Laurie, recordando el nombre que Charlotte pensaba utilizar para trabajar de incógnito—. Trabaja en mis estudios de televisión. Ha engañado a Tiffany para que creyera que trabajaba en una editorial y que quería hacerle preguntas sobre su abuela.

Laurie no reveló que también tenía una copia de la grabación en su correo electrónico. Tom no se había dado cuenta de que había dejado caer el teléfono móvil en la acera. Su única esperanza era que alguien lo encontrara y tratase de llamar al teléfono de casa para devolverlo. Su padre comprendería que ocurría algo malo y enviaría a la policía al punto en el que hallaron el móvil. Por otra parte, podía ser que nadie lo encontrara o que quien lo hiciera no intentara devolverlo. Descartó ese pensamiento. Tenía que aferrarse a cualquier resquicio de esperanza.

—Cuando he llegado, he visto que salía de aquí y hablaba contigo —dijo Tom—. Debería haber impedido que se fuese. Llámala —exigió, cogiendo un teléfono inalámbrico apoyado en una mesita baja—. Invéntate algo para que vuelva aquí con esa grabación. Si dices una sola palabra que pueda hacerle pensar que pasa algo, os mato a las dos.

Laurie cogió el teléfono con manos temblorosas. Paseó la vista rápidamente por las otras zonas de la casa visibles desde donde estaba ella. No vio otro aparato.

Aquella podía ser su única ocasión para salvar la vida de las dos.

—¿Seguro que no quiere pan o un aperitivo mientras espera?

A Alex le pareció detectar una nota de compasión en la voz de la camarera.

Volvió a mirar su reloj. Las ocho menos veinte.

—No, estoy bien, gracias.

Una vez que se marchó la camarera, se levantó de la mesa y se acercó a la entrada para llamar a Laurie con su teléfono móvil. Sonó cuatro veces y luego saltó el buzón de voz.

—Solo quería saber si estás de camino. Dime si quieres que envíe a Ramon a recogerte.

Laurie le había dicho que tal vez tuviera el tiempo justo si se pasaba por casa para ver a Timmy, pero jamás había llegado cuarenta minutos tarde, y menos sin enviar un mensaje de texto o hacer una llamada.

Al cabo de unos momentos, comprobó el móvil una vez más por si había recibido algún mensaje suyo. Nada.

Si no estaba allí y no se había puesto en contacto con él, algo iba mal.

Esta vez no se molestó en abandonar su mesa para hacer la llamada. Era demasiado urgente.

Leo cogió el aparato enseguida.

—Alex, ¿no deberías estar disfrutando de una lujosa cena con mi hija?

—Hola, Leo. ¿Ha ido Laurie a casa para ver a Timmy al salir del trabajo?

—Pues no. Ha dicho que se iba directa a cenar contigo.

—No está aquí, Leo. Tiene que haberle pasado algo.

76

Leo puso a Alex en espera y abrió la aplicación «Buscar a mis amigos». Laurie le había enseñado a hacerlo para que los dos pudieran encontrar a Timmy, o al menos su teléfono móvil, en cualquier momento.

Un mapa apareció inmediatamente en la pantalla, mostrando la ubicación de los teléfonos de su grupo de amigos.

Uno de los puntos del mapa era la ubicación del piso de Laurie, lo que indicaba que Timmy estaba allí. Leo sintió un dolor en el pecho cuando vio un segundo círculo en el extremo derecho de la pantalla. Amplió el mapa con los dedos. Según el programa de seguimiento, Laurie estaba en Queens.

Trató de seguir hablando con calma cuando recuperó la llamada de Alex.

—He comprobado su ubicación con mi móvil. ¿Se te ocurre algún motivo para que Laurie esté en Queens?

—¿En Queens? No. Ha dicho que tenía trabajo que hacer, algo que le preocupaba sobre un testigo y que no podía quitarse de la cabeza. Si tenía tiempo, iba a tratar de pasarse por el apartamento para ver a Timmy antes de la cena, pero no ha dicho nada de salir de Manhattan.

Un pitido agudo interrumpió la llamada. Leo miró la pantalla. No reconoció el número, pero respondió de todas formas. No quería arriesgarse a perder una llamada de Laurie.

Reconoció la voz de inmediato. Casi no tuvo tiempo de respirar aliviado cuando resurgió su pánico.

—Hola, Jane, soy Laurie Moran.

—¿Laurie? ¿Dónde estás? ¿Qué pasa?

—Ahora que por fin creías que estabas libre, siento volver a molestarte. Estoy aquí con Tiffany y quiere repasar la declaración que ha hecho antes.

A Leo le resultó evidente que su hija hablaba siguiendo las indicaciones de otra persona. También sabía que Laurie era reflexiva y creativa. Encontraría un modo de proporcionarle la información que necesitaba.

—Si estás en peligro inminente, trata de decir el nombre de tu jefe.

—Lamento meterte tanta prisa, pero Brett nos está presionando para que cumplamos los plazos. Y no hablemos de Charlotte. Ni te imaginas lo que es capaz de decir sobre el programa. ¿Puedes traer a casa de Tiffany la grabación que has hecho para que podamos examinarla con ella frase por frase? Quiere asegurarse de no haber olvidado ningún detalle de su cita con Tom.

—Entiendo —dijo Leo mientras la sangre se le helaba en las venas.

—Recuerdas dónde vive Tiffany, ¿no?

Laurie recitó la dirección despacio y con claridad. Se correspondía con el punto del mapa en el que estaba ubicado en ese momento su teléfono móvil.

—Vamos enseguida —dijo Leo.

—Hasta ahora.

Leo recuperó la llamada de Alex.

—Le ha pasado algo. Habla como si alguien la estuviera obligando. Sé dónde está. Voy para allá.

—¿Dónde está? Cogeré mi coche.

Leo supo que discutir sería una pérdida de tiempo, así que le dio la dirección a Alex y le arrancó la promesa de no aproximarse a la casa sin él.

La siguiente llamada de Leo fue para Charlotte Pierce, la amiga de Laurie, cuyo número encontró entre los contactos de su iPad. Sabía que Laurie debía de haber pronunciado su nombre por algún motivo.

—Hola, Laurie —respondió Charlotte, que debía de haber reconocido en la pantalla del móvil el teléfono de casa de su amiga.

—Charlotte, soy su padre, Leo. —Le explicó rápidamente la extraña llamada telefónica de Laurie—. ¿Qué sabes?

—Efectivamente, tengo una grabación de la declaración de una testigo, una mujer llamada Tiffany Simon. Me ha contado algo sobre la pulsera robada. Laurie está segura de que mintió al decir que había estado con Tom Wakeling.

Ahora Laurie telefoneaba desde la casa de Tiffany, pidiéndole a «Jane» que regresara con la grabación. Solo había una explicación posible: Tom Wakeling estaba en la casa y quería destruir esa grabación.

El secuestrador estaría alerta por si llegaba la policía. Si Leo llamaba al 911, sabía lo que ocurriría. Aquello se convertiría en una toma de rehenes. Los de operaciones especiales buscarían un punto desde el que disparar a través de las ventanas, pero Laurie y esa tal Tiffany correrían un grave peligro.

Se le ocurrió otro plan:

—Charlotte, lamento implicarla en esto, pero es usted la única persona que puede conseguir que Tom Wakeling abra esa puerta sin que se produzca un enfrentamiento.

—Haré lo que sea por Laurie.

—Mandaré un coche patrulla para que pase a recogerla. ¿Dónde está?

—En el restaurante P.J. Clarke's, junto al Lincoln Center.

—El conductor del coche patrulla la acercará a la casa. Nos vemos allí.

77

Leo salió al pasillo, lanzó una ojeada hacia la habitación de Timmy y se alegró de ver que tenía la puerta cerrada. Quería asegurarse de que no pudiera oír las conversaciones telefónicas de su abuelo.

Telefoneó a un comisario de policía con el que mantenía una buena amistad y acordaron que enviara rápidamente un coche patrulla a recogerle en la puerta del edificio de Laurie.

Fue al dormitorio de Timmy, que en teoría tenía que estar haciendo los deberes, y se lo encontró jugando con un videojuego.

—Solo iba a jugar un ratito, te lo prometo —dijo Timmy, avergonzado.

Leo trató de hablar con calma:

—He recibido una llamada de las fuerzas antiterroristas y tengo que ir a una reunión. ¿Puedes quedarte aquí mientras estoy fuera?

—Estaré bien, abuelo.

—No tardaré mucho.

Leo sabía que a Timmy no le ocurriría nada. Estaban en un edificio con portero, y en cualquier caso debía ir a por Laurie.

Se disponía a cerrar la puerta cuando Timmy le detuvo:

—Pero todo va bien, ¿no?

Pese a lo mucho que ya había visto, sus ojos le miraron con inocencia desde debajo del flequillo.

—Todo bien. Haz esos deberes, ¿vale?

No le gustaba nada tener que mentirle a su nieto, pero no le quedaba otra opción.

Tenía un plan. «Ojalá funcione», pensó mientras salía a la acera a toda prisa. Un coche patrulla se acercaba velozmente por la calle.

Llamó a la comisaría y le pasaron con el inspector. En tres frases escuetas le contó lo que sucedía. Enviaron inmediatamente otro coche patrulla a recoger a Charlotte. Numerosas unidades sin sirenas ni luces empezarían a acudir a una esquina cercana a la dirección de Tiffany. Desde allí, acordonarían una zona del barrio.

Leo advirtió:

—Si Wakeling adivina que le seguimos la pista, puede costarle la vida a mi hija.

78

Tal como Laurie sospechaba, Tom había decidido aparentar que alguien había entrado a robar en la casa y las cosas se habían torcido. Tiffany lloraba en el sofá mientras el sobrino de Virginia volcaba lámparas, arrancaba fotos de la pared y metía pequeños objetos en una bolsa de tela que había hallado en la cocina.

—¡Deja de mirarme! —le ordenó a Tiffany—. ¡Me pones nervioso, y te aseguro que eso no os conviene nada de nada!

Laurie comprendió que a Tom le estaba entrando el pánico y que podía acabar disparándoles antes de que acudiera nadie a ayudarlas. Debía tranquilizarle y calmar la situación. Estaba segura de que su padre habría entendido que se encontraba en una situación peligrosa y estaría buscando un modo de rescatarlas, pero tenía que asegurarse de que el plan no fracasara por falta de tiempo.

En lugar de enfrentarse con Tom, Laurie desvió la mirada. Había sido una suerte que él no escuchara la conversación con su padre. Rogó que la arriesgada apuesta les salvara la vida.

Pero ahora Tom había dejado de saquear la casa. El aspecto del salón ya bastaba para sus propósitos. Solo estaba esperando a que llegara la grabación de la declaración de Tiffany. Una vez que destruyera esa grabación, les dispararía a las dos y saldría huyendo.

—Tu tía se equivocó contigo —dijo Laurie, viendo una ocasión para hacerle hablar—. Ahora que tus primos te han dado una oportunidad, has ascendido rápidamente en la empresa. Anna me decía el otro día que no sabía lo que haría sin ti.

—Eso era lo único que intentaba decirle a mi tía esa noche —dijo Tom, cuya voz sonaba cada vez más agitada—. Que debía darme una oportunidad en la empresa. Vi que se alejaba sola y subía al ascensor. Se detuvo en la azotea. Tú ya habías salido corriendo —dijo, apuntando a Tiffany con la pistola—. El guardia que estaba junto a la escalera había desaparecido. Subí a pie hasta la azotea y encontré sola a mi tía Virginia. Solo quería que me escuchara. Ya lo había intentado cuando acabó la cena, pero me esquivó. Pensé que cuando estuviéramos solos, lejos de la multitud, tal vez me escucharía. Yo solo deseaba participar en el negocio. No pedía la mitad de mi padre, aunque tuviese derecho a ella. Creí que estaría dispuesta a arreglar las cosas que mi tío Bob hizo mal. La mitad de esa empresa tendría que haber sido de mi padre.

—Carter me contó que tu tía podía ser muy cruel —comentó Laurie, incitándole a seguir—. Ella le dijo que tenía que madurar y que no habría llegado a nada sin su apellido.

—Eso no es nada. Mi tía me trataba como si fuese basura. Se mostraba conmigo todavía más fría que mi tío Bob. Cuando me vio en la azotea aquella noche, dijo que era un jugador sin ningún control sobre mi vida. Dijo que nunca me habrían dejado entrar en la fiesta si el tío Bob no hubiese convertido el apellido Wakeling en algo valioso.

—¡Qué horrible! —exclamó Laurie, fingiendo comprensión.

—¿Sabes cuáles fueron sus últimas palabras? «Tom, eres aún más inútil que tu padre.»

—Y entonces la empujaste —dijo Laurie.

—No, no lo hice. Ella trataba de marcharse y alargué el brazo para detenerla. Quería que viese que yo era un ser humano con sueños y proyectos. Se apartó de mí bruscamente y cayó hacia atrás. Era muy menuda. Todo fue un accidente.

Era posible que, con el paso de los años, Tom hubiese llegado a creer realmente esa versión de los hechos, pero se estaba mintiendo a sí mismo. Laurie había visto aquella cornisa. Trató de imaginar el terror que debió de sentir Virginia cuando él la levantó del suelo y la arrojó por encima de la barandilla.

Laurie ahogó un grito al oír que llamaban a la puerta.

Tom apartó la pistola de Tiffany y le apuntó a ella.

—¡Abre!

Cuando llegó Leo, había un furgón de la policía aparcado a poca distancia de la casa de Tiffany. Los agentes alzaron la vista desde sus prismáticos y le dijeron que las persianas de la casa estaban cerradas cuando habían llegado. Eso significaba que probablemente Wakeling no podía ver lo que ocurría en el exterior, pero también que ellos no veían el interior. Leo les contó en pocas palabras lo que pretendía hacer. No había muchas opciones más, así que aceptaron enseguida su plan.

Dos agentes se situaron en la puerta trasera. Charlotte se dirigió hacia el porche con dos agentes a su izquierda y con Leo y otro agente a su derecha. Llevaba un chaleco antibalas bajo el abrigo azul.

Leo le había dado a Charlotte unas indicaciones muy claras: su única tarea consistía en llamar a la puerta y echar a correr hasta el final de la manzana, donde aguardaba Alex con más policías.

Charlotte llamó a la puerta.

A Leo le dio un vuelco el corazón al oír la voz de Laurie procedente del interior:

—Gracias por venir, Jane. Esto será rápido. Parece que me he levantado por el lado izquierdo de la cama —dijo a través de la puerta mientras se oía un descorrer de cerrojos.

«Parece que me he levantado por el lado izquierdo.» La frase sonaba extraña viniendo de Laurie. Leo conocía a su hija. Estaba buscando un modo de transmitirles información vital.

«Parece que hoy me he levantado por el lado izquierdo de la cama.»

«Izquierdo.» «El lado.» «Lado izquierdo.» Le estaba diciendo que la amenaza estaba situada a su izquierda. Las bisagras de la puerta se hallaban a su derecha.

Leo indicó a los otros agentes que debían vigilar el lado derecho del marco de la puerta desde su perspectiva, donde tendrían el mejor ángulo.

Todo sucedió muy deprisa.

En el preciso instante en que la puerta empezó a moverse, uno de los agentes apartó a Charlotte, que echó a correr. Leo terminó de abrir la puerta de una patada y se desplazó bruscamente hacia la derecha, alejándose del marco. Laurie se agachó y se precipitó al exterior. Los disparos silbaron sobre su cabeza mientras Leo tiraba de ella hacia un lado. Tiffany gritó y se arrojó al suelo.

Los disparos se produjeron de forma casi instantánea. Más tarde, la investigación revelaría que la policía hizo un total de ocho disparos, cuatro por cada uno de los dos agentes situados al otro lado de la puerta. Otros dos disparos en dirección a Laurie procedían de la pistola de Wakeling.

Los dos agentes dieron versiones idénticas de lo que habían visto: Tom Wakeling se hallaba a la izquierda de Laurie cuando esta abrió la puerta. Laurie salió de un salto, Tom se volvió hacia la puerta abierta y le apuntó con el arma.

No tuvieron elección. Tom Wakeling estaba muerto, pero aquellos disparos habían salvado la vida de Laurie.

80

Mientras Charlotte corría hacia el coche de policía, el sonido de los disparos estalló a su espalda. La amiga de Laurie se dejó caer contra el vehículo, jadeando.

—¡Ay, Dios mío! —gimió.

Alex, que aguardaba en el interior, preguntó frenético:

—¿Qué le ha pasado a Laurie? ¿Está a salvo?

Sin esperar respuesta, abrió la puerta de golpe y se precipitó calle abajo. Dos policías trataron de detenerle.

—¡He venido con Leo Farley! —les espetó.

Los agentes le dejaron pasar.

Oyó que una mujer gritaba el nombre de Tiffany. Al instante, Tiffany se arrojó sollozando entre los brazos de su vecina.

Pero ¿dónde estaba Laurie?

Al ver a Laurie de pie junto a su padre, le invadió una indescriptible sensación de alivio. Llevaba sobre los hombros una chaqueta de la policía de Nueva York.

Estaba viva. Estaba a salvo.

—¡Laurie, Laurie!

Ella se volvió al oír su voz. Alex la estrechó entre sus brazos y tuvo la impresión de que estaban solos. Cuando la soltó, los dos tenían el rostro surcado de lágrimas.

—¿Cómo se te ha ocurrido venir? —susurró Laurie.

—Luego te lo cuento. ¡Madre mía, cuánto te quiero!

Permanecieron abrazados, y solo se movieron a fin de dejar espacio para la avalancha de coches de policía y ambulancias que asaltó la calle.

Leo se les acercó diciendo:

—Marchaos de aquí. No tenéis por qué quedaros. Un coche llevará a Charlotte a su casa. El departamento querrá interrogarte, pero será dentro de varias horas.

Laurie vaciló, mirando alternativamente a Alex y a su padre.

—¿Estás seguro?

—¿Quién sabe mejor que tu viejo cómo es una investigación? Lo digo en serio: marchaos. Me aseguraré de que las autoridades sepan dónde encontrarte.

Le dio una palmadita en la espalda y un pequeño empujón hacia el coche en el que había venido Alex.

—El plan era volver al restaurante —le comentó Alex a Leo—. Nuestra mesa nos espera. —A continuación, dijo con ternura—: Laurie, ¿aún te apetece?

—¡Desde luego que sí!

—Me cuesta creer que estemos aquí después de lo sucedido —murmuró Laurie.

—A mí también —coincidió Alex.

Entraron en Marea y se dirigieron a su mesa. Alex vio que Laurie seguía estando muy pálida, pero la conmoción empezaba a desaparecer de su mirada y su expresión.

El camarero acudió enseguida.

—Los tortellini son tu plato favorito —sugirió Alex—. ¿Quieres que pida por ti? Y una copa de chardonnay, por supuesto.

Ella asintió con la cabeza. Aún resonaba en su cabeza el recuerdo de los disparos silbando junto a sus orejas mientras Leo tiraba de ella hacia un lado.

—Me daba mucho miedo que asesinara a Tiffany. No me lo habría perdonado jamás.

Sonó una breve sintonía, anunciando que Laurie había recibido un mensaje de texto. Ella miró a Alex con aire vacilante.

—No pasa nada —dijo este—. Ábrelo.

Era de Leo. Laurie lo leyó en voz alta: «Los sanitarios han examinado a Tiffany y está bien. Una vecina se la ha llevado para que pase la noche con ella. Estoy en un coche de camino a tu casa para estar con Timmy. Acabo de hablar con él y se encuentra perfectamente. ¡DISFRUTA DE LA CENA y no la interrumpas para leer más mensajes de texto!».

Los dos se echaron a reír.

Laurie comprendió que aquella sería la cena especial que habían planeado.

—Esta noche te he hecho esperar mucho.

—Solo lo justo. Lo he pasado fatal cuando he telefoneado a tu padre y se ha enterado de que ocurría algo terrible.

—Ha evitado que Tom Wakeling nos matara a Tiffany y a mí —dijo Laurie, que empezaba a sentirse mejor—. Todo ha salido bien. Sabemos que Tom Wakeling fue el asesino de su tía Virginia. Supongo que sigo en estado de *shock*, pero, de momento, quiero dejarlo todo atrás. Creo que tú y yo estábamos deseando cenar juntos esta noche.

—Era una ocasión especial.

Alex se sacó un pequeño estuche de terciopelo del bolsillo y lo abrió. Contenía un anillo de compromiso, un precioso solitario rodeado de diamantes más pequeños. Alex se arrodilló ante Laurie y los clientes que ocupaban las mesas cercanas empezaron a sonreír.

—Laurie —le dijo con voz tierna y firme—, te quiero desde el primer instante en que te vi. Te querré y te cuidaré todos los días de mi vida. ¿Quieres casarte conmigo?

La sonrisa de Laurie fue la respuesta. Alex cogió su mano y le deslizó el anillo en el dedo.

Cuando los clientes más cercanos comprendieron lo que ocurría, se oyeron algunos aplausos.

Minutos después, un camarero risueño se apresuró hacia ellos con una botella de champán entre las manos.

Al brindar, supieron que por fin se disponían a iniciar la vida juntos que ambos querían.

Y que necesitaban.